Krüger   Die andere Seite der Sonne

Weitere Titel des Autors:

    Zarte Blume Hoffnung
    Wanderjahre
    Junge Unrast
    Szenen eines Clowns
    Eine Farm in Afrika
    Wer stehend stirbt, lebt länger
    Weltenbummler I-III

Hardy Krüger
Die andere Seite der Sonne

Erzählungen

editionLübbe

Ann, April an meinem Fenster, Ein Frühlingstag wie kaum ein anderer, Irisches Mißverständnis (ehemals: *Galway*), *Abschied* und *Heute vor ein paar tausend Jahren* sind grundlegend überarbeitete Neuausgaben bereits früher erschienener Erzählungen.

editionLübbe
in der Verlagsgruppe Lübbe

Originalausgabe
Copyright © 2007 by Verlagsgruppe Lübbe GmbH & Co. KG,
Bergisch Gladbach

Satz: Kremerdruck GmbH, Lindlar
Gesetzt aus der DTL Documenta
Druck und Einband: Friedrich Pustet, Regensburg

Alle Rechte, auch die der fotomechanischen
und elektronischen Wiedergabe, vorbehalten

Printed in Germany

ISBN 978-3-7857-1605-2

Sie finden uns im Internet unter: www.luebbe.de
Bitte beachten Sie auch: www.lesejury.de

5 4 3 2 1

Für Luv

Inhalt

Ann 9

April an meinem Fenster 27

Ein Frühlingstag wie kaum ein anderer 79

Irisches Missverständnis 96

Eine Insel und nur ganz selten mal ein Fremder 118

Abschied 196

Heute vor ein paar tausend Jahren 209

Ann

Sie kam ihm durch das viele Grün entgegen.
Der Mann war froh, daß er gewartet hatte. Er sah auf seine Armbanduhr. Für die Mittagspause blieben ihm nur noch neunzehn Minuten dieser Frau.
Beim Gehen hat sie eine Eigenart, dachte der Fremde. Sie stellt die Zehen seitlich vorwärts. Mit platten Füßen hat das nichts zu tun. Ann geht, wie Tänzerinnen laufen. Mit hohlem Kreuz. Und Arme seitwärts, unbewegt.
Das lange schwarze Cape des Mädchens blähte sich im Wind. Die letzten Schritte lief sie eilig auf ihn zu. »Wir sind sehr unvorsichtig, uns hier zu treffen.«
»Dein Cape gehört in eine andere Welt«, sagte der Fremde.
»Wie meinst du das?« fragte das Mädchen.
»Es hüllt dich ein in irische Jahrhunderte, von denen du nicht viel weißt.«
Sie runzelte die Stirn.
Am Himmel war es hell geworden. Nach ein paar Regenschauern schien, und das die letzte Stunde lang, die Sonne. Angestellte aus den Büros waren in den Park gekommen. Ladenmädchen schlenderten über die Wege des St. Stephen's Green und stopften sich mit Schokolade voll.
Der Mann deutete zu ihnen hin. »Andere Mädchen tragen dünne Blusen. Es ist ein selten warmer Tag. Die Röcke werden immer kürzer. Mit dir und deinem Cape verglichen, sind die anderen Frauen nackt.«

Sie lachte. Er wollte sie küssen.
»Nein«, sagte Ann. »Nicht hier. Es sind zu viele Raben in der Nähe.«
Er sah sie fragend an.
»Hast du Vogelfutter mitgebracht?« fragte sie statt einer Antwort.
Er gab ihr die Tüte.
»Wir sollten uns hier nicht sehen lassen«, sagte Ann. »Ein paar Leute aus dem Hotel haben dich sicher schon erkannt.«
»Wenn dein Chef etwas erfährt, werde ich mit ihm reden«, sagte der Fremde.
Ann zog die Schultern hoch.
Wie eine Irin, widerspruchslos von fremden Söldnern an ein Kreuz genagelt, dachte der Mann.
»Laß uns zum See hinübergehen«, sagte Ann.
»Verlaß dich drauf, ich spreche mit Mr. Willcox«, sagte der Mann.
Sie gingen nebeneinander her.
»Er wird sich blähen wie ein Truthahn«, sagte das Mädchen, »weil du in sein Büro gekommen bist. Und ich behalte meine Stellung ein paar Tage länger.«
»Ein paar Tage?« fragte er.
Ann lachte. »Kaum bist du auf dem Flugplatz, bin ich auf der Straße.«
Er legte seinen Arm um ihre Schulter. Sie zuckte zusammen.
»Zum Teufel mit diesem Mr. Willcox«, sagte der Mann.
»Bitte nimm den Arm von meiner Schulter«, sagte das Mädchen. »Es geht nicht nur um meine Stellung.«
»Sondern?« fragte er.
»Einer meiner Männer könnte uns sehen«, sagte sie.
Der Fremde nickte lächelnd. »Verstehe. Wie viele Männer hast du denn?«

»Zwei«, sagte sie.
»Zur gleichen Zeit?« lachte der Fremde.
Ann nickte. »Mit dir sind es drei. Stört dich das?«
Es ist schwer, aus ihr schlau zu werden, dachte der Mann. Dann sagte er: »Nein, stört mich nicht. Die Zeiten haben sich geändert. Vielweiberei ist unmodern geworden. Vielmännerei ist das Gebot der Stunde.«
»Du machst dich lustig über mich«, sagte sie.
»Ja«, grinste er.
»Willst du denn gar nicht wissen, wer die beiden anderen sind?«
»Nein.« Er schüttelte den Kopf, doch sie war unbeirrt: »Der eine hält sich für einen Maler, aber ich glaube, es mangelt ihm an Talent, und so bleibt ihm nichts, als im Museum jeden Tag acht Stunden lang die Fettgerahmten zu bewachen, die von toten Meistern stammen.«
Der Fremde sah auf seine Uhr. »Noch fünfzehn Minuten«, sagte er.
»Tatsächlich?«
Er nickte. »Du schenkst mir deine Mittagspausen, doch wenn du von meinen Nebenbuhlern sprichst, nimmst du mir die Geschenke wieder weg.«
Ann schwieg. Der Fremde stöhnte. »Der eine von deinen beiden Männern ist also Museumsdiener.«
»Ja,« sagte Ann. »In der National Gallery of Art.«
»Und der zweite?«
»Der zweite ist eigentlich der erste.« Ann sah zur Sonne hoch. »Er fliegt vermutlich hier herum.« Sie kauerte sich auf dem Rasen nieder. »Du könntest mich mitnehmen«, sagte sie.
»Wohin?« fragte er.
»In dein Land. In dein Haus«, sagte sie. »Dann wär ich alle beide los.«

Er legte sich neben sie.
»Merkwürdig«, sagte er, »nur ein paar Stunden Sonne und der Rasen fühlt sich an, als wär er warm.«
»Was würde deine Frau wohl sagen?« fragte Ann.
»Zu mir nicht viel.« Er strich mit seinem Daumen über ihre Lippen, die weit offenstanden, blaß, ohne jedes geschminkte Rot. »Doch Hunderte von Worten zu ihrem Rechtsanwalt.«
»Siehst du?« sagte sie. »Niemand zeigt Verständnis. Mr. Willcox ebensowenig wie deine Frau.« Sie sah zum Himmel hoch. »Ein Zimmermädchen macht im Hotel die Betten. Wenn es sich – verliebt – hineinlegt in die Kissen, wird es dafür bestraft.«
»Meine Frau hat noch niemals gern geteilt.« Der Fremde grinste.
»Ich auch nicht«, sagte sie. »Nur, mich fragt niemand. Ich werde geteilt.«
Eine Taube mit Übergewicht watschelte an Ann vorbei. Das Mädchen warf ihr ein paar Körner zu. Der Mann sah sich um. Aus allen Richtungen kamen Vögel angeflattert.
»Kennst du die Place de l'Opéra in Paris?« fragte er.
»Ich kenne Dublin, Kilkenny und Wicklow. Das ist alles.«
»Im Himmel über dem Opernplatz fliegen viele Tauben«, begann der Fremde zu erzählen. »Ein Freund von mir lief unter ihnen durch. Er sollte vorsingen. Kein schlechter Tenor, doch es geht ihm vieles schief. An jenem Morgen wieder mal. Eine Taube hat ihm auf die Schulter geschissen.«
Ann legte ihr Gesicht in das warme Gras. Ihr Rücken zuckte.
»Sein Anzug war erst ein paar Stunden alt«, sagte der Mann, »mein Freund hatte ihn an dem Morgen vom Schneider abgeholt. Er zog die Jacke aus und stopfte sie in einen Abfallkübel.«

»Nicht möglich!« rief Ann. »Die ungetragene Jacke?«
»Ja«, sagte der Mann. »Mein Freund war sehr beleidigt.«
»Und dann?« fragte Ann.
»Dann kaufte er Vogelfutter. Und Rattengift.«
»Hör auf!« rief das Mädchen.
»Ich schwöre es!« rief der Mann genauso laut. »Wenn du willst, bei den Seelen meiner ungeborenen Kinder! Die Tauben kämpften um das Gemisch, grad so, als würde es kein Morgen geben. Dem Tenor machte das viel Spaß. Eine alte Frau kam vorbei. ›Darf ich etwas von dem Futter haben?‹ bat sie. ›Ich helfe so gern den armen Vögeln. Doch gegen Monatsende bleibt nicht viel von meiner Rente.‹
Mein Freund verbeugte sich galant. Er sagt, er hätte gesungen *Reich mir die Hand, mein Leben*, als er der alten Dame die zwei Tüten gab. Dann stellte er sich an die nächste Straßenecke und beobachtete beglückt, wie die Tauben tot aus dem Himmel fielen.«
»Schrecklich!« rief Ann.
»Das Schlimmste kommt noch«, sagte der Mann. »Hunderte von toten Tauben erregten Entsetzen. Man rief nach der Polizei.«
»Und?« fragte das Mädchen.
»Die Polizisten suchten eilig nach dem Übeltäter. Wer, glaubst du, ist verhaftet worden?«
»Die alte Dame«, seufzte Ann.
»Genau«, nickte der Mann. »Noch auf dem Weg zum Polizeiauto soll sie freundlich Gift unter die Tauben gestreut haben.«
»Sag mal, wieviel Uhr es ist«, meinte das Mädchen.
»Mir gehören maximal noch fünf Minuten.« Er deutete auf seine Armbanduhr. Ann steckte dem Mann das Vogelfutter in die Jackentasche und lief über den Rasen hinweg einem

Fachwerkhaus mit dunkler Tür entgegen. Über der Tür hing schwarz und weiß ein Schild: PERSONALEINGANG. HOTEL WINSLOW COURT.

Ihre nächste Mittagspause verbrachte sie in seinem Bett.
»Du liebst nicht gern«, sagte der Fremde, »du läßt dich lieben.«
Ann sagte nichts.
»Und du legst niemals deine Kleider ab.«
»Nachts schon«, meinte sie und lachte.
»Nachts kommst du nicht hierher.«
»Nein. Und das ist auch besser so.«
»Warum?« fragte er.
»Weiß nicht«, sagte sie.
»Warum?«
»Wenn ich für dich nicht mehr Geheimnis bin, steckst du mich in den Abfallkübel. Wie dein Tenor die Jacke.«
Der Mann lachte.
Aus heiterem Himmel schlugen Hagelkörner einen Trommelwirbel an das Fenster. Ann erschrak in seinen Armen.
»Deine irischen Götter bewerfen mich mit Steinen«, grinste der Fremde.
Ann legte seine Hand auf ihre Augen. »Ich dachte schon, es ist der Rabe.«
Als sie sich liebten, weinte sie.

Am nächsten Mittag war es nicht Ann, die in des Fremden Zimmer kam. An ihrer Statt stapfte ein alter Kellner durch die Tür.
»Eine Flasche Weißen – ganz genau wie jeden Tag.« Seine Stimme klang müde. Und asthmatisch. »Aus Frankreich kommt der wohl.« Er hob die Flasche nah vor seine Augen.
»Blank dee Blank – steht auf dem Etikett.«

Der Fremde lehnte seinen Rücken an das Fenster. »Haben Sie hellseherische Fähigkeiten?«
Der Kellner ließ ein kleines Röcheln hören. »Ann hat es mir – so aufgetragen.« Zwischen seinen Worten gab es Pausen. »Das Stubenmädchen hier – auf Etage zwei. Die Dunkle – mit den langen – Haaren.«
»Hat sie heute frei?« Der Fremde ließ die Frage klingen, als würde des Kellners Antwort nicht wahrhaft von Interesse sein.
»Nein«, sagte der Alte. »Ist nur heute – mittag – sehr verhindert. Abends ist sie – wieder – hier.«
»Die Sonne ist faul heute«, sagte der Fremde. »Oder besorgt. Wagt sich kaum in dieses Zimmer.«
»Gut gesprochen!« rief der Alte zu dem Hotelgast hin. »Ann hat mir – erzählt, Sie spielen – hier – Theater.«
»Ja«, nickte der Fremde. »Prinz von Homburg. Haben Sie schon mal von dem Stück gehört?«
»Nein«, gab der Alte zu.
»Die Schauspieler, mit denen ich zu tun habe, auch nicht«, murmelte der Gast.
»Sie klingen – unzufrieden, junger – Mann«, sagte der Kellner.
»Ich bin unzufrieden«, bestätigte der Fremde.
»Meine Frau – geht oftmals – ins Theater.« Der Kellner zog den Korken aus der Flasche. »Meine Tochter – ebenso. Ich – weniger. Wo treten Sie – denn auf?«
»Im Abbey.« Der Fremde gähnte. »Ab Dienstag.« Er ließ sich eine Seezunge aufs Zimmer bringen. Dann lief er, Kleist-Texte murmelnd, durch schmale Gassen. Am Nachmittag war wieder Probe.
Abends stand ein guter Bekannter, freundlicher Mann, ein wenig dickleibig, Journalist, wartend vor der Bühnentür: Tom Woodman von der *Irish Times*.

Der Schauspieler war verschwitzt und müde. Tom Woodman lief mit kurzen Schritten neben ihm und stellte viele Fragen. Auf der O'Connell Bridge lehnte sich der Fremde über das Geländer. »Die Liffey ist kein schöner Fluß.«
»Nein«, gab Woodman zu. »Andererseits – wie blau ist heutzutage schon die Donau?«
Der Schauspieler spürte Müdigkeit in seinem Kopf. »Bei den Pubs stehen bereits die Türen offen. Wir sollten einen trinken gehen.«
»Gern«, meinte der Journalist, »aber ... sehen Sie das Mädchen dort? Bei dem Denkmal? Auf den Marmorstufen? Die Hübsche mit dem langen schwarzen Cape?«
Der Fremde warf einen Blick über seine Schulter. Die Frau war Ann. Bei einem Mann.
»Eine verwirrende Person«, sagte Woodman. »Ich bin mit ihr ganz gut gefahren.« Er verschluckte sich und hustete. »Möglich, daß Sie ihr begegnet sind. Sie ist Stubenfee, in dem Hotel, das auch das Ihre ist.«
»Wer ist der Kerl neben ihr auf den Stufen?« wollte der Fremde wissen.
Woodman nahm seine Brille ab. Er spuckte auf die Gläser. »Ihr zweiter Mann.« Er rieb, umständlich, die Brille sauber.
»Tom ...« Sein Gegenüber gab sich Mühe, unbeteiligt zu erscheinen. »Warum sind Sie mit ihr ganz gut gefahren?«
Woodman legte die Hände auf den Rücken. »Diese Verwirrung von Person durchlebt Facetten, als wär sie ein Roman. Einer, den ich schreiben sollte. Doch das zu tun ist wahrhaft zu beschwerlich für mich faulen Kopp. Außerdem ist das Leben mit dem Übersinnlichen, wie es dieser Ann täglich zugemutet wird, für Verleger irischer Romane alles andere als neu. Und in fremden Ländern druckt mich niemand. Also zog ich die Bequemfassung einer Novelle vor, als ich schreibend mich bemühte, die

Schönheit der Seele dieser Frau für die Nachwelt festzuhalten.«
Der Schauspieler nahm das Bild von Ann bei einem anderen in sich auf. Ich sollte hinübergehen und sie von den Stufen holen, dachte er, Ann gehört auf Zimmer 28. In mein Bett. Mit schwarzem Rock und Kniestrümpfen, selbstgestrickt, aus weißer Wolle. Und mit dem Namen des Hotels auf ihrem Hemd.
Der Journalist fand ein Stück verrosteten Geländers und setzte sich darauf. »Anns erster Mann ist Poet gewesen«, sprach er leise vor sich hin. »Jason Flaherty. Sein Name war in aller Munde.«
Der Schauspieler konnte seine Augen nicht von der Frau am Denkmal lassen. Ann hatte ihn gesehen.
»Sie hören mir nicht zu«, rief Woodman.
»Nein«, gestand der Schauspieler. »Tut mir leid.«
»Schon gut.« Der Journalist fuhr sich mit flacher Hand über seine Augen. »Ja«, sagte er dann. »Jason Flaherty. In Anbetung seiner mädchenhaft..., kaum berührten Frau... war er wie von Sinnen. Am Ende einer Liebesnacht, in der sie ihm von einem Taumel in den anderen folgte, hat er sich umgebracht. Jetzt klopft er seine Verse an ihr Fenster.« Der Ire beugte sich nach vorn. »Ich spreche wohl in Rätseln«, fragte er mit leiser Stimme.
»Ja«, sagte der Fremde.
Woodman schloß die Augen, bevor er weitersprach. »Anns Dichter war in die Todesnebel von uns Iren eingegangen. In seinem zweiten Leben wurde er zum Raben.«
»Zum Raben?«
Tom nickte. »Zum Raben.«
»Warum zum Raben?«
»Weiß nicht«, kam die Antwort. »Er hatte es sich so gewünscht.«

Der Fremde sah den Iren lange an. Woodman lächelte: »In Ihren Augen steht die Frage, was ab dann geschah«, und weil der Mund des anderen offenstand, sprach er ohne Pause weiter: »Aus dem besten Freund des toten Dichters wurde der jungen Witwe zweiter Ehemann. Sean McGullon. Er befindet sich da drüben neben Ann. Im Dienst trägt er eine dunkelblaue Uniform. Er erklärt Touristengruppen die Werke großer Meister, in der National Gallery of Art. Sein Favorit ist Tizian. Das Wasser läuft ihm im Mund zusammen, hat er mir unverhohlen eingestanden, wenn er vor der Üppigkeit von Tizians Frauen steht, vor ihren prallen Brüsten, von den gewaltigen rosa Schenkeln, sagt er, ganz zu schweigen. Im Vergleich zu Tizians Frauen scheint Ann mir eher zart zu sein. Sie ist das schlanke Ideal der Frau von heute. Dennoch ist Sean mit ihr vor den Altar gegangen.«

Der Fremde fand am Himmel eine Regenwolke, die sich zu nichts entschließen konnte. Dann hörte er Woodman sagen: »Die beiden scheinen Streit zu haben. Sehen Sie nur, wie Sean seine Füße wütend auf die Marmorstufen stampft! In seinem Ärger sieht er mir recht komisch aus.«

»Ja«, grinste der Schauspieler, »und der Rabe findet das ganz sicher auch. Vermutlich sitzt er hier irgendwo herum, unter dieser Brücke, weil er vor lauter Lachen nicht mehr fliegen kann. Er hält sich den Bauch. Falls es einem Raben möglich sein sollte, sich den Bauch zu halten.«

Tom Woodman sah zu Boden. »Machen Sie sich lustig über das Schicksal dieser Irin?«

»Im Gegenteil«, sagte der Fremde. »Mein Interesse an der Frau ist groß.«

»Ich könnte Sie bekannt machen miteinander.« Woodman lächelte zu dem Fremden hin. »Doch Sie werden bei dem Mädchen nicht weit kommen.«

»Erzählen Sie mir von ihrem ersten Mann«, forderte der Fremde.
»Jason Flaherty schrieb seine Gedichte in Gälisch«, berichtete der Ire. »Verse von der Unantastbarkeit der Frauenseele.« Woodman sah, fast mit Begehren, zu Ann hinüber. »Als er sich das Leben nahm, war er erst Mitte Zwanzig. Seine Gedichte sprechen von Ann, von Liebe, Tod und Krähen. Ist Ihnen aufgefallen, daß es in Irland viele Krähen gibt?«
»Ja«, sagte der Fremde. »Manchmal sitzen so viele von ihnen auf den Wiesen, daß man denken könnte, hier wüchse schwarzes Gras.«
»Sie kennen unser Land«, sagte der Journalist. »Und scheinen es zu mögen.«
»Sehr«, sagte der Fremde.
»Nun gut. Der Dichter und sein bester Freund waren stets im Martin's Double Barrel zu finden gewesen«, erzählte Woodman weiter. »Kennen Sie den Pub?«
Der Fremde nickte. »In der Kildare Street.«
»Richtig«, sagte der Journalist. »Die Frau ist stets dabei gewesen. Sie durfte bei den Männern sein, das Einmischen ins Gespräch der Freunde ward ihr jedoch nicht vergönnt. Sie saß lediglich dabei. Hörte schweigend zu. Abend für Abend. Ist das so gewesen.«
»Wurde viel getrunken?«
»Mächtig! Immer wenn Flaherty abgefüllt war bis zum Rand, gab er das Versprechen ab, bald zu sterben.«
»Wer hatte ihn darum gebeten?«
»Niemand. Er hat es ungefragt versprochen. Mehr als einmal. Immer wieder schrie er durchs Lokal, daß er als schwarzer Vogel wiederkehren würde. Nicht als Krähe, nicht so klein und massenhaft, sondern einzeln, stolz und fett und groß. ›Ein Rabe‹, rief er den andren zu, ›aus mir wird einst ein Rabe werden!‹«

»Erstaunlich«, sagte der Fremde. »Und dann?«
»Eines Nachts, im Zwielicht einer Liebesnacht, wie ich bereits erzählte, nahm der Dichter sich das Leben. Der Museumsangestellte kam, die Frau zu trösten.«
»Und blieb«, sagte der Fremde.
»Und blieb«, nickte der Ire. »Ein paar Tage später wurde ans Fenster geklopft. Es war Abend. Sean McGullon arbeitete an einer Bleistiftskizze. Es sollte eine Frau vor ihrem Spiegel werden. Eine, die sich still betrachtet. Genau gesagt, eine Ann, die sich still betrachtet.« Woodman setzte sich die Brille auf. »Die Wohnung der beiden ist im dritten Stock. Eigentlich recht ungewöhnlich, wenn jemand im dritten Stock ans Fenster klopft, was meinen Sie?«
»Nicht, wenn der Besucher fliegen kann«, sagte der Fremde.
»Schnell erkannt!« Woodman lachte. Er legte dem Kleist-Schauspieler eine Hand auf die Schulter. »Der Rabe hackte mit dem Schnabel an die Fensterscheibe. Er wollte in die Stube kommen.«
»Verständlich«, sagte der Fremde. »Raben fühlen sich manchmal einsam auf den Dächern Dublins.«
»Wie wahr!« Der Ire nickte. »Die junge Frau hat das Fenster geöffnet und ihren Mann hereinfliegen lassen. Sie sagt, ihr zweiter Mann wäre wie von Sinnen gewesen vor Freude, als er den Toten auf der Stehlampe sitzen sah. Von jenem Abend an leben sie zu dritt miteinander.«
Der Fremde sah zu den Marmorstufen hin. Ann war nicht mehr da.
»Morgens, wenn die Witwe Spiegeleier briet, läßt der Freund den Raben aus dem Haus«, sagte Tom. »Niemand weiß, was der Vogel den ganzen Tag lang treibt. Kaum wird es dunkel, ist er wieder da.« Er zündete sich eine Zigarette an. »Nun kann es ja mal vorkommen, daß die beiden jungen Leute unter sich bleiben wollen. Sie verstehen?«

»Ja«, sagte der Fremde, zögernd.
»Dann vergessen die beiden absichtlich, das Fenster offenzulassen. Wenn dies geschieht, hackt der Rabe wie wahnsinnig an die Scheibe. Es sollen schon zwei davon zu Scherben gegangen sein.«
»Vielleicht hat das Mädchen ihren Dichter nicht geliebt«, meinte der Fremde sinnierend. »Vielleicht hat sie sich nur lieben lassen. Vielleicht hat sich Flaherty deshalb umgebracht.«
Es begann zu regnen, und die beiden Männer machten sich eilig auf den Weg zu Martin's Double Barrel. Tom holte sich zwei Sandwiches aus der Glasvitrine. Der Fremde trank einen doppelten Glenfiddich. Dann schlenderte er ins Hotel zurück. Er nahm die Bilder von den Wänden seines Zimmers und legte den Kleiderschrank flach auf den Boden. Der alte Kellner brachte Brot und Käse. »Zweifelsohne eine – originelle Art –, sich einzurichten.«
»Mir wird es manchmal hier zu eng«, meinte der Fremde.
»Sie haben – recht«, fand der Kellner, »flache Möbel – lassen Zimmer größer – werden.« Er schlurfte auf den Korridor hinaus.
Der Schauspieler setzte sich auf den Schrank und starrte zum Telefon. Ann hatte ihn noch niemals angerufen. Auf dem Nachttisch lag ein Band Kleist. Der Fremde nahm ihn in die Hand. »Großer Dichterpreuße«, sagte er zu dem Lederrücken, »der Bruch in deinem Homburg ist nicht nur für Iren schwer verständlich.«

Am nächsten Mittag, nach der Probe, ließ er sich sehr viel Zeit. In einem Schaufenster sah er einen Bildband über die Bahamas. Er sagte sich, daß es sicher gut wäre, da mal hinzufliegen. Als er ins Zimmer 28 kam, fand er Ann auf seinem Bett. Er stellte sich ans Fenster und sah auf die Dawson

Street hinunter. »Meine kleine Welt auf Zeit«, sagte er. »Giebelige Häuser. Schöne Fassaden aus der Zeit englischer Könige, die George geheißen haben. Zwei von ihnen hießen ursprünglich mal Georg, weil sie aus Deutschland stammten.«
Er suchte neben dem Fenster nach der Schnur des Vorhangs. Die Frau auf dem Bett schüttelte den Kopf. »Heute muß der Vorhang nicht geschlossen sein. Mein Mann ist mir nicht nachgeflogen.«
»Du hältst den Weltrekord im Irresein«, brummelte der Fremde.
»Kennst du den Schreiber von der *Irish Times* schon lange?« wollte sie wissen.
»Ja«, nickte der Fremde. »Ann! Warum hat sich der Dichter umgebracht?«
Seine Irin legte den Kopf zur Seite. »Die Antwort darauf bekommen wir erst am Jüngsten Tag.« Sie hockte zwischen weißen Kissen und hielt die Knie unter ihrem schwarzen Rock umschlungen. »Mir klopft das Herz jetzt schon bis zum Hals hinauf«, sagte sie. »Das wird ein aufregendes Ereignis sein, dieser Jüngste Tag! Ich sehe jetzt schon alles deutlich vor mir. Der Museumsdiener hält meine Hand. Du stehst ein Stück dahinter.«
»Wieso dahinter?«
»Weil du nur kurze Zeit in meinem Leben warst«, sagte Ann. »Vor Gottes Thron ist die Verantwortung von Wichtigkeit. Siehst du das nicht ein?«
»Nein«, sagte der Fremde.
»Ehemänner stehen vorn vor Gottes Thron«, sagte Ann, »Liebhaber warten weiter hinten.«
»Das ist schade«, sagte er. »Und wo hockt der Rabe?«
»Woanders. Gott läßt ihn woanders warten.«
»Warum das nun wieder? Stellt Gottvater Selbstmördern keine Fragen?«

»Viele!« rief Ann. »Gott liebt alle seine Kinder. Besonders jene, die es eilig haben, zu ihm zu kommen.«
»Ein neuer Aspekt«, sagte der Fremde. »Trotzdem – warum hockt der Rabe nicht neben uns vor Gottes Thron?«
»Weil er …« Ann biß sich auf die Unterlippe. »Weil er ermordet worden ist«, sagte sie dann. »Ermordete Selbstmörder sind komplizierte Fälle. Gott nimmt sich viel Zeit, über sie zu richten.«
»Ann, ich ahne Schlimmes.« Der Fremde hatte eine steile Falte auf der Stirn. »Wer hat den Raben ermordet?«
Ann stieg vom Bett. »So ein Vogel läßt dich niemals aus den Augen.« Sie stellte sich neben ihn ans Fenster. »Wo du auch hingehst in der Wohnung – immer hüpft er um dich herum. Bei allem sieht er dir zu. Bei allem! Das geht an die Nerven.«
Der Fremde schwieg, und die Irin flüsterte: »Du! Wenn Gott mit seinem Finger nach dir winkt und du mußt dich zu mir stellen und Antwort geben – was sagst du dann?«
»Allmächtiger«, stöhnte der Fremde.
»Und weiter?«
»Es war dein Wille, Herr, daß ich nach Irland kam, um Kleist zu spielen. Der letzte Akt hat mich um den Verstand gebracht. Ebenso wie diese Frau.«
Ann lachte. »So. Ich gehe jetzt.«
»Was? Schon?« Der Mann sah auf seine Uhr. »Deine Mittagspause ist noch lange nicht zu Ende!«
Ann schüttelte den Kopf. »Ich gehe fort. Und komme nicht zurück. Hörst du die Wahrheit gern?«
»Nein«, sagte der Fremde. »Wahrheit trägt ziemlich häufig eine Maske. Sie lacht mich aus. Ich mach vor ihr die Augen zu.«
»Meine Wahrheit lacht nicht über dich.« Eine kleine Zeit

lang stand sie schweigend neben ihm. Dann sagte sie: »Ich will mich nicht mehr teilen lassen.«
Der Fremde sah auf die Straße hinunter und wartete.
»Gestern abend, bei dem Denkmal, habe ich meinem Mann erzählt, daß ich mich in den Mittagspausen von einem Hotelgast lieben lasse.« Auch sie sah jetzt nach unten zu der Straße hin. »Mein Mann war äußerst wütend.«
Der Fremde wußte nichts zu sagen.
»Meine Stellung hab' ich aufgegeben.« Sie betonte jedes Wort des Satzes einzeln. »Der Zug nach Cork geht kurz vor vier«, sprach sie dann weiter. »Mein Museumsdiener wird sich am ausgeprägten Busen einer anderen trösten müssen.«
Über das Gesicht des Mannes lief ein Lächeln. Seine Irin sah ihm dabei zu. Schließlich sagte sie: »Deine Geschichte von dem Tenor mit dem weißen Fleck auf seiner Jacke wurde meine Rettung aus der Not. Ich war nämlich besorgt, der Rabe würde neben meinem Abteilfenster her, mich nicht aus seinen kleinen, runden schwarzen Augen lassend, den ganzen Weg bis Cork geflogen kommen. Jedoch, das kann er jetzt nicht mehr.« Ihre Stimme klang verzagt: »Ich habe Rattengift vor ihn hingestreut.«
Der Schauspieler betrachtete das Zimmermädchen und pfiff leise vor sich hin. Dann sah er wieder aus dem Fenster. Die Leute in den Büros gegenüber waren zurück von ihrer Mittagspause. Ein älterer Mann nahm den Telefonhörer in die Hand, und ein Stockwerk höher kochten zwei dicke Mädchen einen Topf Kaffee.
»Sei nicht besorgt«, sagte Ann. »Gott wird dich nicht verdammen. Du warst ja nur der Anstoß.«
»Anstoß?« Der Fremde zog die Augenbrauen hoch.
Ann nickte. »Mit deiner Geschichte aus Paris. Von dem Taubenvergifter. Auf dem Opernplatz. Wer was erzählt,

wird nicht bestraft. Gott liebt Erzähler. Da bin ich ganz sicher.«

»Und du?« fragte der Mann. »Was wird aus dir am Jüngsten Tag?«

»Ich komme auch ohne Gottes Zorn davon«, sagte das Mädchen. »Einen Raben umzubringen, der sich schon selbst einmal getötet hat, kann nicht als schwere Sünde gewertet werden, und wenn der Herr sagen sollte: ›Auch der Rabe ist eine Kreatur, von mir erschaffen‹, dann kann ich antworten: ›In meinem Fall hast du mir zuerst Flaherty erschaffen, und ich bin dir dankbar dafür, denn ich habe ihn geliebt. Dann aber nahm mein Dichter sich das Leben, das du ihm gegeben hattest, Herr, und zur Strafe stecktest du ihn in die Federn eines Raben.‹« Sie stellte sich mit dem Rücken vor das Fenster und sah dem Fremden in die Augen: »Ich habe Jason Flaherty nicht ermordet!«

»Nein«, sagte der Fremde. »So gesehen, hast du recht.« Er dachte nach. »Der wahrhaft Schuldige scheint der Tenor zu sein.« Er lächelte das Mädchen an. »Mein Freund hätte dir kein Beispiel liefern sollen.«

Ann nahm den Gedanken ernst. »Mein Beichtvater hat mich sehr erschreckt«, sagte sie.

»Warum?« fragte der Fremde.

»Er sagt, der Herr sei auf uns Iren nicht gut zu sprechen.«

»Wie das?«

»Er soll voller Zorn gewesen sein, als er Irlands Küsten schuf. Steine, Lehm und Bäume hat er mit großem Schwung ins Meer geworfen. Und noch viel Gras dazu. Niemand hat sich getraut zu protestieren. Die Felsen blieben in der Brandung stehen, und Bäume wachsen noch immer an den Stellen, wo Gott sie hingeworfen hat.«

Der Fremde wollte ihr zu Hilfe kommen. »Beichtväter wissen auch nicht immer alles.«

Ann runzelte die Stirn. »In meinem Leben ist es so«, sagte sie, »daß der Herr in seinem Zorn auf uns Iren drei Männer vor mich hingeworfen hat«, sagte Ann, »einen Dichter, einen Museumsdiener und einen Komödianten.«
»Du kannst dich nicht beschweren«, sagte der Fremde.
Der Wind rüttelte an dem kleinen Fenster.
»Stell dir nur mal vor, Gott wäre eine Frau«, sagte Ann.
»Der Gedanke gefällt mir außerordentlich«, sagte der Fremde.
»Der weibliche Gott hätte mir vermutlich nur einen Mann geschickt«, meinte sie sinnend.
»Welchen?« fragte er.
Ann legte eine Hand auf das Lachen vor ihrem Mund.
»Fahr nicht nach Cork«, sagte der Mann. »Was willst du da?«
Die Frau hob ihre Schultern an. »Arbeiten. Leben. Die Hände aus dem Fenster halten, wenn es regnet.«
Der Fremde sah sie fragend an.
»Dann wisch ich mir die Tropfen von der Hand. Oder ich behalte sie«, sagte Ann, »ganz wie ich will. Glaubst du, daß es einen Regentropfen gibt, der mich mit einem anderen Regentropfen teilen will?«
»Nein«, sagte der Mann. »Möglicherweise hast du recht.«
»Und du?« fragte Ann. »Was wirst du tun?«
»Ich spiele Kleist«, sagte der Fremde. »Und wenn du die Regentropfen zählst in deiner Hand, wird einer fehlen.«
»Du wirst fehlen«, sagte sie.
»Ja«, sagte er. »Ich werde nicht dabeisein.«

April an meinem Fenster

Mein Schatten springt den Nil entlang. Ich seh ihm zu. Das macht mir Spaß. Manchmal weicht der Fluß nach Westen aus. Dann irrt mein dunkler Punkt durch Wüsten. Bevor er sich darin verlieren kann, dreh ich ab. Ich hole mir den Fluß zurück. Träge windet er sich wieder in die runde Scheibe, die der Propeller vor mein Cockpit dreht. Wenn ich den Kopf nach rechts nehme, kommt der Nil ebenso zu mir zurück. Geht schneller, zugegeben. Macht aber nicht den gleichen Spaß. Tagelang allein und über Wüsten. Da spielst du Spiele. Mein Spiel heißt *Unisono*. Was bedeuten soll, daß wir eine Einheit sind, ich und mein Flugzeug. Nicht zu trennen. Ich wende nicht meine Nase, sondern die der Maschine. Unsere Nase. Schon kommt der Fluß ganz brav dahin, wo wir ihn haben wollen. Theoretisch könnte ich das Flugzeug auch in Rückenlage bringen. Dann wäre der Nil über uns. Wenn der Wassereimer neben mir nicht wäre, würde ich das tun. Wie viele gibt es schon, die sagen können: »Es war an einem Tage im Oktober. Ich hatte den Nil über mir.« Wenige.
Der Eimer stammt aus Kairo. Vor drei Tagen hab ich ihn gekauft. Er ist sein Geld wert. Handtücher schwimmen in dem Eimer. Alle zehn Minuten lege ich ein nasses Tuch auf meinen Kopf. Das Wasser ist nicht kühl, doch kühler als die Luft im Cockpit. Ohne die Handtücher hätte ich schon lange einen Sonnenstich. Selbst der Tankwart in Khartum,

ein Schwarzer, hat geschwitzt. Warum ziehn die Konstrukteure das Plexiglas der Kanzel zurück bis oben über den Kopf von uns Piloten? Ich wette, sie wissen's selber nicht. Oder sie fliegen nur bei grauem Himmel.
Charles Lindbergh hat gewußt, wie man es macht. Seine *Spirit of St. Louis* hatte nur zwei kleine Fenster. Seitwärts. Keine Sonne der Welt hat ihn grillen können. Andererseits – vielleicht hätte Lindbergh liebend gern auch mal nach vorn gesehen. Oder nach oben. Über dem Atlantik, selbst an einem Tag mit Regen, kann der Blick nach vorn romantisch sein. Ich weiß das aus Erfahrung.

Die Nadel auf dem Radiokompaß ist sich einig mit dem Fluß. Beide weisen nach Süd-Süd-West. Das Funkfeuer steht in Malakal. Bis gestern, als ich noch in Luxor war, hatte ich von Malakal nie was gehört. Ehrlich.
Der Fluglotse auf dem Turm von Luxor hat gesagt, Sprit gäb's nur in Khartum, Malakal und Juba. Beim Abstecken der Kurse und als ich die Reichweiten errechnen wollte, hab ich Malakal lange Zeit nicht finden können. Juba schon eher. Wenn ich erst mal in Juba bin, hab ich's fast geschafft. Von Juba bis Nairobi ist es nicht mehr weit.
Der ägyptische Fluglotse hat mir erzählt, hier käme nur sehr selten jemand einmotorig durch. Und eine Genehmigung, den Sudan zu überfliegen, hätte keiner der Männer je gehabt. Nicht, soweit er sich erinnern könne.
»Vor vier Monaten hab ich den Antrag gestellt«, sagte ich, »auf der Botschaft des Sudan bei mir zu Haus«, und der Ägypter hat genickt: »Immer das gleiche Lied. Den anderen vor Ihnen ist es ebenso ergangen.«
Vier Monate warten auf ein Stück Papier, das schließlich gar nicht kommt! In aller Ruhe hab ich die Wohnung verkauft, die paar Möbel und den Wagen. Erstaunlich, wie

leicht man sich von Gegenständen trennen kann. Nur ganz Persönliches steht fest verschnürt im Keller von Bekannten. Fliegerkarten, Bücher, Fotos hinter Glas. Zwei Kisten mit Schnitzereien, Masken. Nichts Kostspieliges, keineswegs. Wertvoll allenfalls für mich. Erinnerungen an dreißig Jahre Fliegerei. Ich habe sie gut eingepackt. Wer einen neuen Anfang machen will, läßt die Erinnerungen besser, wo sie sind.
So gut wie täglich hab ich bei den Sudanesen nachgefragt. Die Botschaft schob mich auf die lange Bank. Ich hatte keine Wohnung mehr. Kaum Freunde. Nichts zu tun. Ich stand herum. Auf einem Bein, wie Rumpelstilzchen. In einem Wald aus fremden Häusern. Da bin ich auf die Insel Sylt geflogen.
Auf Sylt bleibst du nicht lang allein. Das Mädchen unterm roten Kliff wollte wissen, wo wir uns nach den Ferien wiedersehen.
»Nirgendwo, mein Schatz«, hab ich gesagt. »Für dich und mich kann es nur diesen kurzen Sommer geben.« Mitte September reiste sie zurück an ihre Universität. Im Oktober teilte ich mir den Strand nur noch mit Möwen. Kalter Wind kam auf, und es begann zu regnen. »Fliegen Sie los«, sagte der Sudanese am Telefon. »Machen Sie in Rom Station. Bis Sie da angekommen sind, liegt die Überfluggenehmigung bei unsrer Botschaft für Sie bereit.«
Ich kam bei der Botschaft an, und niemand wußte etwas über mich. Die Diplomaten schickten mich nach Athen. Dort zogen Sudanesen ihre Schultern hoch: »Vielleicht in Kairo. Wir kündigen unsrer Botschaft Ihren Besuch per Telex an.« Der Luftfahrt-Attaché in Kairo wischte mit flacher Hand auf einem leeren Tisch herum. Ich zwängte mich durch Kairos Menschenmassen, kniete neben Männern in Moscheen und kam am nächsten Tag zurück. Die

Botschaft war geschlossen. Ich hab den Eimer gekauft und bin nach Luxor geflogen. Der Fluglotse hatte nichts zu tun. Auf dem Platz war kaum Betrieb.

»Machen Sie es wie die anderen.« Er hatte gegähnt und die Zeitung aus der Hand gelegt. Das bißchen Haar, das ihm verblieben war, stand in krausen Büscheln neben ziemlich großen Ohren.

»Wie haben die andren es gemacht?«

»Genau wie wir es heute mit Ihnen machen werden: Sie schreiben Ihren Flugplan, und ich gebe den per Telex nach Khartum. Wenn bis morgen früh kein abschlägiger Bescheid vorliegt, starten Sie ganz unbekümmert. Ich gebe Ihnen eine Kopie von meinem Telex mit. Das ist Beweis genug für Ihren guten Willen.« Was er sagte, leuchtete mir ein.

Ich machte Yoga, um die steifen Knochen zu entkrampfen, stieg Treppen zu Königsgräbern runter und schlenderte durch den Palast von Theben. Nachmittags döste ich ein wenig in der Sonne, sah Araberinnen zu, die im Fluß Wäsche wuschen. Im Hotel, nach dem Dinner, pokerte der Barmann mit mir um die Drinks.

»Ich eigne mich nicht sonderlich zum Touristen«, sagte ich zu ihm. »Auf den Gedanken, Altertümer auszugraben, werde ich kaum kommen. Was morgen los ist, das ist wichtig.« Der Barmann grinste. Er hatte kein Wort von mir verstanden.

Mit dem ersten Licht des Tages stieg ich in Luxor auf den Turm. Der Fluglotse vom Tag zuvor hatte keinen Dienst. Der Neue war nicht informiert. Von meinem Flug über den Sudan hatte er nie etwas gehört. Ein abschlägiger Bescheid war nicht gekommen. Aus Khartum lag überhaupt nichts vor. Ich warf eine Münze in die Luft und wußte selbstverständlich vorher, daß ich fliegen würde.

Ein Riesenland, dieser Sudan. Beide Tankanzeigen lehnten sich nach links in Richtung LEER, da kam Khartum in Sicht. Flugzeit: sechs Stunden zwei Minuten. Die Tankwarte sahen mich kaum an. Niemand hatte irgendwelche Fragen. Khartum sieht, aus der Luft betrachtet, nach sehr wenig aus. Flache Häuser. Wellblechdächer. Trotzdem – ich wär schon gern mal durch den Staub der Straßen da gebummelt. Vielleicht hätte mir die deutsche Botschaft den Wisch besorgen können, den ich so dringend brauchte. Andererseits – die Offiziellen von Khartum wollten nichts von mir. Wenn die Hauptstadt keine Fragen hat, wird anderswo wahrscheinlich auch nicht viel gefragt. Es war wohl besser abzuhauen. Und es wurde Zeit, ans Ziel zu kommen. Zu der Verabredung in Nairobi bin ich bereits vier Monate zu spät. Die Frau, die auf mich wartet, heißt April. Sie lebt in Scheidung. Ihre Töchter sind zehn und zwölf. April. Komischer Name, zugegeben. Wenn es nach mir ginge, würde April *Hazel* heißen. Augen und Haare sind rötlich-dunkelbraun. Wie Haselnüsse. Ihre Töchter kenne ich nur von Fotos. Ein bißchen staksig, dürr. Sonst ganz hübsch. Farben wie die Mutter. Sie leben in einem Internat. Außerhalb Nairobis, sagt April.

Der Motor läuft rund. Alle Anzeigen auf normal. Kein Wunder – die Maschine ist nagelneu. Die Hälfte meiner Ersparnisse steckt drin. Die Investition hat sich gelohnt. Das Flugzeug ist ein guter Griff. Manchmal gibt's Zitronen, Kisten, die sie an einem Montag gebastelt haben. An Montagen sind die Burschen oftmals noch verkatert. Oder schlecht gelaunt, weil ein Mädchen das Wochenende über nicht rumzukriegen war. So eine Maschine läßt du lieber in der Halle stehen.

Das Außenthermometer zeigt 25 Grad Celsius. In dieser Höhe! Muß das 'ne Hitze sein da unten. Das Land den Fluß entlang ist fiebrig-grün. Sümpfe. Ich kenne das von Südamerika. Gleich hinter den Sümpfen fängt die Wüste an. Sie nimmt kein Ende. Am Schluß stößt sie mit dem Himmel zusammen: ein dünner Strich. Ohne Übergang wird dort der Himmel gelb. Und die Wüste blau.

April.
Ihr Mann war einer meiner Auftraggeber. Generalvertreter für Cessna in London, Nairobi und Johannesburg. Ich hab ihm die Maschinen von den Staaten nach London geflogen. Wie viele werden es gewesen sein? Aus dem Gedächtnis nicht zu sagen. Einsame Flüge waren das. Tag und Nacht zwischen Gummitanks im Cockpit. Alle paar Stunden umtanken. Sprit in die Flächen hoch. Und zum Trinken Cola. Ab und an mal Speed, diese Pille, die verhindert, daß du schläfst. Und wenn du dann in England bist, liegst du ganze Nächte wach. Gehst in deinen Pub.
Warum hast du es eigentlich zu nichts gebracht? Andere Piloten fliegen Linie. Haben ein Haus mit Garten. Frau und Kind. Vertrag mit Pensionsberechtigung. Nein, du würdest nicht mit ihnen tauschen. Ehrlich. Mit dem Gedanken gehst du in die Sauna. Und bist wieder fit for action. Aprils Mann schickt dich per Linie nach New York. Auf dem Weg zurück nach London sitzt du wieder zwischen gelben Gummitanks, dem Schlauchboot und einer Schwimmweste, die zu unbequem ist, um sie ständig umgeschnallt zu tragen.
Während der ersten Nordatlantikflüge nimmst du noch Bilder in dir auf: silberne Sonnenfinger, die aus Wolken zeigen. Schaumkronen über Wellen. Wasserberge, die sich auf Frachter stürzen. Das Rot des Himmels, beim er-

sten Licht des Tages sich in Blau verlierend. Das Brummen des Motors, das zu Melodien wird, wenn du den Kopf hin und her wirfst, um den Schmerz aus deinem Rücken zu vertreiben. Bei den ersten Überführungsflügen wartest du noch auf die Küste Irlands, bist gierig auf den dünnen weißen Strich am grauen Horizont, und wenn du an Shannon vorüberkommst, ist Cornwall nicht mehr weit, und du stellst das Fenster auf und rufst den kleinen Cottages unter dir die ersten Worte zu, die den Briten sagen sollen, du hast den Flug geschafft, willst wieder mal mit einem reden, nach so langer Zeit. Obgleich das ja nicht stimmt. Du hast pausenlos geredet. Den halben Tag und auch die Nacht. Mit dir!

Es ist wahr: Ich rede ständig. Mit dem anderen im Cockpit. Mit dem einzigen, der zuhört, ab und an was sagt, und der seine eigene Meinung hat. Dem, der in mir sitzt. Und mich oft quält. Wenn April in der Nähe ist, sagt er kein Wort. Doch sobald ich meine Gedanken zu ihr wandern lasse, meldet er Besorgnis an. Ich bin rastlos. Das muß zugegeben werden. Bei den ersten Flügen war das anders. Da habe ich die Schönheit noch gesehen. Heute sehe ich die kaum mehr. Selten.

Hoffentlich wird es mit April nicht auch so sein.

Schweigend seh ich auf den Fluß dreitausend Meter unter mir.

Bisher hab ich's noch nirgends lange ausgehalten.

Bei keinem Menschen.

Und in keinem Land.

»Ich bin älter geworden«, sage ich zu mir. Laut. »Wird Zeit, daß ich zur Ruhe komme.«

Am liebsten. Denn es bleibt ja keine Wahl. Mit dem Atlantik ist es aus.

Ich lausche dem Gedanken nach.

Flugzeuge werden jetzt per Schiff gebracht. Zerlegt in Einzelteile. Gut verpackt in Kisten. Auf Containerschiffen. Das ist billiger für Aprils Mann. Sein Geschäft, das kracht nur so.
Ich nicke. »Seine Sekretärin ist sehr tüchtig. Er wird sie heiraten. Das Verhältnis dauert bereits Jahre.«
Sagt April.
»Ja. Sagt April.«
Glaubst du alles unbesehen, was April sagt? fragt der Quäler.
»Ja«, sage ich und nehme das trockene Tuch von meinem Kopf.
Ich sehe auf die Borduhr. Erst zwölf Minuten, und der Stoff ist trocken. Das neue, nasse Tuch tut gut. Drei Rinnsale bahnen sich unabhängig voneinander ihre Wege durch mein Haar. Meinen Hals hinunter. Ein Rinnsal links, das andere rechts. Das dritte bleibt neben meiner Nase hängen. Schielend sehe ich dem Tropfen zu. Warte, bis er sich zum Sturz entscheidet. Er zerplatzt auf meinem nackten Oberschenkel. Mein Hemd und die Khakihose liegen auf dem Sitz des Copiloten. Bei solcher Hitze fliege ich grundsätzlich in Badehose.
Ich sehe wieder aus dem Fenster. Mein Schatten springt den Fluß entlang.
»Der Nil. Drei Buchstaben. Und zwei verschiedene Flüsse.«
Ja. Der Weiße und der Blaue.
Wer, glaubst du, hat sie so benannt?
Wie immer wohl ein Brite. Unter einem Tropenhelm. Entdecker. Weltberühmt. Hieß er nicht Burton?
»Weiß nicht«, brummele ich vor mich hin.
Glaub mir nur, der Mann hieß Burton.
»Wo aber kommt der Fluß wohl her?« Ich angele nach der Anschlußkarte. »Der Weiße Nil fließt raus aus dem Victoria-See.«

Sieht ganz so aus.
»Und der Blaue?«
Kommt, wenn ich nicht irre, aus Äthiopien.
Äthiopien. Forscher sagen, Jesus Christus stammt daher.
An der Sache ist vielleicht was dran.
Der Gottessohn soll schwarz gewesen sein.
Sagt April...
Bildschön.
Ja.
Bildschön und schwarz.
Den Gedanken mag sie sehr.

April.
Sie hat mich in ihr Leben eingeladen. Nach Nairobi. Erst in Briefen. Dann in einem Ferngespräch, mitten in der Nacht.
Nicht eingeladen, meint der Denker hier im Cockpit. *Zunächst einmal befohlen. Später, zwischen Kissen, angefleht.*
Ich sehe mir beim Nicken zu. Stimmt. Sie möchte, daß ich zu ihr komme. Bei ihr bleibe. In einer Villa. Nairobi muß da wohl am schönsten sein. Rosslyn heißt die Gegend. Ringsum nichts als Kaffeepflanzen. Die Töchter kommen wochenends vom Internat nach Haus. Von Montag an bis Freitag fühlt sie sich allein. Sie hat zwei schwarze Angestellte. Kikuyus. Beide. Eine Köchin und ein Mann. Einer, der putzt und fährt und repariert. Die beiden sind April ergeben. Haben April großgezogen, als Kind schon auf dem Schoß gewiegt. Beim Aufstand der Kikuyu, beim Mau-Mau gegen die Briten, haben die nicht mitgemacht. April hat jede Nacht mit einem Revolver unterm Kopfkissen geschlafen. Wenn du denkst: ein Schulmädchen. Und kennt schon Waffen. Mein Schatten springt weiter über Fiebersümpfe. Sattes Grün. Der Nil läuft stetig auf aus Süd-Süd-West.

April ist kein junges Mädchen mehr. Keineswegs. Doch ihre vierzig Jahre siehst du ihr nicht an. Sie zieht die Stirn oft kraus. Und um die Augen hat sie ein paar Falten. Ihr Körper allerdings ist jung geblieben. Sehr sogar. In meinem Bordbuch steckt ein Foto. Ich ziehe es heraus. April am Swimmingpool. Dahinter Kaffeepflanzen. Lange, dunkle Haare bedecken Aprils Brust. Wer wohl das Foto knipste? Als ich sie zum ersten Mal sah, hatte sie auch nicht sehr viel an. Es war Silvester. In London. Ein Fest bei Freunden ihres Mannes. In der Millionaire's Row, abgehend von Kensington High Street. Letztes Jahr? Oder dieses? Hängt davon ab, wann du auf die Uhr gesehen hast – vor zwölf oder danach. Es waren viele Menschen in dem Haus. Aprils Mann hab ich den ganzen Abend kaum gesehen. April hat mit mir tanzen wollen. Nur mit mir. Immer wieder. Unentwegt. Das erste Silvester meines Lebens, an dem ich nicht betrunken war. Aprils Kleid war sehr tief ausgeschnitten. Einmal rief sie nach einem Charleston. Außer ihr konnte niemand diesen Tanz. Ich auch nicht. Männer klatschten Beifall. April genoß das sehr. Sie hielt den Oberkörper beim Tanz nach vorn gebeugt. Mit flachen Händen berührte sie abwechselnd die Knie unter dem Saum an ihrem leuchtend roten Kleid. Ich sah ihren Brüsten zu. Rund und klein. Selbst im Rhythmus dieses Charleston bewegten sich die Brüste kaum.
Am nächsten Morgen, spät am Morgen, trafen wir uns noch einmal. Im Hydepark, Nähe Marble Arch. Kalter Wind. Eis auf Pfützen. Auch auf dem Rasen. Grauer Himmel. April fror in ihrem Nerz. Sie sah übernächtigt aus. Nicht so schön wie in der Nacht zuvor. Ihr Gesicht war ein wenig grau. Was wohl an dem grauen Himmel lag.
»Du bist der erste Mensch in diesem Jahr, zu dem ich spreche«, sagte ich.

April lachte. »Mir geht es ebenso. Auch mir hat heut noch niemand zugehört.« Ihre Stimme ist heiser, rauh. Viel zu tief für diese zarte Frau.
»Wie ist das möglich? Ich meine, wenn keiner bei dir ist?«
Sie hob die Schultern an.
»Wo sind die Töchter?«
»Bei meinen Eltern. In Gerrards Cross. Nicht weit von hier.«
»Und dein Mann?« fragte ich. »Schläft der noch?«
Sie machte eine Pause. »Bill ist nicht ins Hotel zurückgekommen.« Andere Frauen sehen auf ihre Fußspitzen bei einer derartigen Eröffnung. Oder zu den Wolken hoch. Andere vielleicht. April nicht. Keineswegs. April weicht Peinlichkeiten nicht gern aus. »Es ist nicht das erste Mal.« Das Lächeln auf ihrem schönen Mund war bitter.
Ich suchte Worte und konnte keine finden. Dann hab ich ihre Hand genommen und sie durch den Park geführt. Mit jedem Schritt auf dem gefrorenen Grund hab ich mich mehr in sie verliebt. Sie hat das wohl gespürt. Wortlos zog sie ihren Handschuh aus. Unsere Hände hielten sich nackt umklammert. Ganz fest. Als wären Hände Körper.
Ich wollte sie zum Lunch ausführen. Ins *Mirabelle.* Oder in ein andres Lokal der teuren Sorte. An einem solchen Tag zählst du nicht die Pfunde in der Tasche. April schüttelte den Kopf. Ihre Töchter erwarteten sie zum Mittagessen. In Gerrards Cross. Familientradition. Das Neujahrsessen findet jedes Jahr bei Aprils Eltern statt.
»Dann heute abend«, sagte ich.
Sie schüttelte den Kopf. »Mein Flugzeug geht am Nachmittag.«
»Heute?«
Sie sah mich traurig an. »Als ich das Ticket für mich und

meine Kinder kaufte, hatte ich mich noch nicht in dich verliebt.«
»Wohin geht dein Flug?«
»Nach Nairobi.«
Ich brauchte lange, bevor es mir gelang zu sagen: »Und warum?«
»Das Fortbleiben meines Mannes zwingt mich zu dem Schritt. Alles hat seine Grenzen. Ich nehm die Kinder und flieg nach Haus«, sagte sie. »Genug ist genug.«
»Hat das nicht noch paar Tage Zeit?« fragte ich. »Deine Flucht nach Afrika?«
Sie schüttelte den Kopf. Ihre Lippen wurden schmal. »Es ist keine Flucht.«
»Vor wenigen Minuten wußte ich noch weiter«, sagte ich. »Jetzt weiß ich gar nichts mehr.«
April sah mich an. Auf ihrer Stirn lagen drei, vier enge Furchen.
»Ich bin in den Park gekommen, um einem Mann die Frau zu nehmen«, sagte ich. »Wie kann ich das, wenn der Mann nicht ins Hotel zurückkommt und seine Frau vor mir nach Nairobi flieht?«
April hielt sich die Hand vor ihren Mund. Ihre Augen lachten.
»Ehrlich«, sagte ich. »Der Kerl hätte in sein Hotelbett fallen sollen. Den Rausch ausschlafen. Am Morgen wärst du in sein Zimmer nebenan gegangen und hättest ihm gesagt, dein Koffer ist gepackt und so einen Kerl von Ehemann willst du nicht mehr sehn. Du wärst deinem Mann davongelaufen. Durch die ganze Stadt. Bis hin zu mir.«
April nahm mein Gesicht in ihre Hände.
»Wenn der Kerl allerdings nicht mal eifersüchtig ist«, sagte ich. »Und woanders schläft...«
»Hör auf«, sagte sie.

»Dein Mann steht mir auf andre Weise im Wege, als Männer einem sonst im Wege stehen können«, sagte ich.
April lachte wieder: »Eine unorthodoxe Betrachtungsweise.«
Ich mußte selber lachen. Wenn mir auch schmerzhaft ernst zumute war.
Wir gingen schweigend weiter. Was zu sagen war, hatten wir uns gesagt.
An der Park Lane stand ein Bobby. Er riß ein Blatt aus seinem Polizistenbuch, als April mich nach meiner Adresse fragte.
»Meine kannst du leicht behalten«, sagte sie. »Postfach 15 in Nairobi.« Mit den Fingern ihrer Hand, die keinen Handschuh trug, griff sie in mein Haar. »Ich bin vernarrt in seine weißen Haare«, sagte sie zu dem Bobby. »Einmalig. Seidenweich. Finden Sie nicht?«
Der junge Polizist war verlegen. Er steckte das Buch zurück in seine Tasche.
»Ich werde dich vermissen«, sagte ich. »Ehrlich.«
Sie küßte mich. Der Bobby sah uns zu. April wischte mir den Lippenstift vom Mund. Dann lief sie fort. Am Ende der Park Lane stieg sie in ein Taxi. Sie hat sich nicht mehr umgedreht.

Die Sonne brennt sich durch die dunkle Brille tief in meine Augen. Alles ringsum wird farblos weiß: Instrumente, Himmel, Sumpf und Wüste. Das Land da unter mir ist flach. Nirgendwo ein Hügel. Wer hier lebt, muß denken, daß die Erde flach wie 'n Teller sei.
Ich wechsele das Handtuch noch einmal.
Beim Aufblicken kommt der Platz in Sicht. Drei Stunden zwanzig hatte ich berechnet. Nach zwei Stunden zweiundfünfzig bin ich schon vor Malakal. Vermutlich Rückenwind.

Und ziemlich stark. Das wird's wohl sein. Kaum möglich, daß ich mich so verrechnet habe.
Der Platz da vorn hat eine schwarze Piste, riesig lang. Zwei Taxiways nach Westen weg. Dazwischen steht ein Wellblechhaus. Und ein Sendemast. Sonst nichts. Kein andres Flugzeug. Keine Feuerwehr. Nirgendwo ein Mensch. Nicht mal ein Jeep steht irgendwo herum.
Vielleicht ist das gar nicht Malakal? Ich schalte den Autopiloten aus, nehme Gas zurück und gehe steil nach unten. Im letzten Moment fällt mir der Eimer ein. Bevor er rollen kann, halt ich ihn fest.
Über der Wellblechbude kippt die Kompaßnadel nach hinten weg. Bleibt mit ihrem Pfeil bei dem Sender in der Bude. Also ist das hier doch Malakal. Was es da an menschlicher Behausung gibt, versteckt sich weiter westwärts hinter hohem Schilf.
Ich hole mir das Mikrophon vom Haken. »Malakal Tower von Cessna Delta Echo Foxtrot Foxtrot India. Bin über Ihrem Platz.«
Aus meinen Kopfhörern kommt Rauschen. Vermutlich ist der Radiomann nicht zum Dienst erschienen. Oder vor Langeweile eingepennt. Also letzter Versuch: tiefer Anflug auf die Wellblechbude. Mit voller Kraft. Der Lärm reißt normalerweise jeden aus dem Schlaf. Nicht in Malakal. Das Radio schweigt, und niemand kommt unter dem Dach hervorgelaufen, Hand schützend über den Augen, mit der andren Hand Erkennung winkend.
Der Windsack hängt schlaff an seinem Mast. Ich setze das Fahrwerk auf den Beton und nehm den ersten Taxiway nach links. Langsam rolle ich zum Wellblechhaus. An der Tür hängt ein schweres Schloß. Die Fensterläden sehen zugerammelt aus.
Ich stelle den Motor ab, zieh die Bremse an und klettere aus

der Tür. Die Wand, in die ich stolpere, ist transparent und
heiß. Unter meinen nackten Füßen glüht Beton. Ich springe
auf den Sitz zurück. Und höre die Moskitos kommen. Beim
Zuknallen der Tür sind schon Hunderte um mich herum.
Sitzen mir auf Hals und Händen, krabbeln über Plexischeiben, fallen in den Wassereimer, hocken träge auf der Fliegerkarte, kriechen mir in beide Ohren, saugen Blut aus
meinen Schenkeln. Mit nassen Tüchern schlage ich nach
dem ekeligen Zeug, erwische auch ein paar davon, doch der
Kampf ist nicht zu gewinnen, weil es viel zu viele sind.
Im Cockpit wird es stickig. Ich kriege keine Luft, muß aus
der Maschine springen. Draußen stürzt sich auf mich, wer
noch nichts zu saugen hatte. Ich denke mir, daß es Millionen sind. Jaulend hüpfe ich über brennend schmerzenden
Beton zu einem Stück versengtem Rasen hin. Im Springen
lasse ich das feuchte Tuch über meinen Kopf weg kreisen.
Das wirbelt die Moskitos von mir fort. Nicht alle. Doch
recht viele.
Ich bin voll Wut. Klettere an den Holmen hoch. Ziehe mich
auf die Fläche der Maschine. Bäuchlings tu ich das. Atemlos
reiß ich mir die Badehose runter, dreh den Spritverschluß
nach rechts und steck die Badehose in den Tank. Der Stoff
saugt sich in Eile voll. Vom Hals bis zu den Zehenspitzen
reibe ich den Sprit auf meine Haut. An den Schenkeln
brennt das Zeug, als hätte es da rohes Fleisch gefunden.
Rohes Fleisch von meinem Luxor-Sonnenbrand.
Schmerz hin, Schmerz her, ich geh als Sieger aus dem
Kampf hervor: Das widerliche Mückenvolk läßt von mir
ab. Hockt dunkel rings um mich herum. Brüllend dresche
ich auf die Biester ein. Und seh ein Bild, urplötzlich, was
mir den Atem stocken macht: Die Schläge meiner Badehose fegen alles, was da an Widerlichem hockt, über die
weiße Fläche weg und durch die runde Öffnung in den

Tank! Meine Hände, eilig, zitternd, pressen den Verschluß in seine Führung, drehen die Scheibe bis zum Einklicken nach links. Moskitos, im Benzin ersoffen, sind des Piloten Tod. Der Vergaser saugt sie an, der Sprit bleibt weg, der Motor kotzt, dann bleibt er stehn. Immerhin: Ich hab ja nur den einen!
Unter mir brüllt plötzlich eine Hupe. Den Jeep hab ich nicht kommen hören. Sein Fahrer winkt mir einen Gruß nach oben. Ich sehe in das schwärzeste Gesicht, dem ich bisher begegnet bin. Hinter dem Jeep hängt ein Faß auf Rädern. Die Reifen von dem Ding sind abgefahren. Dikker Rost an dem Faß hat die Buchstaben *Esso* unlesbar gemacht. Neben dem Fahrer sitzt ein Mädchen. Klein. Und schwarz. Sie starrt mich an. Ihr Mund steht offen. »Die Mücken«, sage ich zu dem Fahrer hin. »Ich mußte mich mit Benzin einreiben. Wenn nicht, dann fressen mich die Moskitos auf.«
Der Schwarze sagt Worte, die ich nicht verstehe. Die Kleine dreht gehorsam ihren Kopf von mir zur Wellblechbude hin.
»Ihre Tochter?« frage ich. Er nickt. Das ist gut: Der Mann kann mich verstehn.
»Ich steh nur selten nackt auf Flugzeugen herum«, sage ich zu ihm. »Sie hätten früher hupen sollen.«
Der Sudanese sieht mich an. Sagt kein Wort. Moskitos krabbeln über sein Gesicht. Er scheint sie nicht zu fühlen.
»Bin ich der erste weiße Mann, den Ihre Tochter sieht?«
»Vor ein paar Jahren ist mal einer hier gewesen. Ashraf war noch klein. Sie wird sich nicht erinnern. Der Mann ist hier gelandet. Ich habe ihm Benzin verkauft. Er war bekleidet.«
»Ihr Gott hat Sie nicht mit einem Esso-Overall zur Welt gebracht«, sage ich, »und meiner dachte nicht an Hemd und Hose.«

Der Tankwart sagt: »Was Sie da von sich geben, versteht sich nicht sehr leicht.«
Ich springe von der Fläche. »Stimmt es, daß Europäer an gekochte Fische denken lassen?«
Der Mann beugt sich nach vorn. »Ja, gekochter Fisch, ja, ja!« Der gelachte Satz zerbricht an seiner Windschutzscheibe. »Und riechen tut ihr wie verfaultes Laub.«
Ich steige in mein Cockpit und ziehe Hemd und Hose über meine Blöße. »Ashraf, du kannst dich wieder umdrehn«, sage ich zu ihrem Hinterkopf. Ihr Vater läßt das zu.
Das Kind sieht lustig aus. Rundes Gesicht. Große schwarze Augen. Sanftmütig, wie bei einem Reh. Das Weiße in den Augen ist bei ihr gelb. Ihre Zähne, unter aufgeworfenen Lippen, sind von dem gleichen Gelb. Ihr Vater meint: »Sie sind früher gekommen, als Ihr Flugplan sagt.«
»Der Wind benutzt mich oft als Spielball«, sage ich zu der Kleinen in dem Jeep. »Heute hat er mich wie eine Hühnerfeder den Fluß hinauf zu dir gepustet.«
Die Kleine klatscht in ihre Hände. Mit gespreizten Fingern. Sie beugt sich vor und schnell zurück. Wie beim Tanzen sieht das aus. Das Mädchen steckt in einer Uniform, wie Kinder sie in manchen Ländern auf dem Weg zur Schule tragen. Frisch gebügelt. Weiße Bluse, grüner Rock. Blaue Strümpfe bis zu den Knien hoch. Ich nehme an, daß sie in ihrer Schule Englisch lernt.
Vom Westen her höre ich Motorenlärm.
»Unsere Soldaten«, sagt der Vater. »Wieviel Gallonen brauchen Sie?«
»Der linke Tank ist dreiviertel leergeflogen, der rechte aber noch fast voll.«
»Morgen mach ich das«, sagt der Tankwart.
»Warum nicht jetzt?«
»Es ist Freitag«, sagt der Mann. »Ich fahre zum Gebet in die

Moschee. Morgen machen wir den Tank voll bis hoch zum Rand.«
»Bitte kommen Sie, bevor die Sonne am Fluß Moskitos weckt«, sage ich. »Eine Stunde vorher, wenn es geht.«
Der Mann nickt.
»Ich schlafe hier in der Maschine. Für das Volltanken in Düsternis hab ich starke Akkulampen.«
»Wir haben Hotels in Malakal«, sagt der Tankwart. »Eines davon ist für Ausländer gedacht. Unsere Soldaten fahren Sie dorthin.« Ich denke mir, das Englisch von diesem Mann ist überraschend gut. Ganz sicher hat er das gelernt, als die Briten noch hier das Sagen hatten.
»Bis morgen, Ashraf«, ruf ich zu ihr hin.
Die Hand des Mannes streicht der Tochter übers Haar. Er lächelt. Seine pralldicke Oberlippe zieht sich bis zur Nase hoch. »Haben Sie Kinder?«
»Nein«, sage ich.
»Sie tun mir leid«, sagt er.
»Warum?«
»Wer wird sich am Ende Ihrer Tage um einen vergreisten Piloten kümmern, wenn er ohne Kinder ist?« Er wartet nicht auf Antwort. Der Jeep röhrt auf. Die Kleine hält sich fest an ihrem Sitz. Winkt, bis ich sie nicht mehr sehen kann.
Ich hol mir Socken und Safari-Clarks aus der Maschine und hüpfe auf einem Bein zur Wellblechbude hin. Das Schilf daneben überragt mich um gut einen Meter.
Ich fühl mich müde.
Und allein.
Schließlich kommen die Soldaten.
Sie tragen Khakihemden und weite Shorts und Hüte mit langen schwarzen Federn an den Krempen. Sie springen von dem LKW und laufen emsig um mein Flugzeug rum. Die Männer scheinen mir erregt. Sie halten lange Bam-

busstäbe in den Händen. Auf ihren Rücken schwingen Karabiner. Ihr Anführer ist ohne Uniform gekommen. Er bleibt hinter dem Steuer des hochrädrigen Lasters sitzen und spricht leise vor sich hin. Seine Soldaten stehen wie erstarrt. Sie lauschen seinen Worten. Der Anführer wirft ärgerlich den Kopf zurück. Dann springt er hinunter auf den heißen Beton. Mit weiten Schritten geht er zu dem Wellblechhaus, hämmert mit seiner Faust von außen an das Blech der alten Tür. Die Soldaten knien nieder. Sie schlagen mit Bambusstöcken einen Trommelwirbel auf Beton.
Dann wird es still. Der Mann kommt grußlos auf mich zu.
»Guten Abend.«
»Hallo«, sage ich und binde mir die Schuhe zu.
»Haben Sie während des Fluges fotografiert?«
»Nein.«
»Warum nicht?« will er wissen.
»Ich bin kein Fotograf«, sage ich. »Außerdem – was hätte ich schon fotografieren sollen?«
»Militärische Anlagen«, sagt der Mann. Er ist schlabberig. Fett. Wiegt gut dreihundert Pfund.
»Außer Wüste hab ich nichts gesehen«, sage ich. »Wüste und Nil. Sonst nichts.«
»Und am Rand des Flusses?«
»Ab und an ein Dorf«, sage ich. »Falls da was geheim sein soll, gebe ich Ihnen ein Versprechen ab.«
»Welches?«
»Ich werde keinem was verraten.«
Die Soldaten rollen Fässer heran. Die Fässer sind mit Beton gefüllt. Die Männer werfen Leinen aus und zurren mein Flugzeug an den Fässern fest.
»Erwarten Sie Sturm?« frage ich.
Der Anführer hebt die Schultern an. Und schweigt.

»Was sagt der Wetterdienst?« frage ich.
»Das Wetter braucht uns beide nicht zu kümmern«, sagt der Sudanese. Er sieht mich dabei nicht mal aus den Augenwinkeln an. »Kommen Sie mit!«
Was der Mann da ruft, klingt wie Befehl. Ich seh ihn an und spür den Ärger kommen. Der Mann nimmt meinen Blick nicht auf.
»Los, los! Steigen Sie ein! Hier! Bei mir!« höre ich ihn rufen.
»Bester Herr«, rufe ich zurück, »wenn Sie jemanden zum Befehlen brauchen, wenden Sie sich an Soldaten.«
Ich gehe zu meiner Maschine und hole den Pilotenkoffer vom Boden vor der hinteren Bank.
»Alles bleibt in dem Flugzeug, so wie's ist!« ruft der Sudanese.
Ich atme langsam ganz tief durch. Und sag dem Ärger in mir, daß ich ihn nicht brauchen kann.
Meine Hände tasten alles ab, was in dem schwarzen Koffer ist. Paß. Pilotenschein. Geldbeutel. Bordbuch. Whiskybuddel. Fliegerkarten. Frische Wäsche. Necessaire. Leuchtpistole. Munition.
»Kommen Sie nun aber wirklich!« Das klingt, als ob er damit meint: Ich sage es nicht ein drittes Mal!
Der Fette zieht sich auf den Sitz im Fahrerhaus. Sein Bauch legt sich auf das Steuerrad.
Die Soldaten klettern zu der Ladefläche hoch.
Ich schiebe die Leuchtpistole ganz nach unten in den Pilotenkoffer und klappe den harten Deckel zu.
Im Fahrerhaus des Sudanesen stinkt es nach Zigarren. Und nach Schweiß. Der Lastwagen ist ein Bedford. Rechtsgesteuert. Engländer werden ihn zurückgelassen haben. Der Kunststoffüberzug der Sitzbank hängt in Fetzen. Zeltplanen decken Löcher zu. Der Anführer schlägt mit einer

Zeitung nach Moskitos an der Windschutzscheibe. »Der Fahrtwind wird sie gleich vertreiben«, sage ich.

Wir rollen über Runway Eins Sieben bis zu einem Sandweg. Dann quält der Sudanese den Bedford im ersten Gang eine steile Böschung hoch. Die Soldaten auf der Ladefläche schreien. Einer von ihnen ist über Bord gegangen. Weiter oben auf dem Deich hält der Sudanese an. Die Soldaten zerren den Gestürzten zu sich hoch. Sie lachen. Dann trommeln sie mit ihren Bambusstöcken auf das Blechdach über mir. Der Sudanese fährt weiter. Rechts unter dem Deich schleppt sich der Fluß träge dahin. Sein Wasser ist dunkelbraun vom Schlamm.

»Die Zeiten in Ihrem Flugplan sind nicht korrekt«, sagt der Sudanese plötzlich.

»Niemand hat mir Rückenwind vorhergesagt.« Ich taste die Moskitostiche ab in meinem Gesicht. Es sind 'ne Menge. Bleibt zu hoffen, daß die Biester keine Malaria an ihren Stacheln hatten.

»Gab es in Khartum noch ein andres Flugzeug Richtung Süden?« fragt der Mann.

»Weiß ich nicht.«

»Wie viele Maschinen standen in Khartum?« will er wissen.

»Keine Ahnung«, sage ich.

»Haben Sie sich nicht umgesehen?«

»Nein.« Ich gähne.

»Sind Sie schon lange unterwegs?«

»Der Hotelportier in Luxor hat mir heute früh um vier den Tee gebracht.«

»Sie kommen aus Luxor?«

Ich nicke.

»Ohne Überfluggenehmigung.« Er sagt das leise. Ich sage nichts. Der Deichweg ist holprig. Ich stemme meine Hände

gegen das Dach des Fahrerhauses. Der Sudanese wartet lange, bevor er weiterspricht. »Luxor hat Sie gehen lassen, ohne auf unsere Genehmigung zu warten?«
»Wie können Sie wissen, daß ich das Papier nicht habe?« Ich versuche grinsend auszusehn.
»Sie haben es?« fragt er.
»Ihr Rätselraten geht mir auf die Nerven«, sage ich. Der Mann sieht mich an. Es ist das erste Mal, seit er mich kommandieren wollte. Ich lehne mich in meine Ecke. »Sie haben eine Air Force im Sudan, oder haben Sie die nicht?«
»Selbstverständlich haben wir eine Air Force.«
»Abfangjäger.«
»Ja.«
»Düsen.«
Der Mann nickt.
»Seit Sonnenaufgang fliege ich durch Ihren Luftraum«, sage ich. »Ohne Erlaubnis hätten mich Ihre Leute vom Himmel geholt.«
Der Sudanese schweigt.
»Es sei denn, Sie hätten keine Abfangjäger.« Das macht dem Mann zu schaffen. Ich döse eine Weile vor mich hin.
»Aus Khartum liegt ein Fernschreiben vor«, sagt der Mann am Steuer. »Jemand fliegt einmotorig über unser Land. Von Nord nach Süd. Unerlaubt.«
Er wartet.
Ich sehe von ihm fort zum Fenster.
»Wegen eines Sportflugzeuges setzen wir keinen Abfangjäger ein«, knurrt er. »Unser Land fängt Eindringlinge auf andere Weise ab. Der Sudan ist unermeßlich groß. Irgendwann muß ein jeder von euch mal landen. Um aufzutanken. Auf diese Weise erwischen wir Spione leicht.«
»Spione?« Ich überlege, was er damit meint. Die Sonne spiegelt sich gelb in dem breiten Fluß. Der Fahrer reibt

sich mit der flachen Hand über krauses Haar. Er sieht auf die Sümpfe hinaus. »Monatelang kommt niemand einmotorig hier vorbei«, sagt er. »Halten Sie es für möglich, daß es heute gleich zwei Maschinen sind? Kaum anzunehmen. Oder?«
»Alles ist möglich«, sage ich.
»Zeigen Sie mir die Erlaubnis der Regierung.« Sein Ton ist militärisch, knapp.
»Morgen früh«, sage ich, »wenn Sie mich zum Flugplatz bringen. Meine Papiere sind in der Maschine.« Ich sehe über den Fluß hinweg und versuche, mich unbekümmert anzuhören. »Wenn Sie aber wollen, fahren wir gleich zurück zu meiner Maschine.« Ich hoffe, das Dröhnen seines Motors deckt die harten Schläge meines Herzens zu.
»Nicht nötig«, sagt er. »Das hat Zeit. Morgen lege ich Ihr Flugzeug an die Kette.«
Vor meinen Augen wird es hell.

Schreck.
Angst.
Denken.
April.
Ihr Bild legt sich auf den braunen Fluß.
April.
Eine Wartende.
Frau am Pool.
Lange Haare.
Zarter Schleier.
Schleier über mädchenhafter Brust.

Das Hotel steht zwischen Wellblechhütten unter einem Deich. Wie es sich nennt, kann ich nicht sagen. Die Buch-

staben am Eingang sind mir fremd. Das Gebäude ist ebenerdig, langgestreckt, weiß gekalkt. Zwei Männer kommen vor die Tür. Wollen mein Gepäck. Der eine scheint mir an zwei Meter groß. Der andre nur wenig kleiner.
Knöchellange Hemden. Mumus.
Seit Wochen nicht gewaschen.
Einer mit grünem Fez.
Der andere mit einem roten.
Die Riesen greifen sich die Henkel meiner Tasche. Gemächlich schlendern sie zur Tür. Winken mich freundlich in das Haus. Ihre Gesichter sind tiefschwarz. Ihre Hände, außen, auch. Innen sind die Hände rosa. Ich denke an das kleine Mädchen. Vorhin auf der Runway. Mit den weißen Zahlen Eins und Sieben. Auch ihre Hände, innen, sind von heller Farbe.
Die Soldaten springen von dem Laster. Bilden ein Spalier vor dem Eingang zum Hotel.
Die Lobby läßt mich denken, englische Kolonialbeamte der Jahrhundertwende hätten sie gestern erst verlassen: abgewetzte Ledersessel, grüne Einheitsfarbe wie in Hospitälern an den Wänden, Fußboden rot gewachst, blankpolierter Boden aus Beton. Spucknäpfe in den Ecken. Aschenbecher, randvoll. Auf einem Tisch die *Sunday Times*. Luftpost-Dünndruck. Wochen alt.
Der Anführer geht hinter einen Tisch aus Ebenholz.
»Beginnen wir mal mit Ihrem Paß.«
Ich stelle mich zwischen ihn und den Pilotenkoffer. Nehme den Paß heraus. Die Leuchtpistole ist beim Rütteln in dem Bedford zugedeckt geblieben.
Der Anführer setzt sich eine horngerahmte Brille auf. Er macht das umständlich. Dann blättert er in meinem Paß. Schließlich sagt er: »Sie sind Deutscher?«
Ich nicke. Warte. An der Decke hängen Propeller, die sich

drehen. Heiße Luft wirbelt sich um noch mehr heiße Luft herum. *Miefquirls*, sagt der Störenfried in meinem Innern, *so nenn' wir die Dinger bei uns zu Hause in Berlin.*
Der Sudanese sieht erstaunt auf von dem Paß. »Fünfzig Jahre schon?« Er schätzt mich ab. »Das hätt ich nicht gedacht.«
Aus dem Halbdunkel eines Korridors taucht der Mann auf mit dem roten Fez. »Sprechen Sie englisch?« frage ich ihn.
»Nein«, sagt der Anführer. »Hier spricht niemand englisch.«
»Sagen Sie ihm, er möchte mir eine Flasche Mineralwasser bringen«, sage ich. »Für meinen Scotch.«
»Wir sind Moslems«, knurrt der Anführer.
»Ich weiß. Deshalb hab ich den Whisky vorsichtshalber mitgebracht.«
»Wir sind Moslems«, erklärt der Mann ein zweites Mal. »Alkohol ist nicht gestattet.«
»Ich gehöre nicht zum Islam«, sage ich. »Mir ist Alkohol erlaubt.«
»Ich lasse Ihnen Ginger Ale servieren.«
»Ginger Ale? Allein schon beim Gedanken wird mir schlecht.«
Der Mann läßt sich Zeit beim Studieren der Stempel anderer Länder in dem Paß. »Ginger Ale ist alles, was wir haben«, sagt er, ohne aufzusehen.
Ginger Ale! In dieser Hitze! Ich sage mir, eine Handvoll Eiswürfel rein ins große Glas, darüber ließe sich noch reden, doch Eiswürfel aus Leitungswasser im Sudan, das ist der schnelle Tod.
»Da bin ich mal gespannt«, sage ich.
»Auf was?«
»Gespannt, ob mein Scotch dieses Gingerzeug erträglich macht.«

»In diesem Haus ist Alkohol nicht erwünscht«, brummelt der Anführer. »Ungläubige sollten darauf Rücksicht nehmen.«
Ich fische einen Silberdollar aus der Hosentasche. »Adler oder Zahl?«
Der Mann sieht mich fragend an. »Wir knobeln«, sage ich. »Wenn Sie gewinnen, trinke ich kochendwarmes Ginger Ale. Gewinne aber ich, genieß ich meinen Scotch und Sie stehn mir dabei nicht mehr im Wege.«
Ich warte.
»Also?«
»Glücksspiele sind auch verboten«, sagt der Anführer.
»Adler oder Zahl?«
Der Sudanese stöhnt. »Zahl«, sagt er dann. Und läßt ein Lächeln sehen. Seine Zähne stehen gelb und braun neben breiten Lücken.
Ich werfe den Dollar in die Luft und fange ihn auf. Es ist kein Kunststück, den Vogel nach oben auf die Hand zu klatschen. Den Männern hier, am Nil, ist der Trick offenbar noch unbekannt.
»Gewonnen«, rufe ich und mache die Pilotentasche auf. Der Johnnie Walker steht aufrecht am Kofferrand neben meiner frischen Wäsche. Darunter liegt die Leuchtpistole. Ich sage mir, daß es ein verdammter Fehler war, das Ding hierher gebracht zu haben. *Hattest du im Ernst daran gedacht, dich hier rauszuschießen?*
Whisky-Ginger ist fürchterlicher noch als fürchterlich. Ich halte mir die Nase zu. Andererseits ... meine Lage ist zu ernst für Whisky unverdünnt. Es gibt viel nachzudenken. Ich brauche einen Plan. Nicht sofort. Doch morgen früh. Im ersten Licht des Tages, wenn wir vor der Maschine stehn, weiß der Sudanese, daß ich über sein Land ohne Genehmigung geflogen bin. Was ich dann brauche, ist ein

Telefon. Für einen Anruf in Khartum. Bei der Botschaft. Der deutsche Attaché holt mich aus dem Schlamassel raus. Ohne Frage. Doch das kann dauern.

Ich strecke mich in dem Ledersessel aus.

April.

Wenn das Pech mir hold ist, wird für sie das Warten lang.

Frage ist nur: Wartet sie denn überhaupt?

Sie wartet. Verlaß dich drauf.

Und was, wenn nicht?

Dann wird es eine Zeitrechnung mit April geben und eine andere, ohne sie, danach.

An der Decke drehen sich gemächlich die Propeller. Sie schaffen keine andere Luft. Ich mache meine Augen zu. So ein Scotch kann vieles für dich tun nach einem langen Flug. Ehrlich. Er hilft bei Hunger. Und bei Müdigkeit. Auf jeden Fall für kurze Zeit. Und wenn du über das Wort Hoffnung grübelst, hilft der Scotch dir dabei auch.

Der Sudanese macht sich jetzt in einem Sessel ganz in meiner Nähe breit. Er läßt mich nicht aus seinem Blick. Unverhofft wirft er mir einen Satz entgegen: »Morgen sperre ich Sie ein.«

Das sind keine Worte. Das sind Schläge. Prügel auf den Kopf. Ich seh den Sudanesen an. Seine nächsten Sätze kommen langsam: »Das Gefängnis ist zu weit von hier entfernt für diese Nacht. Sie werden heute ein letztes Mal im Hotelbett schlafen.«

Was er da sagt, das kann nicht sein!

Sicher lacht er gleich. Hat mich nur erschrecken wollen.

»Noch einmal, deutlich«, sage ich.

»Sie sind unter Arrest.« Vor seinem Grinsen stockt mein Atem.

Im halben Dunkel hinter ihm lehnt sich ein Bewaffneter

gegen eine schmutzig-weiße Tür. Vor dem Fenster geht die Sonne unter. Ihr goldener Ball versinkt in einer Wand aus Schilf.
Der fette Mann lehnt sich bequem zurück. Im Rhythmus des Herzens spüre ich Schmerz in meinen Schläfen. Ich sehe dem Anführer bei seinem Bemühen zu, meinen Paß in die Tasche an seinem Hemd zu stecken. Er braucht lange, bis er merkt, daß er es nicht zuwege bringt: Die Tasche ist zu klein.
»Was sind Sie von Beruf?«
»Ferry-Pilot.«
»Was ist das?«
»Überführungsflüge. Neue Maschinen mit eigener Kraft von den Staaten nach Europa bringen.« Ich gieße Whisky nach. Die Flasche Ginger Ale ist leer. Ich frage nicht nach einer neuen. »Geben Sie mir meinen Paß zurück«, sage ich.
»Sie haben nicht das Recht, ihn zu behalten. Der Paß ist das Eigentum der deutschen Bundesrepublik.«
Der Anführer legt den Kopf zurück. Denkt nach.
»Lassen Sie mich weiterziehen. Morgen früh. Ich habe nichts verbrochen.«
»Die Stempel hier in Ihrem Paß«, sagt er, »sind interessant: USA, Kanada, England, Zypern, Israel.«
Ich versuche zu verstehen, was ihn daran ärgern kann.
Er sagt: »Sie sind ein schwieriger Fall.«
»Warum?«
»Zu viele Stempel.«
»Und?«
»Sie sind am Ende Ihrer Laufbahn angekommen. Viel Zeit zum Fliegen bleibt nicht mehr in Ihrem Leben.«
»Ich hätte gern gewußt«, sage ich zu dem Fettwanst in dem Sessel, »was Sie an diesen Stempeln auszusetzen haben.«
»Die Stempel geben Auskunft darüber, wer Sie sind: ein

erfahrener Pilot. In Ihrem Flugzeug liegt eine Kamera. Sie haben kluge Augen. Ihr Gesicht flößt Vertrauen ein.«
Ich schweige.
»Wer hat Sie zur Spionage angeworben? Amerika? Oder Israel?«
»Wenn ich nicht zu müde wäre, würde ich jetzt lachen«, sage ich zu ihm.
»Ihre Augen lachen nicht«, sagt der Sudanese. »Sie sind kalt. Voller Haß.«
»Möglich«, sage ich. »Wo ist hier ein Telefon?«
»Nehmen wir an, wir treffen uns in einem anderen Land, demnächst einmal«, sagt er. »Was würden Sie da gerne mit mir machen?«
»Ihnen alle Knochen brechen«, sage ich. »Oder Sie vergessen.« Ich stehe auf. »Wo ist hier ein Telefon?«
»Das Hotel hat kein Telefon«, sagt er.
»Dann fahren Sie mich zum Postamt«, sage ich.
»Es ist Freitag. Alles ist geschlossen«, sagt er. »Was wollen Sie auf der Post?«
»Telefonieren«, sage ich. »Oder ein Telegramm aufgeben.«
»An wen?«
Auf diese Frage kriegt er keine Antwort.

April.
Hat sie den Töchtern schon von mir erzählt? Ohne Frage hat sie das. Sie würde nie im Leben damit warten, bis ich vor ihrer Haustür steh.
Der andere in mir mischt sich ein: *Wenn es nicht gelingt, den Sudanesen umzustimmen, wird das bis zur Haustür noch ein weiter Weg.*
Ich nicke.
Richtig brenzlig wird's erst morgen. Nimm eine Mütze Schlaf.

Ja, gut. Nach diesem letzten Drink. Vielleicht gelingt's mir, meine Sorgen zu ertränken.
Sorgen können schwimmen.
Ich weiß.
Gefängnis im Sudan muß das Ende sein. Ratten. Faules Wasser. Und kein Telefon.
Vermutlich nicht. Auch keinen Rechtsanwalt. Keine Kaution.
Außerdem: Am Wochenende ist in der Botschaft ganz sicher niemand zu erreichen. Diplomaten spielen Golf. Oder gehn auf Jagd.
Ja. Vor Montag wird kaum etwas zu machen sein.
Montag bist du für April zwei Tage überfällig.
Ich will das alles noch nicht glauben.
Wo soll April dich bloß suchen lassen? Für eine Suche ist der Sudan eine Menge Land ...
So ein Mist. Ein gottverdammter Mist.
Schweigen.
In mir. Und um mich rum.
Auch die Propeller an der Decke schweigen. Drehen sich nicht mehr. Der Schmerz im Kopf ist wieder da.

»Im Schlaf haben Sie mit sich selbst geredet«, sagt der Sudanese. »Tun Sie das oft?«
»Ja«, sage ich. »Und nachts im Bett singe ich mich in den Schlaf.«
Ein letzter Schluck. Der Whisky schmeckt nicht mehr. »Wo ist mein Zimmer?«
Der Mann geht vor mir her. Im Korridor ist es düster. Ohne Luft.
»Hier«, sagt der Sudanese. Eine schmale Tür hängt schief in ihren Angeln. Vor der Tür steht ein Soldat. Den Karabiner hat er an die Wand gelehnt. Sein Anführer hält mir mei-

nen Paß entgegen, grinst. »Sie können es behalten, dieses Eigentum von Ihrer Republik. Flucht von hier ist nichts als sicherer Tod. In diesen Sümpfen kennen nicht mal wir uns aus.«

Das Zimmer ist drei Meter lang. Zwei Meter breit. Unter der Decke eine Lampe. Roter Plastikschirm mit Fransen. Die Birne glüht nur schwach. Dann noch ein Bett. Es erinnert mich an Kriegsgefangenschaft.

»Wenn es Ihnen in dem Raum zu heiß sein sollte, können Sie auf der Veranda schlafen«, sagt der Sudanese.

Die »Veranda« ist ein Käfig. Drei Wände Fliegengitter strecken sich vom Lehmfußboden bis zur Decke hoch. Die Decke ist ein Wellblechdach. Links und rechts von meinem Käfig gibt es andere von der gleichen Sorte. Sie strecken sich das ganz Haus entlang. In jedem Käfig gibt es eine Pritsche. Auf allen Pritschen hocken Männer. In dem Käfig neben mir wirft sich ein Araber jammernd hin und her. Über ihm hängt eine Glühbirne von der Wellblechdecke. Eine, wie sie über allen Pritschen hängt. Über meiner auch. Das Licht der Lampe zieht Moskitos an. Draußen, vor dem Fliegendraht zur Straße hin, brabbelt es tausendfach. Millionenfach. Nicht nur Moskitos. Fette Fliegen. Libellen. Wespen. Käfer. Alles wabert umeinander. In Dreierlagen. Das ist wie eine Wand. Schwarz. Klebrig. Ekelhaft. Alles will zum Licht. Will sich in den Käfig zwängen. Die Flügel der Insekten summen. Brummen. Decken alles zu, was es sonst an Tönen gibt. Was es an Klagen der anderen Gefangenen geben sollte. Ich denke mir, daß es in den Käfigen links und rechts von mir sicher viele Klagen gibt.

»Sind Sie sicher, daß dies ein Hotel ist?« frage ich den Sudanesen.

»Was denn sonst?«

»Ein Hühnerstall.«
Der Mann sieht mich böse an. Die Anzahl seiner Blicke zähle ich schon lang nicht mehr. Sein Soldat bleibt vor der Tür. Schief, wie sie in den Angeln hängt, läßt sie sich nicht verriegeln.
Die Fassung der Birne über mir sieht verrostet aus. Doch sie läßt sich drehn. Eine Socke aus der Pilotentasche hilft dabei. Schützt meine Fingerspitzen vorm Verbrennen. Sorgt dafür, daß dieses Licht erlischt.
Die Pritsche unter mir ist hart. Ich rolle Hemd und Hose zu einem Kopfkissen zusammen. Die Leuchtpistole bleibt in der Tasche neben mir.
Mist.
Ein großer, elendiger Mist.
Ich mache meine Augen zu. Rette mich in Träume. In meinem Leben ist das so. Immer wenn ich nicht mehr weiterweiß, hole ich Bilder der Vergangenheit zu mir zurück:
Ein Alpenflug bei blauem Himmel und verschneiten Bergen. Nacht über Sabaudia und der herrlich schöne Körper einer Italienerin, deren Namen ich vergaß. Pokerspiele in New York mit Piloten, die für den Mann von April fliegen. Correction: die für ihn geflogen sind.
Aprils Mann wird sich auf die Schenkel schlagen, wenn er von meinem Verschwinden hört. Falls er es je erfährt. April hat vor Monaten geschrieben, daß er meine Briefe an sie fand. Damit hat er endlich einen Scheidungsgrund. Ob Briefe von Verschollenen vor Gericht Bedeutung haben? Kann sein, doch wichtig ist das keineswegs. April will die Scheidung sowieso. Alimente verlangt sie nicht von ihm. Geld hat sie von ihren Eltern her. Mehr als genug. Was sie will, ist eine Scheidung Zug um Zug.

April.
In den Wochen nach Silvester dachte ich, daß ich sie bald vergessen würde. Doch im Quadrat der Entfernung vermisse ich sie mehr und mehr.
Der erdachte Satz bringt mich zum Lachen: *im Quadrat der Entfernung.* Ich halte mir den Bauch. Quadrat der Entfernung. Ein Satz aus der Schule. Lange her. Als wär ich jemals mitgekommen auf der Schule! Mein Stammplatz war der Klassenletzte. Immer. Überall. Andere haben mir beim Abitur geholfen. Ohne Freunde hätte ich das Abi niemals schaffen können. Und bis heute geht es mir noch so – die Angst vor Examen, irgendwelchen, hat mich nie verlassen. Schweiß bricht mir aus, wenn ich zu einer Prüfung muß.
Bei Licht besehen, sind meine Briefe nur ein dünner Scheidungsgrund. Ein Mann, der mit einer Frau zuvor niemals wahrhaft glücklich war, spricht zögernd von einer neu entdeckten Zweisamkeit. Er schreibt verwundert, daß es leider nicht sehr viel gewesen ist, was ihm zum Erinnern bleibt: ein Charleston. Ein kalter Vormittag im Park. Ein Kuß vor einem Polizisten. Einmal, als er betrunken ist, schreibt dieser Mann, daß er den Zauber ihrer Brüste, den Kuß im Park, die Abschiedswehmut ihrer Augen nicht vergessen kann. Niemals mehr vergessen wird. Ja, schreibt er, er hat getrunken. Sitzt auf seinem Hotelbett in New York. Weit nach Mitternacht. 86. Straße, wenn er sich nicht irrt. Schreibt, daß er sie wiedersehen muß. Was für ein Leben ist das schon, ohne sie, jetzt, wo er doch liebt? Was soll ein Scheidungsrichter mit seinen Briefen schon groß wollen? Aprils Briefe, schreibt er, ja, das wäre schon was anderes, als Beweis für den Mangel an Treue zu dem Ehemann. Diese Briefe aber, schreibt er, wird der Richter niemals sehen. Weil es sie nur als Asche

gibt. Er habe sie verbrannt, schreibt er, denn er bewahre Briefe niemals auf.
Ja.
Aprils Briefe.
Oft waren sie nur kurz. In einer Schrift, die sehr viel Platz einnimmt. In den Osterferien war sie mit den Töchtern auf Zelt-Safari. Im Tsavo-Park, der voller Elefanten ist. Ihr Mann ist nicht dabeigewesen. Sie weiß nicht, wo er ist. Wochen später schreibt sie von dem Amateur-Theater, in dem sie eine Rolle spielt. In einem Stück von T. S. Eliot. Englischer Dichter. Ich habe mir das Stück gekauft, aber nur den ersten Akt gelesen.
Einmal schreibt sie, daß sie nachdenkt über uns. Vor der Kaffee-Ernte hat sie dafür Zeit. Im nachhinein findet sie es arrogant, als ich, damals im Hyde Park, entschieden hatte, sie ihrem Mann wegzunehmen. Im Grunde sei dagegen gar nichts einzuwenden. Doch warum hatte ich sie nicht gefragt? Wie hätte ich nur wissen können, daß sie einverstanden sei? Auf solche Sätze antworte ich nicht im nächsten Brief. Weil ich nicht weiß, was ich dazu schreiben soll.
Im *Quadrat der Entfernung* werden Aprils Briefe zarter. Oft sind sie von Unruhe erfüllt. In solchen Zeiten gibt April Partys. Denn: »Was ist das schon, ein Leben ohne Lachen?« An das Ende eines jeden Briefes schreibt sie einen Kuß für mich. Dann wird es Sommer. Und sie steht am Fenster meines Zimmers.
»In welchem Stock sind wir?«
»Im achtzehnten«, sage ich. »Der See da vorne ist die Alster. Und gleich dahinter liegt der Hafen.«
»Viele Kirchtürme«, sagt sie mit ihrer tiefen Stimme, »Hamburg ist schöner, als ich dachte.«
»Wenn es nicht regnet«, sage ich, »dann schon.«

Sie hat nur einen Koffer mitgebracht. »Ich kann nicht lange bleiben.«
Am Abend will sie in die Disko, tanzen. Musik jagt überlaut durch meinen Kopf. Wir trinken Coke mit Rum.
»Laß uns nach Hause gehen«, sage ich.
»Warum?«
»Dein Mann sucht einen Scheidungsgrund. Bis jetzt gibt's dafür nichts als deine Briefe.«
April lacht und fährt mir mit der Hand durchs Haar. Dann wirbelt sie noch einmal neben andren Tänzern über das Parkett. Nachts, in meinem Bett, halte ich ein Kind in meinen Armen. Irgendwann weckt sie mich. »Bist du enttäuscht?«
»Nein. Warum?«
»Ich habe kaum Erfahrung«, sagt sie.
»Wenn es nichts weiter ist«, sage ich, »das läßt sich ändern.«
»Es fällt mir schwer, davon zu sprechen.«
»Dann sprich nicht«, sage ich.
»Ich springe nicht sofort zu jedem Mann ins Bett«, sagt sie.
»Nein«, sage ich, »das tust du sicher nicht.«
»Die Männer glauben das«, sagt sie. »Wegen meiner Stimme. Und weil ich gerne fröhlich bin.«
»Du bist eine Partynudel«, sage ich. »Man muß dich nehmen, wie du bist.«
»Glaubst du, daß du das kannst?« fragt sie.
Ich nicke. »In den Jahren, die jetzt kommen«, sage ich ... und breche ab. Weil es besser ist, nicht zuviel auf einmal auszusprechen.
April sieht mich mit ihrem Lächeln an. »In den Jahren, die jetzt kommen, machst du was?«
»Jedesmal, wenn du tanzt, geh ich an die Bar was trinken.«

»Ich will aber mit dir tanzen.«

»Das ist gut«, sage ich.

April geht zum Fenster rüber. »Vor meinem Mann hat es ...«

Sie spricht nicht weiter. Ich sage ihr, daß ich von anderen Männern nichts erfahren will. Ganz besonders nichts von ihrem Ehemann.

»Fliegst du noch für ihn?« will sie wissen.

»Nein. Bevor er den Vertrag zerknüllen konnte, hab ich ihn zerrissen.«

»Und wovon lebst du jetzt?«

»Es gibt einen Fotografen, den ich vom Krieg her kenne. Wir fotografieren Bauernhöfe.«

»Aus der Luft?«

»Ja. Am nächsten Tag geht mein Freund zu den Bauern und verkauft die Bilder. In Farbe. Großformat. Schön gerahmt. Die Bauern hängen sich unsre Bilder übers Sofa in die gute Stube.«

»Fliegst du da tief an die Höfe ran?«

»Genau. Du weißt ja, wie das geht. Bist ja schließlich früher selbst geflogen.«

»Früher ja. Seit den Kindern jetzt nicht mehr.«

»Manchmal, wenn es so beengte Häuser sind, mit Nachbardächern gleich daneben, muß ich steil von oben ran.«

April lacht: »Mit einem kalifornischen Riesenslip bis nahe hin zum Dach?«

»Genau. Mein Freund hängt festgezurrt in der Öffnung auf dem Sitz hinter mir. Die Tür hab ich ausgebaut. Mein Freund ist ein guter Fotograf. Seine Bilder gehen spielend weg.«

»Ungefährlich«, sagt sie, »bei Turbulenz, und in geringer Höhe, ist so ein Riesenslip nicht immer.«

Im halben Licht der Nacht sieht sie zerbrechlich aus. Sie

fragt: »Was muß ich tun, damit du dich noch einmal wie wild benimmst?«
»Geh mit deinem Mund auf mir spazieren.«

Im Morgengrauen kommt ihre heisere Stimme vom Fenster her. »Die Stadt ist schön. Besonders nachts.«
Hinter ihr, an der Scheibe, hängen Tropfen.
»Regnet's? Immer noch?«
»Ja«, sagt sie. »Ich kann nicht schlafen.«
»Pladdert's? Richtig stark?«
»Ja«, sagt sie. »Ich hätte einen Trenchcoat mitbringen sollen.«
»Wir gehen einen kaufen«, sage ich. »Vor mir liegt ein freier Tag. Bauern kaufen ihre Höfe nur bei Sonnenschein.«
»Du hast mich nicht gefragt, warum ich in Hamburg bin«, sagt sie.
»Nein. Solche Fragen frage ich nicht gern.«
»Mein Mann hat mir die Kinder weggenommen.«
Ich warte darauf, daß sie weiterspricht. Und weiß nicht, was ich sagen soll. »Es scheint Tag zu werden«, fällt mir dann ein. »Neben dem Bahnhof Mundsburg ist ein Kirchturm. Sieh mal auf die Uhr.«
»Gleich fünf«, sagt April. »Willst du von den Kindern hören?«
»Alles.« Ich stehe auf und geh zu ihr. »Erzähl.«
»An einem Wochenende fand ich mich allein. Die Mädchen waren nicht aus dem Internat zurückgekommen. Mein Mann hatte sie entführt. Nach London. Als sie ihm lästig wurden, gab er sie bei meinen Eltern ab.«
»Und jetzt holst du sie dir zurück.«
»Ja«, sagt sie. »Doch vorher wollte ich dich wiedersehen.«
»Komm auf dem Rückweg noch einmal vorbei«, sage ich.
»Mit den Kindern?«

»Ja«, sage ich. »Irgendwann werden sie mich kennenlernen müssen.«
Sie nickt. »Irgendwann. Nicht jetzt sofort...«

Das Wasser fällt den ganzen Tag vom Himmel. Wir drücken unsre Nasen an die Fensterscheibe. Regenschirme wogen über alle Straßen.
»Kein Tag für eine Stadtrundfahrt«, sage ich.
»Nein«, sagt sie, »wir bleiben lieber hier.«
Ihr Blick wandert durch mein Zimmer. Ein Bett. Ein Schaukelstuhl. Ein Mini-Fernsehapparat, schwarzweiß, aus Japan. Das Telefon am Boden. Stapelweise Illustrierte. Sonst nichts.
»Wenn du mir schreibst, wo bist du dann?« fragt sie.
»Am Küchentisch«, sage ich. »Manchmal auch im Bett.«
»Seit wann hast du deine weißen Haare?«
»Schon ewig«, sage ich. »Es liegt in der Familie. Mein Vater war weiß. Und der Vater vor ihm auch. Das muß ein toller Hecht gewesen sein nach allem, was ich höre. Er hat 'ner jungen Frau ein Kind gemacht, kurz bevor er zweiundachtzig wurde.«
April klatscht vor Freude in die Hände. Dann sieht sie mich prüfend an. »Wie alt bin ich, wenn du mal zweiundachtzig wirst?«
»Zweiundsiebzig«, sage ich.
»Allmächtiger!« ruft April.
»Ja«, sage ich, »entschieden zu alt für einen guterhaltnen Lümmel von zweiundachtzig.«

In der Badewanne will sie wissen, ob ich am Weltkrieg teilgenommen habe.
»Ja«, sage ich, »als Flieger.«
»Bomber?«

»Nein. Nachtjäger. Über dieser Stadt. Gott, ist das lange her.«
»Hast du andere abgeschossen?« fragt sie.
»Ja«, sage ich.
»Auch Engländer?«
Ich nicke. »Engländer auch.«

Mittags grille ich uns Steaks. »Hoffentlich gefällt dir meine Art, Salat zu machen«, sage ich. April sieht mir von einem Küchenhocker zu.
»Warum fliegst du nicht für Lufthansa? Oder eine andere Linie?«
»Möchtest du mich in Dunkelblau? Mit vier Streifen an den Ärmeln?«
»Erzähl.«
»Erzähl was?«
»Warum nicht?«
Ich gieße Wein in unsere Gläser. Grauburgunder. Zwei Jahre alt. Und trocken.
»Sie haben mich nicht genommen«, sage ich.
»Wie ist das möglich?« fragt April.
»Es lag am Theoretischen. Ich bin mit Glanz durch alle Prüfungen gesegelt.«
April lacht, bis ihr die Tränen kommen. Ihr Lachen klingt noch tiefer als die Stimme, wenn sie spricht.

Den Nachmittag verbringen wir im Bett.
»Du bist ausgehungert«, sage ich.
»Möglich«, sagt sie, »aber es kann auch sein, daß ich dich liebe.«

Der Tag beeilt sich, uns davonzulaufen.

Abends schleppt sie mich wieder in die Diskothek. Ich tu ihr den Gefallen, verrenke meine Glieder.
Auch diese Nacht kann sie nicht schlafen. Sie sitzt im Fenster. Raucht. »Wie kommst du mit Kindern aus?« Im Zimmer ist es dunkel. Der Regen hat nicht aufgehört. Wenn die Frau an ihrer Zigarette zieht, leuchtet ihr Gesicht.
»Schwere Frage«, sage ich. »Es mangelt an Erfahrung.«
»Fühlst du dich wohl in dieser Stadt?«
»Ja«, antworte ich. »Sie liegt mir sehr.«
»Komm zu mir nach Nairobi«, sagt sie.
»Gern«, sage ich. »Und dann was?«
»Was gibst du hier schon auf?« fragt sie.
»Wenig«, sage ich. »Aber ich hab noch nie Kaffee gepflückt.«
Sie lacht. »Das machen andere.«
Ich bringe ihr einen Aschenbecher. »Du hast ein großes Haus, zwei Kinder und viel Geld.«
»Und?« sagt sie.
»Der Rahmen ist zu groß für mich. Ich kann ihn mir nicht übers Sofa hängen.«
Sie trägt ein Hemd von mir. »Kenya ist ein wunderschönes Land. Ich bin dort geboren. Kannst du verstehen, daß ich nicht zurück nach Europa will?«
»Ja«, sage ich. »Wenn du da geboren bist ...«
»Auch meine Eltern wollten nie zurück nach London ziehen«, sagt sie. »Dann mußte Vater sich an den Augen operieren lassen. Er ist fast blind.«
Ich gehe zu ihr, streife das Hemd beiseite und küsse ihre Brüste. Sie schlingt mir ihre Arme um den Rücken. »Seitdem habe ich das Haus in Rosslyn ganz für mich.«
»Hör jetzt auf zu reden«, sage ich. »Und komm ins Bett.«
»Ich fühle mich allein in dem großen Haus«, sagt sie, »außer an Wochenenden, wenn die Kinder bei mir sind. Oder ein paar Freunde.«

»Eine einsame Partyjule und ein vom Wind zerzauster Mann, der endlich liebt«, sage ich und hebe sie von der Fensterbank. Sie ist sehr leicht. Ich lege sie aufs Bett und schalte alle Lampen an.
»Warum?« fragt sie.
»Ich will dich betrachten«, sage ich. »Für den Rest der Nacht.«
»Warum?«
»Weil mir bis zu deinem Flugzeug nur noch ein paar Stunden bleiben.«

Ich wecke sie um sechs. Sie macht Kaffee. Wir schlürfen ihn im Bett. Vor dem Fenster regnet's weiter.
»Ich möchte nicht, daß du mich zum Flugplatz bringst«, sagt sie. »Laß mich in einem Taxi gehn. Allein. Zu zweit macht es den Abschied lang.«
Im Fahrstuhl klammern wir uns aneinander. Die anderen Leute kümmern uns nicht. Aprils Mund schmeckt nach dem Kaffee von vor 'ner Stunde. Ich geb dem Taxifahrer ihren Koffer.
»Sie kommen nicht mit?« fragt er.
»Ich darf nicht«, sage ich und bleibe im Regen stehen. Beim Winken werden Aprils Augen für mich schmerzlich klein und kleiner.

Das Bild der Augen in dem Regenfenster einer Taxe ist jetzt hundertdreiundzwanzig Tage alt. Ich hocke in einem Käfig. Und rechne noch mal nach. Ja. Hundertdreiundzwanzig. Lange Tage in der Vergangenheit. Die Gegenwart heißt Malakal. Und eine Zukunft scheint es nicht zu geben.
Ich strecke mich aus auf meinem Bauch. Die Pritsche unter mir ist hart. Der Soldat vor meiner Tür ist eingeschlafen. Vom Korridor fällt schwaches Licht auf Fliegendraht. Was

daran rauf- und runterkrabbelt, ist jetzt nicht mehr viel. Die Ekligen sind wohl zu dem Lampenlicht anderer Gefangener geflogen.

In den Käfigen nebenan ist alles still. Meine Lider auf den Augen werden schwer. Nur die Stimme in mir bleibt noch Ewigkeiten wach.

Die Jahre vorher war'n ein gutes Leben.

Ja. Und ich finde einen Weg dahin zurück.

Frage ist nur, wie.

In den Jahren vorher hab ich mich aus jeder Falle rausgeholt.

Mit etwas Glück und Rückenwind gelingt das heute auch.

Wenn ich hier rausbin, kauf' ich Hummer, Blue Marlin. Austern, Muscheln. Von den Fischern an der Küste.

Wie heißen die Orte da noch gleich?

Mombasa. Malindi. Tanga. Dar es-Salam.

Genau.

April sagt, bei Ebbe ist der Strand hart genug für Start und Landung.

Ich werde Hummer nach Nairobi bringen. Lebend. In Salzwasserbehältern, ganz neu angefertigt und dem Cockpit angepaßt.

Über dem Atlantik war's ja auch nicht anders, in dem vollgepackten Vogel, mit den Gummitanks.

April sagt, so was hat's in Ostafrika noch nicht gegeben. Man wird mir die Krustentiere aus den Händen reißen. In Nairobi sind die Hotels vollgepackt mit Leuten, sagt sie, die um den Kilimanjaro rum auf Safari gehn. Touristen aus Europa und den USA. So ein Volk zählt nicht die Dollars in der Tasche. Wie heißen gleich noch die Hotels?

New Stanley, Hilton, Intercontinental, Norfolk, Panafric.

Genau. Und zu denen bring ich Thunfisch hin, Blue Marlins, und was noch?

Austern, Muscheln, und das Ganze täglich frisch. Nicht tiefgefroren. Nein! In Eiswürfel gepackt. Auf einer Stellage von Tabletts. In dem, was jetzt noch Rückbank und Kofferraum meiner Maschine ist.
Ein Vermögen ist mit Meerestieren sicher nicht zu machen.
Bedenk nur mal – ich brauche ja nicht viel. Ein Haus aus Holz am Strand. Irgendwo bei Mombasa.
Bist du sicher, April kommt da hin?
Unter der Woche ganz bestimmt.
Samstag/Sonntag aber sind die Töchter da.
Wenn alles gut geht, werden mich die beiden mögen.
Erst mal aber müssen wir aus diesem Hühnerstall hier raus.
Hin zu einem neuen Leben.
Zu der Frau an meinem Fenster.
Zu der heiseren Stimme ...
... aus einem mädchenhaften Mund.
Jedoch ...
... wie aus dem Käfig hier heraus?
Weiß nicht. Bei Dunkelheit fällt mir nichts ein.
Also ... warten auf den neuen Tag?
Ja. Wenn er da ist, flieg ich los.

Schlaf holt mich ein. Es ist ein Schlaf, der mich verschlingt. Der wie Ohnmacht ist. Lange. So lange, bis eine Stimme die Dunkelheit zerreißt. »Pilot, wach auf!«
Der Himmel vor dem Fliegendraht mischt die Farbe Rot in das Dunkel seiner Nacht. Dahinter steht ein Mann. Mit einem Mädchen. Die Kleine winkt. »Pilot, nun komm doch schon!«
Ich greife Hemd, Hose, Schuhe und Pilotentasche. Mein Wächter schläft. Sitzt quer in der schräg verhängten Tür. Die Mündung seines Karabiners ist auf mich gerichtet. Draußen, vor dem Ziegendraht, preßt das Mädchen ihre

Hände auf den Mund. Ihr Vater senkt den Kopf. Sein Faß auf Rädern hängt am Jeep.
In der Bordtasche steckt mein Campingmesser. Der Fliegendraht ist nicht sehr dick. Die Klinge dringt in den Draht hinein. Sägt sich nach unten. Macht kaum Geräusch. Weckt die Kerle in den anderen Käfigen nicht auf. Ich steige durch das Loch im Draht. Laufe über heißen Lehm. Schiebe mich neben den Mann im Jeep. Das Mädchen kriecht auf ihres Vaters Schoß. Ich sehe eine schwarze Hand die Bremse lösen. Höre Eisen, rostig, quietschen. Höre Ketten rasseln. Schließe meine Augen. Der Jeep rollt über einen Weg aus Lehm, leicht abschüssig, dem Fluß entgegen. Gestern, auf dem Weg von Piste Eins Sieben bis hierher, hab ich das Land für flach gehalten. Das bißchen Senkung, zum Nil hinunter, hab ich gestern nicht bemerkt. Erst als wir unten sind, am Deich, dreht der Tankwart den Schlüssel am Anlasser nach rechts. Die Zylinder werden schwerfällig bewegt. Erst beim dritten Versuch springt der Motor an.
Auf dem Weg zum Flugplatz ziehe ich mir Hemd und Hose über.
Die Fahrt scheint ewig lang.
Ich seh mich ständig um.
Ashrafs Vater sagt, daß uns keiner folgt.
Mein Flugzeug ist noch naß vom Tau der Nacht. Die Kleine macht die Leinen los. Ich klettere auf die Fläche links, mach den Verschluß zum Betanken klar. Der Vater hält mir den Schlauch nach oben. Dann geht er zum Faß. Fängt zu pumpen an.
»O Gott«, sage ich.
»Was ist?« fragt er. Seine Augen sind Schneebälle in der Schwärze des Gesichts. Die Bälle sind aus gelbem Schnee.
»Haben Sie keine Motorpumpe?«
»Nein«, sagt er. »Keine Sorge, es wird nicht lange dauern.«

Er pumpt mit aller Kraft. Rechts, links, rechts. Mit jeder Bewegung schießt ein Strahl Benzin in meinen Tank.
Der Himmel nimmt eine rosa Farbe an. In den Sümpfen wachen die Moskitos auf. Die ersten kommen angeschwirrt. Vom Hotel hinter dem Nil ist nichts zu hören.
Das Pumpen vor dem Tank erlahmt. Der Benzinmann stöhnt. Ich springe von der Fläche. »Klettern Sie rauf.«
Er nickt.
Seine Tochter legt ihre kleinen schwarzen Finger auf meine Hand. Gemeinsam werfen wir den Pumpenarm herum. Links, rechts, links, rechts. Der Vater läßt seine Beine von der Fläche baumeln. Er hält den Benzinschlauch in den Tank.
»Meine Tochter mag Sie gern«, sagt er.
»Gekochter Fisch«, sage ich.
»Nein«, lacht er. »Das ist es nicht.«
»Sondern?«
»Der Wind hat Sie nilaufwärts gepustet. Wie eine Hühnerfeder. Das hat Ashraf sehr gefallen.«
Die Kleine nickt und lacht.
»Ich könnte ihr noch mehr erzählen«, sage ich.
»Tun Sie es«, meint der Vater. »Die Soldaten schlafen noch.«
Die Dunkelheit macht sich davon. Das Pumpen ist mir ungewohnt. Ich spüre, wie mir der Arm erlahmt.
»Hör mal, Ashraf«, schnaufe ich, »es hat einmal einen Tag gegeben, da bin ich tief über das Mittelmeer hinweggeflogen. Vor Neapel ist das gewesen. Neapel ist ein Hafen in Italien.«
»Ich weiß«, sagt Ashraf, »in der Schule haben wir das durchgenommen.«
»Wenn du weißt, wo das ist, dann wirst du auch wissen, daß es da Delphine gibt.«

Ashraf nickt. Sie hat ein schönes Lächeln.
»Die Delphine sind aus dem Wasser gesprungen. Haben mich aus der Nähe angesehen. Mein Flugzeug ist nicht sehr schnell, weißt du? Und da haben die Delphine gedacht, sie könnten mit mir um die Wette schwimmen.«
»Was sind Delphine?« fragt der Vater.
»Wie große Fische sehn die aus«, sage ich. »Zwei Meter lang. Delphine sind die besten Freunde, die wir Menschen haben.«
»Tatsächlich?« sagt der Sudanese.
»Ja«, sage ich. »Sie können sehr schnell schwimmen. Nur fliegen, das können sie nicht.«
Ashraf lacht. Hell. Und schön.
»Und doch sind sie aus dem Wasser gekommen?« Der Benzinmann sieht erstaunt zu mir nach unten.
»Sie schnellen sich heraus«, sage ich. »Dann tauchen sie wieder unter und nehmen einen neuen Anlauf. Wenn ich Gas gebe in meiner Maschine und die Delphine sehn, daß sie den Wettlauf nicht gewinnen können, geben sie auf und schwimmen woandershin.«
»Ob die Delphine wohl traurig waren?« denkt Ashraf leise vor sich hin. »Ich meine, als sie nicht so schnell mitgeschwommen sind?«
»Das weiß ich nicht, Ashraf«, sage ich, »es ist nicht bekannt, ob Delphine traurig sein können.«
Der Vater legt eine Hand an das Ohr, das dem Fluß zugewendet ist. »Die Soldaten kommen!«
Wir halten mit dem Pumpen inne. Von weit hinter den Sümpfen ist der Motor des Lastwagens auszumachen.
»Der Tank ist immer noch nicht voll«, ruft Ashrafs Vater zu mir her. Ich pumpe schneller.
»Machen Sie Schluß«, ruft er. »Die Soldaten dürfen mich nicht mit Ihnen hier erwischen.«

Er dreht den Tankverschluß zu. Wirft den Schlauch nach unten. Springt von der Fläche.
Ich klettere auf meinen Sitz.
»Bremsklötze weg?« rufe ich aus dem Fenster.
»Sind weg!« Der Schwarze läuft zum Jeep. Ashraf steht still auf dem Beton. Der Bedford ist schon deutlicher zu hören. Seine Scheinwerfer tasten sich den Deich entlang. Ich gebe Mischung, verstell die Schraube und bring den Anlasser auf Start. Der Propeller dreht ein, zwei Mal. Dann springt der Motor an. Ich atme auf. Vorwärmung. In die Bremsen treten. RPM auf zehntausend, nur ganz kurz. Und schon rolle ich die Maschine auf die Piste zu. Eins Sieben. Wo ist Ashraf? Ich hab ihr nicht good bye gesagt. An der Wellblechbude steht sie nicht. Der Jeep ist nicht mehr da. Neben meinem Sitz hab ich immer noch den Eimer. Das Wasser stinkt. Ist abgestanden. Beim Rollen öffne ich die Tür und schubse den Eimer raus. Der Lastwagen ist jetzt runter von dem Deich. Kommt vom andren Ende der Runway auf mich zu.
Ich gebe volle Kraft und bleibe mit beiden Füßen auf den Bremspedalen stehen. Das Flugzeug schüttelt sich. Ich lasse los. Die Maschine schnellt nach vorn. Wir nehmen Fahrt auf. Der Bedford macht den Suchscheinwerfer an. Will mich blenden. Was sinnlos ist. Viel zu schwach, im ersten Licht des Morgens. Ich jage dem Militärauto entgegen. Lasse das Fahrwerk einen Meter über Grund. Kurz vor dem Zusammenprall reiße ich die Klappen raus und ziehe den Knüppel ran an meinen Bauch. Das Flugzeug macht einen Satz. Ächzt in den Flächen. Wie ein Fahrstuhl jagt es uns nach oben. *Unisono.* Die Soldaten reißen Münder auf. Haben Entsetzen in den Augen. Springen von der Ladefläche. Stürzen auf die Piste. In das Schilf daneben. Aus Gewehren kann ich Mündungsfeuer sehen. Vor Furcht

zieh ich die Schultern bis zu meinen Ohren hoch. Im Lärm des Motors geht das Knattern der Gewehre unter. Und das Klatschen der Geschosse in den Rumpf bleibt aus. Lachend lasse ich die Luft aus meinen Lungen.

Rot und rund geht vorne links die Sonne auf. Ich trete in das Seitenruder und fliege in den roten Ball hinein. Mein neues Leben liegt auf der anderen Seite von der Sonne.

Ich warte ein paar Minuten. Dann korrigiere ich auf Kurs Eins Vier. Der rote Ball läßt uns noch lange seine Farbe. Alles ist wie Feuer: meine Hände, die Instrumente, das Plexiglas der Kanzel und der Propellerkreis davor.

Der rechte Tank ist von gestern her so gut wie voll. Dem linken fehlt 'ne ganze Menge. Bis Nairobi schaffe ich das ohne volle Tanks niemals. Macht nichts. Wichtig ist nur, daß ich im Sudan nicht noch einmal runtermuß. Wenn ich erst mal über Uganda bin, lande ich auf der Straße, die nach Kenya führt. Dem ersten Farmer, den ich seh, blockiere ich den Weg. Erzähl von meiner Not. Geh ihn um ein paar Gallonen an. Vier davon, vielleicht auch fünf, und ich bin König. Anzunehmen, daß die Leute hier Kanister als Reserve mit sich führen. Wenn nicht, mach ich einen Siphon mit 'nem Gartenschlauch, sauge, bis der Sprit aus meinen Lippen sprudelt. Die Oktanzahl ist sicherlich nicht hoch genug. Doch vermischt mit dem, was dann noch in den Tanks sein wird, muß es, wenn auch mit Husten oder Stottern, auf irgendeine Weise gehn.

Auf den Radiokompaß hab ich Juba eingedreht. Die Nadel springt unbeständig hin und her: Vor mir türmt sich ein Gewitter auf. Obergrenze schätzungsweise zwanzigtausend Fuß. Zu hoch für mich. Und die Flasche mit dem Sauerstoff liegt hinten beim Gepäck. Da komm ich jetzt nicht dran.

Ich hänge mich unter schwarze Wolken.

Juba ruft: »Cessna Delta Echo Foxtrot Foxtrot India von Juba Control. Kommen!«
Ich schalte das Radio aus. Für Sudanesen bin ich heut nicht mehr zu sprechen.
Abfangjäger können an einem Tag wie diesem gegen mich nichts werden. Wenn einer kommt, versteck ich mich in dem Gewitter über mir. Falls ich mich nicht irre, wird im Sudan F 4 geflogen, Phantoms. Das sind Sorgenkinder in Gewittern. Zuviel Elektronik. So was zieht Blitze an. Cessnas machen da weniger Kummer. Gut, daß ich den Eimer rausgeschmissen hab. Er würde mächtig überschwappen. Die Turbulenz ist jetzt schon ziemlich stark.
Gestern sah das Leben ohne Hoffnung aus. Heute bin ich ungehindert in der Luft. Fünf Stunden noch. Dann werd ich in Nairobi sein. Nach der Landung such ich mir als erstes ein Hotel. Ich dusche mich. Das wird auch Zeit. Dann laß ich mich rasieren. In der Hotelbar kauf ich mir einen Drink. Nach dem ersten Schluck ruf ich April an.

Noch vier Stunden fünfzig bis Nairobi.
Ich seh nach unten. Mein Flugzeug hat keinen Schatten mehr. Die Götter Afrikas sind wütend. Sie werfen Blitze kreuz und quer durch die Wolkendecke über mir. Riesenhände heben mich nach oben. Dann schleudern sie mich der Erde zu. Die Flächen ächzen. Der Sturm hängt sich in den Propeller. Er jagt die Drehzahlen des Motors bis in den roten Bereich. Spielball der Götter. Ich muß an Ashraf denken. Wie heißen eigentlich Aprils Töchter? Ich habe nie danach gefragt. Bei Licht betrachtet, versteh ich mich ganz gut mit Kindern. Auch wenn ich selber keine habe. Man muß ja schließlich kein Hahn sein, um zu wissen, ob ein Küken gut ist oder nicht. Ehrlich.
Ich werde Aprils Töchtern die Sache mit den Delphinen

erzählen. Die beiden wissen sicher, was Delphine sind.
Ashraf hat es ja auch gewußt. Außerdem: Zwischen hier
und Nairobi denk ich mir noch eine neue Story aus.
Der Himmel schüttet Wasser über mich.
Frage ist, was Ashraf jetzt wohl macht?
Sie ist auf dem Weg zur Schule.
»Bei Wolkenbruch wie diesem hier?«
Warum auch nicht?
Sieht aus, als ob's unter uns schon Farmland wär. Alles da
wirkt grüner. Unter Eukalyptusbäumen leuchten dunkelrote Dächer zu mir rauf. Der Farbe dieser Dächer nach muß
das hier Uganda sein.
Die nächste Wolke taucht mich ein in Finsternis. Um mich
herum wird's Nacht. Mit der Taschenlampe leuchte ich die
Flächen ab. Und atme auf: An den Profilen bildet sich kein
Eis.
Ob die Farmer meinen Motor hören? Wenn ja, dann sagen
sie: »Wer ist wohl der Verrückte, der bei diesem Wetter
fliegt?«

Da vorne, in Nairobi, fängt jetzt das Wochenende an. Die
Töchter sind sicher schon bei ihr zu Haus.
Mag sein, daß April Freunde eingeladen hat.
Weil sie meine Landung mit 'ner Party feiern will.
*Auch wenn sie gar nicht weiß, ob du zum Wochenende
kommst...*
Eben. Ein genaues Datum konnte ich bei diesem langen
Flug, einmotorig, ihr ja gar nicht geben.
»Mädchen, Mädchen, hör mal zu«, sage ich laut zu ihr, auch
wenn sie mich nicht hört. »Dieser Tag hier, der von heute,
wird wohl zum wichtigsten Datum im Kalender meines
Lebens.«

Die Zeit kriecht nur langsam über meine Borduhr hin. In der Pilotentasche hinter mir hab ich noch ein paar Pillen Speed. Ohne diese Dinger schlaf ich spätestens beim Dinner ein. Der Tag gestern, der war lang. Du kannst auch ereignisreich zu so was sagen. Ebenso wie zu diesem Tag in Dunkelheit.

Mann, ich freu mich jetzt schon auf die Stunde, wenn die Töchter knicksen: »Gute Nacht, Pilot.« Oder knicksen kleine Engländerinnen neuerdings nicht mehr?

Tcha.

Wie das wohl wird, wenn von den Autos der Partygäste nur noch Schlußlichter zu sehen sind?

Falls ich mir was wünschen darf, fährt mich April in ein Hotel. Die erste Nacht in unserer Zweisamkeit will ich nicht in ihrer Villa schlafen. Ob sie das versteht? Immerhin hat der Vater beider Töchter fünfzehn Jahre lang darin gewohnt.
Nein, Überraschungsliebe meines Lebens, sieh das mal ein: Ich fliege nicht durch Tag und Nacht und Nacht und Tag, über Alpen und das Mittelmeer und den ganzen Nil nach oben, um in dem Bett von einem abhanden gekommenen Ehemann zu sein. Meine Zukunft lass' ich nicht beginnen in den Kissen einer Vergangenheit mit ihm.

April.
Heute nacht bleibt sie bei mir. In dem Hotel, das ich zu dieser Stunde, im Gewitter hängend, noch nicht kenne. New Stanley heißt das teuerste am Ende dieser Finsternis vor mir. Da fährt sie mich hin. New Stanley wird's wohl wer-

den! An einem Tag wie diesem zähl ich nicht die Pfunde in der Tasche.

April kann wieder mal die halbe Nacht auf dem Sims des Fensters sitzen. Vielleicht kauf ich schon bald das Haus am Strand. In meinem Leben wird's noch viele Fenster geben. April soll vor allen Fenstern sein. Sie soll lachen, singen, fragen, schweigen, denken. Und wenn sie mich am Schlafen hindern will, soll ihr das meinetwegen auch gelingen.

*Ein Frühlingstag
wie kaum ein anderer*

Der Kampf dauerte drei Tage. Am vierten Morgen war es still. Die Bauern hoben ängstlich die Luken ihrer Kartoffelkeller und sahen, daß Wexdorf heil geblieben war. Weit hinten, am Ende des Sandweges zur Donau, brannte eine Scheune.
Das Mädchen rannte durch ihr Dorf und wußte nicht, warum es so schnell lief und wohin es wollte. Es rannte einfach nur. Sonst nichts. Drei Tage Angst. Eingesperrt sein in den Keller. Stille in den Nächten. Nur die Kühe auf den Weiden hatten gebrüllt. Niemand brachte den Mut zum Melken auf.
Der alte Mann vom Postamt stellte sich dem Mädchen in den Weg. »Hilf mir mit dem Laken. Die Amerikaner sollen sehen, daß wir uns ergeben.«
Die beiden stiegen die Stufen zum Kirchturm hoch und machten das Bettlaken an der Glocke fest.
»Sieh nur das Rapsfeld an«, sagte der Alte. »Dein Vater wird sich die Haare raufen.«
»Nein, er hat damit gerechnet.«
Der Alte sah das Mädchen aus zusammengekniffenen Augen fragend an.
»Die ganze Zeit da unten in dem Keller hat er davon gesprochen, wie wichtig sein Rapsfeld für unsere Truppen ist«, sagte sie. »Es liegt hoch über der Donau, und man kontrolliert von dort die Brücke.«

»Vor ein paar Tagen war das Feld noch gelb«, sagte der Postbote. »Jetzt ist es aufgewühlt, zerfetzt, zerrissen. Häßlich wie Furunkel. Sieh nur die Toten.«
Auf dem Rapsfeld ihres Vaters lagen viele graue Punkte.
Panzer lärmten über die Brücke. Lastwagen brachten Soldaten in großer Zahl. Die Soldaten liefen durch das Dorf und stießen Türen auf und riefen aufgeregte Worte in einer Sprache, die das Mädchen nicht verstand. Ein paar Stunden später zogen Regenwolken auf und der Alte sagte: »Ich geh mal nachsehen auf dem Feld, bevor es zu pladdern anfängt.«
»Ich komme mit«, sagte das Mädchen.
»Auf keinen Fall.« Der Alte schüttelte den Kopf. »Soldaten sind zu allem fähig. Besonders bei den Frauen. Besonders, wenn sie gewonnen haben.«
Er stieg die steile Holztreppe nach unten und ging über den Kirchplatz. Er versuchte, dabei gelassen auszusehen. Wenn er an den Fremden in ihren kriegerischen Autos vorüberging, nahm er ehrfürchtig die Mütze ab. Die Soldaten lachten über den kleinen Mann. Sie gaben sich keine Mühe, seinen Gruß zu erwidern.
Das Mädchen kauerte in der dunkelsten Ecke des Turmes und sah zu der Glocke hoch. Erst letzten Sonntag hatte sie sich an das lange Seil gehängt, und die Burschen aus dem Dorf hatten ihre Hände unter ihrem Kleid hoch- und runterrutschen lassen, und wenn die schwere Glocke das Mädchen oben behalten wollte, hatten sie sich zu dritt an das Seil gehängt und sie zu sich heruntergeholt und bei allen Heiligen geschworen, der Priester würde nichts erfahren.
Fahrzeuge mit Eisenketten drückten tiefe Spuren in Asphalt, der in einem engen Bogen das Dorf durchquerte. An einem Schild stand, weiß auf blau: Adolf-Hitler-Straße.
Die Fremden trugen runde braune Helme. Sie drängten den Bürgermeister aus seinem Haus. Er streckte seine Hände

steil in die Luft. Die Frau des Bürgermeisters rannte schreiend hinter dem kriegerischen Auto her. »Er hat doch nichts getan!« Der Bürgermeister sah sich nicht um. Die Frau ließ sich zu Boden fallen und schlug mit flachen Händen auf den Asphalt. Als niemand ihr zu Hilfe kam, stand sie auf und ging nach Haus.
Das Mädchen fror. Es wollte nach unten gehen und sich eine Altardecke holen oder das Gewand des Priesters aus der Sakristei, aber dann hörte sie, daß die Kirchentür aufgestoßen wurde und daß Männerstimmen lachten, und dann spielte einer auf der Orgel. Die Männer sangen das Lied, das die Orgel spielte. Das Mädchen begann sich zu fürchten. Mitten in den Gesang hinein donnerten Befehle. Das Mädchen hörte, wie die Männer auf die Straße liefen. Das Geräusch des Laufens war recht leise. Nicht wie bei den deutschen Soldaten, deren Nagelstiefel stets schrecklich laut auf das Pflaster geknallt waren. Die Sieger trugen Gummisohlen. Als sie davongefahren waren, wurde es still im Dorf. Das Mädchen stieg nach unten und holte sich die Decke vom Altar. In ihrem Versteck wickelte sie sich in die Decke mit der goldenen Stickerei. Sobald ihr warm geworden war, schlief sie ein. Als sie aufwachte, sah sie die Lastwagen auf dem Rapsfeld ihres Vaters. Kleine Punkte wurden aus Löchern gehoben und auf die Pritschen geworfen. Als ihre Arbeit getan war, liefen die Männer in den braunen Uniformen, als wollten sie Vorsicht walten lassen, mit langsamen Bewegungen auf den Waldrand zu. Einer von den grauen Punkten, der vorher unbewegt in dem Gelb gelegen hatte, sprang auf und wollte davonlaufen. Er kam nicht weit, denn die Braunen hoben ihre Waffen. Als sie auf den Grauen schossen, dachte das Mädchen: »Es klingt wie das Meckern einer Ziege.« Sie sah den Grauen zur Erde fallen. Die Stimmen der Jagenden lachten über den zerris-

senen gelben Acker hinweg. Ihr Lachen sprang am Waldrand hoch.

Die Laster fuhren davon, und der Postbote stand allein am Rand des Ackers.

Eine Bauersfrau trat ängstlich unter den langgestreckten Balkon ihres Hauses. Die Eichenbalken waren sorgfältig geschnitzt. Über der Eingangstür stand die Jahreszahl in Gold gemalt: Anno Domini 1861.

»Kimm außi«, rief die Frau. »Die Amis san forrrt. Auch von den Unsrigen is' koana mehr im Dorf zum sehen.«

Ihr Mann trat in die Tür und stemmte beide Hände an den Rahmen.

»Mir sollten dem Priester sogn, daß er d' Glocken lait'«, meinte er.

»Warrum?« fragte die Bäuerin.

»Weil's Frieden is'.«

»Na«, sagte seine Frau. »Erscht ma du' mer worrt'n.«

Der Postbote kam langsam über das Kopfsteinpflaster des Kirchplatzes und hielt einen Gegenstand über seinen Kopf, der wie ein kurzes Stück Ofenrohr aussah. »Komm herunter«, rief er dem Mädchen zu. »Noch einmal die Stiegen hoch, und die Amerikaner können mich auch auf ihre Pritsche werfen.«

Im Glockenturm hingen Spinnweben. Aber es waren keine ausgedörrten Fliegen in den Netzen. Selbst die Spinnen ließen sich nicht sehen.

»Es ist noch viel zu früh im Jahr für Mücken«, dachte das Mädchen. Dann sprang es geschickt die steilen Stufen des Turms nach unten.

Der Postmann wischte sich mit dem Handrücken über die Augen. »Die Toten auf dem Feld sind Kinder«, sagte er, »fünfzehn oder sechzehn. So alt wie du. Es schreit zum Himmel.«

Er öffnete den Deckel des kurzen, runden Behälters. »Dies hier lag unter einem Busch am Weg zum Dorf zurück.«
»Was ist das?« fragte das Mädchen.
»Eine Gasmaskenbüchse«, sagte der Alte. »Die Gasmaske ist nicht mehr darin. Nur ein paar Kekse, zwei Bleistifte und dieses Schreibheft hier.«
Das Heft war dunkelblau, mit karierten Seiten, abgegriffen und zusammengerollt.
»Er hat die Gasmaske fortgeworfen«, sagte der Postbote. »Die Büchse war sein Versteck für dieses Heft. Einmal, im Ersten Weltkrieg, habe ich einen Kameraden gehabt, der versteckte ganze Pfunde von Kaffeebohnen in dem Behälter für die Maske.«
Das Mädchen glättete das Schreibheft auf dem Rock über ihren Schenkeln und schlug die erste Seite auf.
»Der Soldat hat eine schöne Schrift«, sagte sie.
»Hat er seinen Namen auf das Heft geschrieben?« fragte der Alte.
»Nein«, sagte das Mädchen.
»Was steht denn drin?« fragte der Postmann.
»Ich glaube, es geht um eine Eisenbahn«, sagte das Mädchen. Sie setzte sich auf die drei Stufen vor dem Kirchportal.
»Ich habe meine Brille nicht dabei«, sagte der Postbote. »Lies das mal für mich.«
Das Mädchen fuhr sich mit der Zunge über ihre spröden Lippen. Dann holte sie tief Luft und las auf die gleiche Weise stockend vor, wie sie noch bis vor ein paar Tagen auf Anweisung des Lehrers in der Dorfschule gelesen hatte:

Es ist Mittwoch.
Ich glaube, daß es Mittwoch ist. Vor mir zwängt sich der eine Schienenstrang in gerader Linie zwischen häßlich-armen Vorstadthäusern durch. Die Linien aus Stahl glänzen oben-

drauf wie Silber. Sie sind von vielen Rädern blankgefahren. Zwei perfekte Parallelen. Solche Silberparallelen wollten mir in der Schule nie gelingen. Allerdings, wenn ich Millimeterpapier verfügbar hatte, dann schon. »Zwei gleichlaufende Linien sind nur dann Parallelen zu nennen, wenn sie auf der gesamten Strecke den gleichen Abstand zueinander aufweisen.« Diese hier, Herr Lehrer, sehen nur anfangs wie Parallelen aus. Irgendwo weiter hinten werden sie zerfetzt sein, verbogen, grotesk zum Himmel zeigend. Oder aber sie sind unversehrt und bilden jene Strecke, die, parallel verlaufend, mich noch heute nacht von hier fortbewegen wird.
Der andere Schienenstrang biegt unversehrt nach Süden ab. Er ist rostig. Gras wächst zwischen den Gleisen. Hier ist schon lange kein Zug mehr durchgefahren. Ohne Frage steht gleich hinter der nächsten Biegung ein Prellbock, der alles aufhält, was da etwa fliehen will.

Ich liege auf der steilen Böschung eines Bahngeländes. Papier und Konservendosen wachsen aus braun verdorrtem Gras an Stellen, die sonst für Blumen sind und dort schon bald auch wieder sprießen werden. Das heißt, wenn nichts dazwischenkommt.
Eine verschleierte Sonne tastet meinen Rücken ab und macht mich ein wenig warm. Nur meine Hand, die den Bleistift hält, ist noch immer kalt.
Die Offiziere haben uns befohlen, einen Brief nach Haus zu schreiben. An die Eltern, und der letzte Zug, der Post mitnimmt, sagten sie, geht morgen früh. Ich frage mich, wie kann man auf Befehl hin Briefe schreiben? Und selbst wenn es gelingt, darf ja keiner schreiben, was er denkt. Also, genau mal rumgedreht und auch gewendet: Meine Gedanken sind mir nicht erlaubt.

Wenn dieser Krieg vorüber ist, werd ich meinem Vater mal erzählen, wie wir zu dem Bahnhof hier gekommen sind. An den Kopf wird er sich fassen. Garantiert!
Wir waren eine ganze Kompanie auf Rädern. Wie eine Spazierfahrt durch den Schwarzwald sah das am Anfang aus. Dann aber hat sich einer von uns an einem Versorgungsfahrzeug festgehalten, weil es ziemlich steil bergauf gegangen ist. Irgendwann ist er gestürzt, und die Hinterräder des Lastwagens sind über ihn hinweggerollt. O Gott, hat der geschrien! Sein Schreien hab ich lange Zeit gehört. Auch als ich ihn nicht mehr habe sehen können.
Am Abend kam dann die Sache mit dem Apfelmost. Im nächsten Dorf haben uns zwei Bauern angehalten: »Habt ihr nicht Durst?« Und ob wir Durst hatten! Alle sind abgestiegen von den Rädern. Hunderteinundzwanzig Mann. Rein ins Gasthaus. Wir haben das für Apfelsaft gehalten, als die Flaschen kamen, und gierig daraus getrunken. Die Bauern haben laut gelacht. Das ist nämlich gar kein Apfelsaft gewesen! Er hat nur so geschmeckt! Most ist das gewesen. So nennen die Schwarzwälder ihr Getränk. Ich glaube, wenn der Saft kurz davor ist, Wein zu werden, nennen ihn die Leute Most.
Beim Treten dann in die Pedale haben meine Beine sich wie Gummi angefühlt, und in meinem Kopf schlugen mir zwei Fäuste an die Schläfen. Wir mochten die Räder nicht mehr fahren. Wir stiegen ab und schoben und sangen laut und fröhlich unsre Lieder. Die Offiziere haben voller Wut gebrüllt, aber was konnten die schon groß machen? Ha! Herrlich! Man stelle sich das nur mal vor: eine ganze Kompanie Soldaten, ein jeder sechzehn Jahre alt, und alle stockbesoffen!

Dieses Erlebnis ist noch gar nicht lange her. In der Kaserne gaben sie mir ein Gewehr und eine graue Uniform. Seitdem bin ich eine Nummer. Auswendig kenn ich sie noch nicht. Ist auch nicht nötig, denn sie hängt auf einem kleinen Schild um meinen Hals.
Morgen, heißt es, sind wir an der Front.
Ich habe Angst vor morgen. Aber was noch schlimmer ist: Es macht mir Schmerz. Ich glaub nicht, daß es Heimweh ist. Bei Heimweh, als ich noch klein war, im Landschulheim, da hab ich weinen können. Mit dicken Tränen im Gesicht. Jetzt aber ist das nicht mehr so. Jetzt laufen meine Tränen innen. Niemand wird sie sehen. Und es gibt keinen, der mich schluchzen hört.

Ich liege hier an diesem Bahndamm ganz allein. Die anderen Jungs sind alle weg.
Unser Transport soll erst spät am Abend aus dem Bahnhof rollen. Wegen der Jagdbomber, so wird gesagt. Es heißt, daß Amerikaner nach Dunkelheit nicht fliegen. Und deshalb transportiert man uns dann eben durch die Nacht.

Die andren Jungs sind bei Frauen in der Stadt. Schon seit dem späten Morgen sind sie dort. Bei Müttern und bei deren Töchtern. Sie kamen zu dieser Böschung hier und haben meine Kameraden abgeholt. Zu ihren Häusern hin. Zu Bratkartoffeln. Und zu Spiegelei. So haben sie gesagt. Das eine oder andere Mädchen war mit ihrer Oma hier. Wahrscheinlich mußten ihre Mütter zur Arbeit irgendwo in die Fabrik. Die Mädchen waren schüchtern. Und die Frauen hatten Mitleid im Gesicht. Ja. Mitleid. In ihren Augen hab ich das gesehn. Das war der Grund, warum ich nicht mitgegangen bin. Mitleid ist, was nicht in mein Leben paßt. Seit dem Tag, als mich ein Raufbold aus unsrer

Straße vor meinem eigenen Elternhaus zusammenschlug, paßt das nicht. Weil es dieses verdammte Mitleid war, das ich in Mutterns Augen lesen mußte, als sie mir das Blut ...

Donnerstag
An dieser Stelle war ein Schatten auf mein Papier gefallen. Gestern. Danach hatte ich eine Frau sagen hören: »Willst du denn ganz allein am Bahndamm sein?«
Ich drehte mich um und blinzelte nach oben. Immer wenn ich gegen so einen milchig-grell-grauen Himmel sehen muß, schießt mir das Wasser in die Augen, und das ärgert mich.
Ich weiß, daß ich beim Aufsatzschreiben Vergangenheit und Gegenwart stets durcheinanderbringe. Mit diesem Tagebuch geht mir das ebenso. Eines Tages werde ich die Fehler in diesem Tagebuch verbessern, aber jetzt scheint mir das nicht wichtig. Jetzt ist nur eines wichtig: diese Frau! Weil sie jetzt in meinem Leben ist! Und weil sie es nicht verhindert hat, daß ich in den Viehwaggon gestiegen bin zu den anderen Jungs!!! Am Abend von dem Tag von gestern hat sie es mitangesehen, wie meine Tränen innen liefen. Danach ist der Zug die Nacht hindurch gerollt. Und jetzt ist heute. Mein Rücken lehnt an einem Baum. Ich hocke am Rand von einem Wald. Über einer gelben Wiese. Der Hauptfeldwebel sagt, der Fluß da vorne, weit unter uns, ist die Donau. Das Dorf im Westen heißt Wexdorf, sagt der Hauptfeldwebel, und die Amerikaner werden nicht lange auf sich warten lassen. Jetzt aber erst noch mal zu gestern.
Die Frau am Bahndamm hatte weite Hosen an. Ihr grauer Pullover war dick gestrickt. Zopfmuster heißt die Art. Ich hatte auch mal einen. In der Kaserne haben sie ihn mir abgenommen.
Ich weiß nicht, wie ich schreiben soll, daß sie schön ist,

diese Frau von gestern. Sehr, sehr schön. Eine Dame! Große Augen, glaube ich. Dunkle Haare. Und die Lippen hat sie nicht geschminkt.

Ich stehe auf, und die Dame sagt: »Du siehst traurig aus.« Sie hat Falten auf der Stirn. Es sind sehr schöne Falten. Sie sieht auf mein Oktavheft und lächelt zu mir her: »Was tust du hier so ganz allein? Zeichnen?«

»Nein«, sage ich. »Schreiben.«

»Du könntest morgen weiterschreiben«, sagt sie. »Oder an dem Tag danach.«

»Ja«, sage ich und denke: »Auch nächstes Jahr oder gar nicht mehr.«

»Alleinsein ist nicht gut«, sagt sie. »Ich weiß, wovon ich spreche.« Dann gibt sie mir die Hand: »Zieh mich hoch«, sagt sie, »die Sohlen meiner Schuhe sind aus Holz. Wenn du mir nicht hilfst, kann ich dich nicht mit zu mir nach Hause nehmen.« Ich greife nach ihrer andren Hand und ziehe sie die steile Böschung hoch. Oben, am Rand von einer Wiese, sagt sie: »Danke. Und du kannst mir meine Hände wiedergeben.« Ich frage mich, ob sie wohl hört, wie laut mein Herz jetzt schlägt.

Ein Stück weiter gibt es einen Pfad mit Kies. Die Dame lacht mich an. Geht vor mir her. Auf der Straße durch den Ort sehe ich, daß sie großgewachsen ist. Größer als ich. Macht nichts. In ein paar Jahren wird das anders sein. Soweit ich weiß, wächst man noch bis einundzwanzig.

In den Gassen dieser kleinen Stadt begegnen wir nur selten andren Menschen. Wer vorbeikommt, sagt »grüß Gott« und lächelt nicht.

Von meinen Kameraden ist weit und breit keiner zu sehn. Hoffentlich kuckt wenigstens einer mal aus dem Fenster. Wenn ja, dann pfeift er leise durch die Zähne. Reibt sich die Augen. Weil er meine Dame sieht.

Sie bewohnt zwei Zimmer in einem Haus, das grau und häßlich ist. In der Flurgarderobe hänge ich alles auf, was ein Soldat besitzt: Koppelzeug, Brotbeutel, Gasmaske und Bajonett, den langen Wintermantel, die Schirmmütze und den Stahlhelm. Der Karabiner 08 kommt in die Ecke.
Die Dame stößt eine Tür auf, die sicher einmal weiß gewesen ist, jetzt aber sehr viel Farbe braucht. Ich glaube, überall in Deutschland brauchen Fenster Farbe.
»Mach's dir im Wohnzimmer bequem«, sagt sie. »Ich richte mich ein wenig her.«
Ein Kanonenofen hält das Zimmer mühsam warm. Die Möbel passen nicht zusammen. Sie wirken wie bei andren Leuten abgeholt, weil Bomben und Brände alles flachgemacht haben, was vorher einmal Großstadt war. Die Dame sieht mir nicht so aus, als hätte sie mal auf dem Land gelebt.
An allen Wänden hängen Bilder. Ein Kunstbild nur, doch daneben Fotos. Viele. Und auf allen ist derselbe Mann zu sehen. Einmal steht er in der Badehose an einem hellen Strand. Dann ist er Soldat. Manchmal Offizier. Mal sitzt er auf einer Kanone und lacht, mal hat er Blumen in der Hand. »Einmarsch in Paris«, steht unter diesem Bild. Eines ist bei einem Fotografen gemacht worden, das kann man deutlich sehn. Der Mann ist Major mit vielen Orden. Er sieht ernst in die Kamera. Seine Augen sagen mir nichts, weil sie schwarz sind. Sehr sogar. Auch die Haare sind schwarz, mit einem schnurgeraden Scheitel, der wie eine weiße Narbe durch all das Schwarze geht.
In dem Zimmer wird es mir zu eng. Ich laufe auf den schmalen Korridor hinaus und seh die Dame in der Küche beim Kartoffelschälen. Sie erlaubt mir, ihr zu helfen. Ihre Hände sind so schön wie ihr Gesicht. Allerdings ein wenig rot an allen Knöcheln.

Wir essen in der Küche. Was wir essen, weiß ich gar nicht mehr. Ach ja, doch: Kartoffelsalat mit Würstchen. Wir reden nicht sehr viel. Nach dem Essen fragt sie mich: »Wie alt bist du?«
»Fünfzehn«, sage ich, »im Sommer sechzehn.«
»Laß uns auf den nächsten Sommer trinken«, sagt die Dame. Sie nimmt eine Flasche Zwetschgenwasser aus dem Küchenschrank. Ich hatte bisher nur einmal Schnaps getrunken. Auf der Hochzeit meiner Schwester. Aber das sage ich der Dame nicht, sondern nehme das Glas und schütte die klare Flüssigkeit mit einem Ruck nach hinten weg. Es wird mir warm im Magen. Heiß. Herrlich. Wunderbar.
Sie setzt sich wieder auf den Küchenstuhl. »Du machst ein Gesicht, als hättest du Gift getrunken.«
»Schmeckt auch so«, sage ich. »Der Mann auf den Fotos in der Stube – ist das Ihr Mann?«
»Ja«, sagt die Dame leise.
»Trinkt er Schnaps, ohne sich zu schütteln?«
»Ja«, sagt sie. »Er trinkt neuerdings sehr viel. Dabei kann er so gut wie nichts vertragen. Vielleicht sollte ich dir von ihm erzählen.«
Ich will gar nichts von ihm hören, aber ich sage: »Tun Sie das nur.«
Sie nickt. Erzählt. Niemals nennt sie seinen Namen. Wenn sie sagt: »Er hat das getan«, oder: »Jenes wurde ihm abverlangt«, würde ich gern versinken. Sie merkt es nicht.
Das muß ein wunderbarer Mann sein, dieser Mann. Anfangs ging es nicht recht vorwärts, doch dann trat er ein, in die Partei. Von da an ging's bergauf. Im Grunde ist er Mathematiker, Militärmathematiker, Taktiker, Denker, Schachspieler mit Soldaten. Ein Mann, der weiß, was er beschützt. Und wen er anzugreifen hat. Er weiß ja auch, warum. Nur sie, seine Frau, weiß das nicht immer. Wenn

sie aus den Fenstern seiner Kaserne schaute, sah sie die rauhreifbedeckten Bäume rings um den Exerzierplatz rum. Er hingegen sah nur die Soldaten. Trotzdem. Er ist ein wunderbarer Mann. Wirklich. Sie hat Kunstgeschichte studiert und Literatur. Bis zur Hochzeit. Danach gab es gesellschaftliche Pflichten. Auch jene Zeit war schön. Bälle mit den jungen Fähnrichen des Mannes. Unbeschwerte Sommertage, als sie noch nicht wissen konnte, wohin dies Leben einmal führt. Sie war verwirrt, als ihr Mann erklärte, der Krieg sei gut und nicht mehr zu vermeiden. Anfangs gab es Siege. Später Bomben. Was einmal schön gewesen war, wurde nur noch still. Einsam. Grau. Ja. So war das gewesen. Ich seh, wie sie ihren Kopf zur Seite legt.
Sie hat alles zu sich selbst gesprochen und ist dabei ganz klein geworden auf dem Küchenstuhl. Weint sie jetzt? Nein, das wohl nicht.
Ich bin müde. Die Angst ist wieder da. Mir ist übel. Vielleicht verreckt der Major jetzt irgendwo. Auch ich mag Bäume, die voller Rauhreif sind. Besonders, wenn eine flache gelbe Sonne sie bescheint. Ob ich ihr das sagen soll? Nicht nötig. Sie merkt ja gar nicht mehr, daß ich in ihrer Nähe bin. Gott, ist mir übel!
»Verzeihen Sie«, sage ich in die schweigende Küche hinein, »aber es wird Zeit für mich.«
Ich gehe über den engen Korridor und sammle alle Dinge ein, die ein Soldat herumzuschleppen hat. Die Hände der Dame legen sich auf meine Schultern. Sie dreht mich zu sich um. Ihre Augen sind mir nah, kommen näher, immer näher, und verschwimmen. Ein Hauch legt sich auf meinen Mund. Ihr Mund. Auf meinen Lippen, die noch spröde sind von der letzten Wache, in einer kalten Nacht, wandern spielend diese andren Lippen. Weich und zart. Die Lippen fragen, verhalten, fordern, drängen, öffnen.

Und geben.

Mir ist wie sterben.

Und dann ist es vorbei, so unverhofft, wie es begann. Ich stehe mit dem schweren Militärzeug zwischen meinen Fingern und mag die Augen nicht mehr öffnen. Mein Herz schlägt harte, schnelle Schläge durch den Kopf.

Mehr von dem Glück! Mehr! Bitte mehr!

Nichts. Das Schweigen sagt, auch Glück kann sterben.

Große Augen lächeln. Werden traurig. Eine Hand streicht durch mein Haar.

Der Lederriemen mit Gasmaske, Brotbeutel, Bajonett wiegt Zentner. Der Haken, an den ich alles hängen will, ist hoch. Ich muß mich recken.

»Was tust du?« fragt die Dame leise.

»Ich bleibe hier«, sage ich zu ihr. »Zum Bahnhof kann ich jetzt nicht mehr zurück.«

Rauhreif auf den Bäumen.

Selbst im Sommer werde ich ihr Bäume silbrig malen.

»Mein Gott«, sagt die Dame. Die Hände mit den roten Knöcheln bedecken ihr Entsetzen auf dem Mund. »O du mein Gott.«

Ich warte, daß sie weiterspricht. Sie braucht viel Zeit für Worte, die mir sagen, was aus mir denn werden soll.

»Ich darf dich nicht bei mir behalten.«

»Warum nicht?« frage ich.

»Am Bahnhof werden sie abzählen. Ein Soldat wird fehlen. Sie werden sehr schnell wissen, daß du es bist, der fehlt. Sie werden dich suchen. Und dich finden. Sie haben bisher noch jeden finden können. Und dann? Weißt du, was dann mit uns geschieht? Mit uns beiden? Du kannst es dir kaum denken.«

O doch, ich kann es mir denken. Ich habe es sogar gesehen. Die Männer hingen an Laternen. Sie trugen Schil-

der um den Hals. »Ich bin ein Deserteur«, oder: »Dieses Schwein hat den Führer verraten.« Wer die Toten von den Stricken schneiden wollte, wurde selber aufgeknüpft. Was sie mit den Frauen machen, hab ich nicht gesehn. Es heißt, sie würden kahlgeschoren. Vor allen Leuten in dem Dorf.
Ich ziehe mir den Mantel an und schnall das schwere Koppel um. Ich bin eine Nummer. Die Nummer baumelt auf der Blechplakette unter meinem Hals. Da werd ich wohl zum Bahnhof gehn und beim Abzählen so wie die andren sein. Und wenn der Viehwaggon dann ruckend anfährt, find ich hoffentlich eine Ecke für den Schlaf.
»Ich bin müde«, sage ich. »Womöglich liegt das an dem Schnaps.«
»Bitte versuche nicht, ein Held zu sein«, hör ich ihre Stimme sagen. »Männer sind zu Helden nicht geboren. Sie werden nur dazu gemacht. Oder sie wollen sich selbst beweisen, wie großartig sie sind. Du aber ... Ich möchte gerne, daß du lebst. Hörst du? Lebst!«
»Ja«, sage ich, »und ich würde Sie gern wiedersehen.«

In der Tür küßt sie mich ein zweites Mal. Es ist nicht wie vorher. Aber es ist gut.
»Du bist noch so unendlich jung«, sagt sie. »Die Welt ist voller Mädchen. Versprich mir, daß du leben willst.«
»Ja«, sage ich und steige vor ihr die Treppe runter.
Auf der Straße schweigen wir. Von überall strömen Soldaten auf den Bahnhof zu.
»Wir haben uns nicht mal unsere Namen gesagt«, fällt mir plötzlich ein.
»Nein«, sagt sie. »Es war wohl keine Zeit dazu.«
Ich muß zwei Unteroffiziere grüßen. Sie beachten mich kaum. Die Stimme des einen hallt durch die Gasse. »Nach

all der Ziererei – was meinst du? Das Luder konnte nicht genug bekommen.«
Es will schon dunkel werden, als wir am Bahnhof sind. Hunderte von Soldaten stehen überall herum, sind bereits da, und noch mehr Frauen, noch mehr Mädchen.
»Namenloser«, sagt sie. »Sei kein Held.«
Ich seh zu ihr hoch. Vor meinen Augen ist ihr Mund.
»Versprochen?« fragt sie.
»Versprochen«, sage ich.
Wir werden auf Befehl getrennt.
Abzählen.
Namen rufen.
»Hier« schreien.
Verladen.
Es ist ein großer Viehwaggon. Ich erkämpfe mir einen Platz in der offenen Schiebetür. Halte mich am Balken fest. Schulmädchen singen. Ihr Dialekt ist fremd. Eingehüllt in den Gesang steht die Dame, die ich nicht verlassen will. Sie singt nicht mit. Ihr Mund ist still. Der Zug ruckt an. Ich schwanke in der Tür. Wir rollen. Wo ist sie? Ach ja, dort. Da hinten. Unbewegt. Aufgerissene Mädchenmünder singen dieses Schwarzwaldlied. Im letzten Licht des Tages wird das Gesicht der Dame grün. Grau. Sieht verwaschen aus. Zuerst entschwindet mir ihr Mund. Dann die Augen. Die dunklen Haare sind für kurze Zeit noch da. Wie der Rahmen um ein schönes Bild. Dann ist sie nicht mehr zu erkennen. Sie wird zu einer von den vielen. Verschluckt von der Menge.
Ebenso wie ich.

Der Postbote hielt sich die Hand über die Augen und sah zum weißen Laken bei der Glocke hoch.
»Ich würde dieses Heft sehr gern behalten«, sagte das Mädchen.

»Ja«, sagte der Postler, »behalt es nur. Der Junge braucht es jetzt nicht mehr.«
»Du glaubst, daß er gefallen ist?« fragte das Mädchen.
»Wir werden es nie erfahren«, sagte der Alte, »aber ich nehme an, daß er noch lebt.«
Das Mädchen sah ihn fragend an.
»Die Gasmaske lag unter einem Busch am Wegesrand«, sagte der Alte. »Vermutlich hat sich der Soldat aus dem Staub gemacht. Er hat gesehen, wie seine Kameraden von Granaten zerrissen wurden. Helden sterben häßlich.«
Er sah das Mädchen an. »Fliehen ist feige«, sagte er, »aus dem Staube machen deutet auf wahre Klugheit hin.«
»Wenn er lebt und der Krieg ist vorbei«, sagte das Mädchen, »ob er dann wohl zu der Dame im Schwarzwald geht?«
»Nein«, sagte der Postbote, »wohl kaum.«
»Warum nicht?« fragte das Mädchen.
»Was soll der Junge tun, wenn er sie wiedertrifft und ihr Mann ist auch schon aus dem Krieg zurück?« fragte der Alte. »Vielleicht sitzt der Mann zu Haus herum. Ein Krüppel.«
»Wie schrecklich«, sagte das Mädchen.
Der Alte schüttelte den Kopf. »Der Soldat geht sicher nicht zu ihr zurück. Er läßt sie in seiner Erinnerung weiterleben. Für immer. So schön wie an diesem einen Nachmittag.«
Das Mädchen stand auf und lief die paar Stufen hoch zu dem Portal.
»Wo willst du hin?«
»In die Kirche«, sagte das Mädchen. »Beten.«
»Worum willst du beten?« fragte der Alte.
»Daß der Soldat sich aus dem Staub gemacht hat«, sagte das Mädchen.

Irisches Missverständnis

Hinter einer weiten Kurve starb die neue Straße. Wind war aufgekommen und schob schwere Wolken über die Hügel. Das ablaufende Wasser am Straßenrand glänzte silbern. Letzter Regen tröpfelte auf einen Wall aus Bauschutt und Steinen vom Fluß. Weit hinter den Hügeln stand ein blasser Regenbogen.
Der Mann mit dem jungen Gesicht und den steilen Falten hielt seinen Wagen an. Er wartete auf den Schwindelanfall, der zuverlässig mit den Schmerzen kam. Der rechte Arm des Mannes war wie tot. Taub. Unbrauchbar.
Ein Straßenschild am Schuttwall wies nach links: Umleitung. Dahinter stand ein Baum. Eine Kuh rieb sich an seiner alten Rinde. Beim ersten Hinsehen war der Baum wie alle anderen Bäume. Beim zweiten Blick fiel auf, daß er allein vor den Hügeln stand. Ein großer Baum. Seine runde Krone deckte sehr viel Himmel zu.
Der Mann fuhr weiter. Sein Zodiac war rechtsgesteuert. Das half dem Mann. Er konnte den rechten Arm baumeln lassen und mit der linken Hand schalten. Das Steuer hielt er derweil mit den Knien fest.
Die Umleitung war eng und gewunden. Sie führte nach Westen. Unverhofft sah er das Meer. Es hatte weiße Kronen. Den Strand konnte er nicht sehen. Er lag versteckt tief unten hinter einem Kliff.
Über den schlammigen Fahrweg kam ihm ein Sonnen-

schirm entgegen. Halb zerfetzt. Weiß und rot gestreift. Der Wind vom Meer machte ihn zu einem wütenden Ballon. Sie prallten aufeinander. Der Schirm stieg steil in die Luft. Dann stürzte er sich auf eine Dornenhecke. Die behielt ihn für sich fest.

Das einzige Haus zwischen Hügel, Wiese und Kliff hatte ein graues Dach und weiße Mauern. Der Kies davor war frisch geharkt. Zwischen Holzfässern rostete ein Eisentisch. Aus dem Stall roch es streng nach Pferd.

In der schmalen Haustür stand ein Mann und rauchte Zigarre. An der Wand neben ihm hing ein Holzschild: MEWS SHANTY INN.

Der Fremde stieg aus und lehnte sich an sein Auto. Der Wind vom Meer war kalt. Die Luft tat gut.

»Ich glaube, ich habe mich verfahren«, sagte der Fremde.

»Nein«, sagte der Mann in der Haustür. »Die Umleitung führt hier vorbei. Schon seit zwei Jahren.«

»Tatsächlich?« sagte der Fremde. »Warum wird die neue Straße nicht weitergebaut? Ist der Regierung das Geld ausgegangen?«

»Möglich«, sagte der andere. »Vielleicht ist das Geld ausgegangen. Aber ich glaube, es liegt wohl eher an dem Baum.«

Der Fremde sah ihn fragend an.

»Am Ende der neuen Straße steht ein großer Baum«, sagte der Ire. »Haben Sie ihn nicht gesehen?«

»Doch«, sagte der Fremde. »Man kann ihn gar nicht übersehen. Er ist sehr groß. Und der einzige Baum weit und breit.«

Der Ire sah den Fremden von der Seite an. »Er ist verwunschen.«

»Wie meinen Sie das?«

»Ein Fluch liegt über dem Baum«, sagte der Mann in der Haustür. »Als die Trasse gelegt wurde, stießen die Arbei-

ter auf den Baum. ›Sägt ihn ab‹, forderte der Ingenieur, ›der Baum ist der Straße im Wege.‹ Die Arbeiter schüttelten die Köpfe. ›Der Baum ist verwunschen‹, sagten sie. ›Wer ihn fällt, muß sterben.‹ Der Ingenieur lachte. Die Arbeiter gaben ihm eine Motorsäge. ›Fällen Sie den Baum‹, sagten sie. Der Ingenieur hat es nicht gewagt. Die Arbeiter wurden entlassen. Ein Trupp Straßenbauer aus Dublin traf hier ein. An einem Abend kamen sie zu meinem Gasthaus, standen rum, wo Sie jetzt stehn. Fragten nach dem Baum. Ich erzählte unumwunden von dem Fluch, der dem Baum das Leben rettet. Die Männer fuhren schon am nächsten Tag in ihre Stadt zurück. Ich glaube kaum, daß es einen Iren gibt, der es wagt, Hand an den Baum zu legen.«
Der Fremde dachte nach. »Warum baut man die Straße nicht an dem Baum vorbei?« fragte er.
Der Ire nickte. »Die einzige Lösung«, sagte er. »Ich bin gespannt, wie lange die Klugscheißer in den Büros von Dublin brauchen, um auf so eine simple Idee zu kommen.«
»Ich könnte einen Drink vertragen«, sagte der Fremde und ging ins Haus. Der Ire machte einen Schritt zur Seite. Dem Fremden fiel auf, wie klein der Mann war.
In der Gaststube war es still. Vor dem Fenster, das die Hügel rahmte, pokerten junge Männer mit Würfeln. An ihren Gummistiefeln klebte Mist. Der kleine Ire stieg zwei Stufen hoch hinter seinen Schanktisch. Er hatte damit seine Welt betreten. Hinter der Theke stehend, waren seine Augen auf einer Höhe mit den Augen des Fremden. Die Flaschen im Regal hatte er der Größe nach geordnet.
»Welches Gift ist Ihre Lieblingssorte?« fragte er.
Der Fremde lehnte sich an den Schanktisch. Die Schmerzen wurden unerträglich.
»Lassen Sie sich ruhig Zeit«, meinte der Wirt.
»Danke«, sagte der Fremde.

Das Gesicht des Iren war gerötet, und auf den Händen hatte er breite Altersflecken.
Vom Deckenbalken hingen Schweizer Kuhglocken und blankpolierte Kupfertöpfe. Vergilbte Fotos in schwarzen Holzrahmen zeigten Pferde. Rennpferde. Zeigten sie für alle Ewigkeit. Zeigten Stallburschen, die verlegen wirkten. Über dem Kamin hingen Hufeisen. Irgend jemand hatte sie vor langer Zeit verchromt. Vor dem Feuer wärmte sich ein Greis. Er blätterte in einer *National Geographic*, die voller Whiskeyflecken war.
»Wollen Sie mein Haus kaufen?« fragte der Wirt. Das Warten wurde ihm zu lang.
»Nein«, sagte der Fremde.
»Sie schauen sich hier um, als würden Sie das Haus erwerben wollen«, sagte der Ire. »Gefällt es Ihnen?«
»Alte Häuser sind unverwüstlich«, sagte der Fremde. »Sie können reinstellen, was Sie wollen, und selbst Neonröhren können ihnen die Gemütlichkeit nicht nehmen.«
Einer der Pokerspieler lachte.
»Das Haus ist nicht zu verkaufen«, sagte der Wirt.
»Geben Sie mir einen Whiskey«, sagte der Fremde, »hausgemachten, wenn Sie welchen haben.« Er ging zum Kamin. Der Greis warf ihm einen kurzen Blick zu. Und machte ihm ein wenig Platz. An seinen Füßen trug er Pantoffeln, die an den Rändern fransig waren. Der Fremde streckte sich vor dem Feuer aus. Auf dem Kokosteppich. Eine Zeitlang schloß er seine Augen.
»Schlafen Sie?« fragte der Wirt. Er hatte sich über den Gast gebeugt.
»Ja«, sagte der und nahm das Glas. Mit der linken Hand. Die rechte hatte er in die Jackentasche gesteckt.
Der Whiskey im Glas war reichlich.
»Wollen Sie Eis?« fragte der kleine Wirt.

Der Fremde schüttelte den Kopf. Er trank mit geschlossenen Augen.
»Amerikaner wollen meistens Eis in ihren Whiskey«, sagte der Wirt.
»Ich bin kein Amerikaner«, sagte der Fremde.
»Komisch«, sagte der Kleine. »Ich hätte wetten können, daß Sie aus den Staaten stammen.« Er stieg wieder hinter seine Theke.
Der Fremde spürte die Flammen auf seinem Gesicht und den Whiskey in seinem Bauch und genoß die Gegenwart von vier Männern, die nichts zu ihm sagten.
Er wachte auf, und eine Frau wollte wissen, ob er zum Lunch bleiben würde. Sie war sorgfältig geschminkt.
»Es gibt Lamm«, sagte sie. »Mit Rosenkohl und Karotten oder Erbsen und Salzkartoffeln.«
Ihre schwarzen Augen waren jung. Ihr Hals war alt.
»Ich empfehle Ihnen Steak«, sagte der Greis.
Die beiden Pokerspieler waren gegangen. Der Fremde sah sich verschlafen um.
»Ich hätte Sie wohl besser nicht wecken sollen«, sagte die Frau.
»Das Haus ist sehr abgelegen«, sagte der Fremde. »Es würde mich nicht wundern, wenn Kerle wie dieser Wolfe Tone sich hier versteckt hätten.«
»Von welchem Wolfe Tone sprechen Sie?« fragte der Wirt.
»Der Rebell. So gegen 1790. United Irishmen.« Der Fremde trank den Rest aus seinem Glas.
»Erstaunlich«, sagte der Greis.
»Ich gebe Ihnen Lamm«, sagte die Frau. Der Büstenhalter unter ihrem engen Pullover machte ihre Brüste spitz. Sie ging zur Küchentür.
»Rosie-Rose«, rief der Greis ihr nach. »Deine Steaks sind so saftig wie ...« Er verschluckte sich und wurde verlegen.

»Drück die Prothese nach vorn«, sagte der Wirt.
Der alte Mann fuhr sich mit dem Daumen im Mund herum. Dann sah er schweigend zur Zimmerdecke hoch.
Der Wirt strich mit flachen Händen über seine Lederschürze. »Warum erwähnen Sie Wolfe Tone?«
»Nur so.« Der Fremde stand auf und ging zum Fenster. »Vor ein paar Wochen hatte ich einen Unfall. Anschließend war ich in meinem Hotelzimmer meist allein«, sagte er. »In Dublin. Ich habe auf dem Bauch gelegen und gelesen. Die irische Geschichte besteht fast ausschließlich aus Freiheitskämpfen. So gut wie jedes Buch handelt von Rebellen.«
Der Wirt sah den Fremden lauernd an. »Ich schätze, man hat Sie gut versorgt.«
»Ja«, sagte der Fremde. »Der Etagenkellner brachte jede Stunde einen frischen Beutel Eis. Für meine Schulter.«
»Das Zimmermädchen wäre Ihnen sicher lieber gewesen«, kicherte der Greis.
»Nein«, sagte der Fremde. »Sie wog zwei Zentner.« Der Alte schlug sich auf die Schenkel. Er verschluckte sich an seinem Lachen.
»Hör auf«, rief der Wirt. »Hör endlich mit diesem Lachen auf.« Er dachte nach. »Geben Sie mir Ihre Autoschlüssel«, sagte er dann. Der Fremde gab sie ihm. Er folgte dem Wirt zur Tür. Vor dem Haus sah sich der Ire nach allen Seiten um. Dann fuhr er den grünen Zodiac in den Stall zwischen die Pferdeboxen.
Das Lamm schmeckte nach kaltem Fett.
»Sie sind sicher Besseres gewöhnt«, sagte Rosie-Rose. Hinter der Bar hing ein Schild: »Wir behalten uns das Recht der Ablehnung von Gästen vor. Richard und Rose Mallonbrook. Inhaber.«
»Vermieten Sie Zimmer?« fragte der Fremde.
»Im Sommer schon«, lächelte Mrs. Mallonbrook.

»Wenn Sie mit dem Essen fertig sind, versorge ich Ihren Arm«, sagte ihr Mann.
»Da gibt's nicht viel zu versorgen«, meinte der Fremde.
»Wir haben Verbandszeug im Haus«, sagte der Wirt.
»Alles, was ich brauche, ist ein Eisbeutel«, brummelte der Gast, »falls Sie mir ein Zimmer geben.«
»Wir haben nur vier. In einem davon wohnt mein Vater.« Der Kleine deutete auf den alten Mann. »Oben, unter dem Dach.«
Der Greis nickte eifrig.
»Mein Mann und ich schlafen hier unten«, sagte Rosie-Rose. Sie fuhr sich durch das Haar.
Das Holz im Kamin knackte und sprühte Funken. Treibholz. Bizarre Wurzeln und wurmzerfressene Planken.
»Wie lange wollen Sie bleiben?« fragte der Wirt.
Der Fremde wischte mit der linken Hand über das Tischtuch. »Ein paar Tage, ein paar Wochen, wer weiß.«
Der Wirt nickte. In die Augen seiner Frau zog ein Lächeln. »Wie wundervoll! Ein Zigeuner! Ein blonder Zigeuner...«
»Das Bad ist auf dem Korridor«, sagte der Greis. »Die Zimmer sind nicht für den Winter gedacht. Meines allerdings hat einen Ofen. Wenn Sie sich aufwärmen wollen, können Sie sich gern zu mir setzen.«
»Und wenn Sie baden wollen, kommen Sie zu uns nach unten«, flüsterte Rosie-Rose. Ihr Mann wurde ärgerlich.
»Sie kriegen Holz für den Kamin«, sagte er. »Und über der Badewanne hängt ein Gasboiler.«
Er zeigte dem Ausländer die Zimmer. Zwei von ihnen lagen zum Meer hin. Der Himmel vor den kleinen Fenstern hatte sich verdunkelt. Das Wasser sah böse aus.
»Die Bucht von Galway«, sagte der Wirt. »Sobald es aufklart, können Sie das andere Ufer sehen. Bis hin nach Galway selbst.«

»Es ist sehr still«, sagte der Fremde.
»Ja«, nickte der andere, »außer den Möwen schweigt hier im Winter alles. Bei Nordwind können Sie die Brecher über den Felsen hören. Dann wird es kalt im Zimmer. Die Fenster gehn nach Norden raus.«
»Sind Sie mal zur See gefahren?« fragte der Fremde.
»Sehe ich so aus?« lachte der Ire.
»Nein«, sagte der andere.
Der Wirt deutete auf die Bilder an den Wänden. Pferde im Sprung. Stuten mit Kränzen. Fohlen auf Koppeln. »Ich war Jockey.«
Neben dem Fenster hing ein billiger Druck im Holzrahmen: ein glücklicher Jesus und seine Worte *I am with Thee*.
»Das muß meine Frau aufgehängt haben«, sagte der Mann. Er öffnete die Verbindungstür zu dem Zimmer nebenan.
»Als Sie aus dem Auto stiegen, wußte ich sofort, wer Sie sind«, sagte er.
»Tatsächlich?« sagte der Fremde.
»Ja«, sagte der andere. »Ihr Bild war neulich in allen Zeitungen. Jeden Tag. Fast eine ganze Woche lang.«
»Das kann durchaus sein«, sagte der Fremde.
»Irritiert Sie das nicht?« fragte der Wirt. Er sah den Gast aus den Augenwinkeln an.
»Es gehört zu meiner Art zu leben«, sagte der Fremde. »Man gewöhnt sich dran.« Er besah sich die drei Räume. Sie glichen einander. Kamin, Bett, Tisch, Stuhl, Schrank mit Spiegeltür, Korbsessel, Blumenmuster an den Wänden.
»Die Tapeten hat meine Frau ausgesucht«, sagte der Wirt.
»Sie hat viel Charme, Ihre Frau«, sagte der Fremde.
»Ja«, sagte der Kleine. »Sie war eine Schönheit. Damals.«
»Das glaube ich«, sagte der Gast.
»Auf allen Rennplätzen hat man sie fotografiert. Sie war in

allen Zeitungen. Maler wollten sie malen.« Er sah aus dem Fenster. »Welches Zimmer wollen Sie haben?«
Der Fremde dachte nach.
»Im Preis sind sie alle gleich. Acht Pfund pro Woche«, sagte der Wirt.
»Ich nehme alle drei«, sagte der Fremde.
»Wozu das?« Er sah den Mann von unten herauf an.
»Schlafzimmer, Wohnzimmer und das dritte für meine Koffer. Für meine Unordnung.« Der Fremde lachte.
»Feuerholz und Koks sind nicht inbegriffen«, sagte der kleine Mann mit der schönen Frau. Der Fremde gab ihm dreißig Pfund als Sicherheit.

Der Strand war schmal und voller Steine. Felstürme standen aufrecht zwischen wütenden Wellen. Heftiger Wind kam kalt von Norden her. Der Fremde sah den Möwen zu, die auf den wütenden Wellen ritten. Sie hielten sich für Schwäne. Die Sonne ertränkte sich in einer eisgrauen See. Sie ließ den Strand und den Mann in Finsternis zurück. Der Weg zum Haus hinauf war mühsam. Der Mann mußte sich den steilen Pfad, am Kliff entlang, nach oben tasten.
Rosie-Rose hatte Möbel gerückt. Aus der mittleren Stube war ein wohnlicher Raum geworden. Im Schlafzimmer hatte sie die beiden Betten zusammengeschoben.
»Das breite Bett macht meine Nächte einsam«, sagte der Mann.
»Spielt die Größe des Bettes eine Rolle, wenn Nächte einsam sind?« fragte sie kokett. Sie mußte gut einen Kopf größer sein als ihr Jockey.
»Ich lasse meine Tür angelehnt«, sagte der Mann.
»Das könnte Ihnen so passen«, lächelte sie.
»Ja«, meinte er, »sehr sogar.«
Die Frau schüttelte den Kopf. Sie war mit einemmal froh.

Im neuen Wohnzimmer wurde an die Tür geklopft. Der Fremde ging hinüber und stand vor einem Unbekannten. Hinter dem Besucher huschte Rosie-Rose die Treppe nach unten.
»Guten Abend«, sagte der Mann in der Tür. Er zwängte sich an dem Fremden vorbei und warf seinen Trenchcoat achtlos auf das Bett. Seine Tasche stellte er auf dem Nachttisch ab. »Ich heiße Bill O'Brady und bin der einzige Quacksalber weit und breit. Es bleibt Ihnen außer mir keine Wahl.« Er stellte sich vor den Kamin. Die Flammen spiegelten sich in seiner Glatze.
»Ist die böse Kugel bereits entfernt?«, fragte er.
»Sie haben an die falsche Tür geklopft«, sagte der Fremde. Der Arzt hielt die Hände an das Feuer. »Lassen wir die dummen Spiele«, sagte er. »Der Zwerg da unten in der Schankstube, der Pferdenarr mit dem hohen Blutdruck, beherbergt meines Wissens nur einen einzigen mit dem Gesetz in Konflikt geratenen, ansonsten aber gottesfürchtigen Christen, der des kenntnisreichen Samariters bedarf.«
Er kicherte.
»Sie gefallen mir«, sagte der Fremde. »Ich mag schräge Vögel. Trotzdem kann ich Ihnen nicht helfen. Ich habe nichts verbrochen.«
»Natürlich nicht«, sagte der Arzt. Er war sehr dürr. Der Anzug flatterte um ihn herum. »Sie sind kein Verbrecher, und ich bin alles andere als ein Polizist.« Er kicherte nicht mehr. »Die Frau des Krämers im Dorf erwartet heute nacht ihr achtes Kind. Bei mir zu Hause ist es weitaus gemütlicher als in dieser Bude hier. Auf meinem Schreibtisch liegen Bücher, die ich lesen möchte.« Er fing zu bellen an: »Ziehen Sie endlich Ihr Hemd aus!«
»Das sind harte Worte aus dem Munde eines Quacksalbers«, lachte der Fremde. Er pellte sich sorgsam aus der

Strickjacke. »Sie werden meine Schmerzen nicht lindern können«, sagte er und legte sein Hemd auf den nächsten Stuhl.
»Schalten Sie die Deckenlampe an«, sagte der Landarzt, »und stellen Sie sich darunter.«
Wenig Watt gaben nicht viel Licht.
»Sie sind noch jung«, sagte der Arzt.
»Fünfunddreißig.« Er drehte sich um. Der Arzt starrte in sein Gesicht.
»O Himmel, nicht doch«, sagte er, »o Himmel, nein!«
»Was ist?« fragte der Mann.
»Sie sind der Deutsche, der einen Sommer lang nach Cambridge kam«, sagte der Arzt. »Kann das sein?«
»Ja«, sagte der Mann. »Das ist möglich.«
»Sie heißen Walter Holl«, sagte der Arzt.
»Richtig«, sagte der Fremde.
»Ich war im letzten Semester damals«, sagte der Arzt. »Filmleute kamen aus London und brachten während eines wundervollen Sommers alles durcheinander. Die Blätter waren noch an den Bäumen, da reisten sie wieder ab mit ihren Blechdosen voller Film. *Varsity Summer.* Wir Studenten blieben zurück und waren nicht mehr, was wir vorher gewesen sind. Ein Wirbelwind hatte uns verändert. Wir lasen die Scherben auf und versuchten einen neuen Anfang.« Er legte seine Hände auf die Schultern des Fremden. »Ihr Rücken sieht böse aus. Sie müssen starke Schmerzen haben.«
»Ja«, sagte der Fremde. »Cambridge ... Herrlich! Ich denke gern daran zurück. An die Streiche der Studenten. An den Lieferwagen auf dem Dach des Kings College. Es war ein Austin A 4.«
»Das wissen Sie noch?« fragte der Arzt.
Der Fremde lachte. »Die Studenten hatten nur neunzig

Minuten Zeit zwischen den einzelnen Runden der Polizeistreife. Ohne Kran und andere Hilfe haben sie den Wagen auf das Dach geschafft. Die Feuerwehrleute hingegen brauchten drei Tage, bis sie das Auto wieder am Boden hatten. Sie haben es zerlegt und die einzelnen Teile über ihre Leitern nach unten getragen.« Der Fremde lachte. »Drei Tage gegen neunzig Minuten. Das hat mir imponiert.«
»Es war wundervoll«, gluckste der Arzt. »Wirklich außergewöhnlich.« Er tastete mit geschickten Fingern über die Muskelstränge neben den Halswirbeln des Verletzten.
»Es kommt mir vor wie gestern«, sagte der Fremde.
»Und ist doch schon acht Jahre her«, sagte der Arzt. »Mein Leben hat seitdem eine andere Wendung genommen.«
Eine Zeitlang schweigen die beiden.
»Ich sehe Sie noch deutlich vor mir, Mr. Holl«, sagte der Landarzt. »Es wurde Abend. Sie rezitierten Rilke. Auf deutsch. Im Hof des King's College.«
»Das war eine unbeschwerte Zeit«, sagte der Fremde. »Junge Menschen mögen Rilke.« Er lächelte. »Mädchen mögen Rilke.«
»Nicht nur Mädchen«, sagte der Arzt leise.
»›Sie leuchten sich ins Gesicht mit ihrem Lächeln‹«, sagte der Mann.
»Wie bitte?« fragte der Arzt.
»Rilke«, sagte der Deutsche.
»Ja, richtig!«
»›Sie tasten vor sich her wie Blinde und finden den anderen wie eine Tür. Fast wie Kinder, die sich vor der Nacht ängstigen, drängen sie sich ineinander. Und doch fürchten sie sich nicht.‹«
Der Arzt hatte das Zentrum der Schmerzen gefunden.
»Hier?« Er drückte auf einen Halswirbel.
»Hören Sie auf!« sagte der Mann.

»C fünf und C sechs«, murmelte Dr. O'Brady.
»›Kein Gestern, kein Morgen, denn die Zeit ist eingestürzt‹«, sagte der Schauspieler. »›Und sie blühen aus ihren Trümmern. Er fragt nicht: Dein Gemahl? Sie fragt nicht: Deinen Namen? Sie haben sich ja gefunden, um einander ein neues Geschlecht zu sein. Sie werden sich hundert neue Namen geben und einander alle wieder abnehmen, leise, wie man einen Ohrring abnimmt.‹«
Der Landarzt lächelte. »Ein unvergeßliches Bild: Zwanzig, dreißig Studenten hocken im Gras. Ein junger Mann stellt sich in das letzte gelbe Licht eines Sommerabends und sagt mit den Worten eines anderen, daß wir uns alle lieben sollen.« O'Brady holte tief Luft.
Der Deutsche sagte nichts.
»Zwischen dem fünften und sechsten Halswirbel ist ein Stück Knochen abgesplittert«, sagte der Arzt.
»Ich weiß«, bestätigte der Fremde. »Ihre Kollegen in Waterford und Dublin haben mich auf den Kopf gestellt. Tagelang. Die Röntgenbilder reichen aus für eine Gemäldegalerie.« Er zündete sich eine Zigarette an. »Nicht schlecht«, sagte er nach einer Weile. »Sie haben nur Ihre Hände gebraucht. Und fünf Minuten. Wie machen Sie das?«
Bill O'Brady hob die Schultern und besah sich seine Fingerspitzen. »Mein Vater war der Meinung, aus mir würde nie ein guter Arzt. Vermutlich habe ich seine Praxis nur übernommen, weil ich ihm das Gegenteil beweisen wollte.« Er holte sich den Trenchcoat vom Bett. »Sie hätten mir sagen können, daß Sie den Grund der Schmerzen kennen.«
»Sie waren so eifrig«, sagte der Fremde. »Ich wollte Sie nicht hindern.«
Der Arzt klappte seine Tasche zu. Ein Schütteln lief über seinen Rücken. Er stieß ein Glucksen aus. »Oh, dieser gottverfluchte Gremlin!«

Der Fremde zog an seiner Zigarette.
»Ich lege Ihnen schmerzstillende Tabletten auf den Tisch«, sagte der Arzt. »Starkes Zeug. Schlucken Sie nicht mehr als zwei davon.«
»Nehmen Sie Ihre Pillen wieder mit«, sagte der Fremde. »Ich halte nichts von der pharmazeutischen Industrie.«
»Sie werden unter starken Schmerzen leiden«, sagte der Arzt.
»Die habe ich seit Wochen«, brummelte der Mann.
»Und was tun Sie dagegen?«
»Ich geh nach unten und hol mir eine Flasche Whiskey.«
Der Arzt lachte. »Gremlins Whiskey ist der beste in der Gegend.«
»Wer ist dieser Gremlin?« fragte der Fremde.
»Der Kerl, der mich bei Nacht und Wind hierhergerufen hat.«
»Sie sprechen in Rätseln, Doc«, sagte der Deutsche.
»Gremlin, der Wirt. Der streitsüchtige Zwerg da unten. Der Mann der welken Rosie-Rose.«
»Warum, glauben Sie, hat er Sie bestellt?«
»Er ist ein Möchtegern-Rebell«, lachte der Arzt. »Wenn er schon nicht selbst für die irische Sache kämpft, will er wenigstens den Rebellen helfen.« Der Arzt legte die Tabletten auf den Tisch. »Wissen Sie, was ein Gremlin ist?«
»Nein.«
»Eine irische Spezialität«, sagte der Arzt. »Kein anderes Land hat ihn. Ein winziger Bursche, der nur mit uns Iren lebt.«
»Ein Kobold also«, überlegte der Fremde.
»So ist es«, lächelte der Arzt. »Sie finden das nicht sonderbar?«
»Ich würde gern den Kopf schütteln«, sagte der Fremde. »Aber es schmerzt zu sehr.«

»Sie waren schon oft in Irland?« fragte der Arzt.
»Ja«, sagte der Deutsche. »Und immer wieder gern. Von einem Gremlin habe ich nie etwas gehört.«
»Fast jeder von uns hier hat seinen Gremlin«, sagte O'Brady. »Sind Sie noch nie auf der Straße jemandem begegnet, der Selbstgespräche mit seiner Schulter führt?«
»Doch«, sagte der Deutsche. »Meistens in Pubs. Der Whiskey lief den Kerlen aus den Ohren.«
»Nein«, kicherte der Landarzt. »Die Leute sprachen mit ihren Gremlins.«
»Verstehe«, sagte der Fremde. »Kobolde sitzen den Iren auf den Schultern.«
»Manche sitzen auf Pferden«, kicherte O'Brady. »Wie Richard Mallonbrook vor vielen Jahren.«
Der Deutsche drückte seine Zigarette aus. Er wartete. Der Landarzt fuhr sich mit der Hand über die Stirn.
»Den Gremlins wird auch die Eigenschaft zugesprochen, Schaden anzurichten«, sagte er. »Sie verhindern den Start von Flugzeugen oder führen Autopannen herbei. Gremlins sind bösartige kleine Biester. Sie können sogar Rennpferde wenige Meter vor dem sicheren Sieg zusammenbrechen lassen.« Doktor O'Bradys Augen leuchteten im Licht der Flammen. »Es wird behauptet, Richard Mallonbrook hat seinem Rennstallbesitzer die Frau weggenommen. Vor zwanzig Jahren. Wollen Sie wissen, wie?«
»Ja«, sagte der Fremde.
»Ganz einfach«, sagte der Arzt. »Richard sprach mit seinem Gremlin. Am nächsten Tag fuhr sich der Rennstallbesitzer zu Tode. Sein Wagen hatte sich überschlagen. Rosie-Rose folgte ihrem etwas zu kurz geratenen Jockey zum nächsten Rennen nach Deauville. Als sie wieder zurückkam, war sie Mrs. Mallonbrook.« Er lächelte und dachte nach. Dann sah er auf seine Uhr. »In seiner ganzen Ehe hat Richard nie

wieder ein Rennen gewonnen.« Er warf dem Deutschen einen Blick zu. »Erstaunt Sie die Geschichte?«
»Ich muß darüber nachdenken«, sagte er. »Erzählen Sie weiter, Doc.«
»Rosie-Rose wurde die Königin des Turfs. Männer bestürmten sie. In der Municipal Gallery of Modern Art hängt ein Akt in Öl, der ihr zum Verwechseln ähnlich sieht. Richard wurde von Eifersucht zerfressen. Er vernachlässigte seinen Gremlin, was ihm zum Verhängnis wurde. Richards Pferde stürzten, litten unter Blähungen, brachen sich die Fesseln, mußten erschossen werden. Eine Tageszeitung schrieb, Richard Mallonbrook stünde von Statur und mit den damit verbundenen Konsequenzen wie ein Gremlin in den Steigbügeln.« Er ging zur Tür. »Der Name blieb hängen. Richard wird ärgerlich, wenn er es hört, aber die Leute nennen ihn Gremlin Mallonbrook.« Der Arzt fuhr sich mit fahriger Hand über die Glatze. »Hatte ich einen Hut?«
»Nein«, sagte der Fremde. »Sie sind ohne Hut gekommen. Im Dunkeln. Unaufgefordert. Warum?«
»Mallonbrook hat mich bestellt«, sagte der Arzt. »Ich mußte Verschwiegenheit schwören, am Telefon. Erst nach Einbruch der Dunkelheit durfte ich das Haus betreten, um die Schußwunde im Rücken eines Unbekannten zu versorgen. Er beschwor mich, mein Besteck mitzubringen, möglicherweise säße die Kugel noch im Rücken des flüchtigen Bankräubers.«
Der Fremde dachte nach. »Ich glaube, ich bin zu müde, um Sie zu verstehen«, sagte er.
»Es gibt Amerikaner, die irische Banken knacken und der IRA das Geld geben«, sagte der Arzt.
»Und?« fragte der Deutsche.
»Mallonbrook muß Ihr Foto in der Zeitung gesehen haben. Am selben Tag hatte ein blonder Ausländer eine Dubliner

Bank ausgeraubt. Er lieferte sich ein Feuergefecht mit der Polizei. Der Fremde soll angeschossen worden sein. Trotzdem ist er in einem gestohlenen Auto entkommen. Mit einem Batzen Geld. Der Gangster ist untergetaucht. Seit Wochen fehlt jede Spur von ihm. Verstehen Sie jetzt?«
Der Fremde lachte. »Enttäuschen Sie den Gremlin nicht. Behalten Sie die Wahrheit für sich.«
»Was ist die Wahrheit?« fragte der Arzt.
»Ich bin mit einem Pferd gestürzt. In Waterford. Bei Außenaufnahmen zu einem Film.«
»In der Presse war darüber nichts zu lesen«, sagte O'Brady.
»Nein«, sagte Holl. »Die Sache wurde totgeschwiegen.«
»Merkwürdig«, sagte der Arzt. »In welchem Hospital haben Sie gelegen?«
»Ich bin ambulant behandelt worden«, sagte der Fremde.
»Mit einer Fraktur des Halswirbels?« rief der Dorfarzt.
»Ja«, sagte der Schauspieler. »Ihre Kollegen haben mir ein Korsett verpaßt. Ich habe es anschnallen lassen und mich in der Suite 231 des Royal Hibernian Hotel versteckt.«
»Warum das?«
»Außer Zimmermädchen und Etagenkellner hat mich niemand gesehen. Und die schweigen für ein paar Pfund die Woche.«
»Wozu die Geheimhaltung?«
»Wegen der Versicherung.«
»Ich verstehe Sie nicht, mein Bester«, sagte der Arzt.
»Wenn es in der Zukunft mit der Fraktur Probleme geben sollte, würde mich keine Versicherung mehr nehmen«, sagte der Schauspieler. »Und ohne Versicherung nimmt mich kein Produzent.«
Der Dorfarzt sah den Fremden fragend an.
»Jeder Tag, den ich ausfalle, kostet den Produzenten ein Vermögen«, sagte der Deutsche. »Ich bin gezwungen, ge-

sund zu sein. Vor jedem Film untersucht mich ein Versicherungsarzt. Ich muß Fragebögen ausfüllen. Von jetzt an werde ich lügen.«
»Sie werden die Halswirbelfraktur verschweigen«, sagte der Landarzt.
»Ja.«
»Weil Sie nicht mehr versicherungswürdig wären?«
»Erraten.«
»Anstatt Schmerzensgeld zu kassieren, spielen Sie Versteck«, sagte der Arzt.
»Ja«, sagte der Fremde.
Der Landarzt nickte. »Nicht schlecht gewählt, das Haus am Meer. Im Winter gibt's in Gremlins Möwenklause keine Touristen, die Sie erkennen könnten. Und Journalisten kommen so gut wie nie hierher.«
Vor der Zimmertür schlurften Pantoffeln den Flur entlang.
»Sie sollten das Korsett tragen«, sagte der Landarzt. »Ohnehin ein Wunder, daß die Fraktur schon fast verheilt ist.«
Der Fremde holte das Gestell aus dem Koffer. »In Dublin wollte ich nicht mit dem Stehkragen gesehen werden.«
»Sie haben einen merkwürdigen Beruf«, sagte der Ire.
»Das können Sie ruhig zweimal sagen«, lachte der Deutsche.
Der Arzt legte dem Fremden das Korsett an. »Ich verdanke Ihnen eine wichtige Erkenntnis in meinem Leben«, sagte er, »Sie haben es nicht ahnen können.«
Das Gestell bereitete dem Schauspieler Schmerzen. Er rang nach Luft. »Sprechen Sie weiter«, sagte er.
»Es war ein Sonntagmorgen in Cambridge. Wir baten Sie, uns Verse zu rezitieren. ›Wie wär's mit Shakespeare?‹ fragten wir, und Sie breiteten die Arme aus. Es geschah abermals am Fluß. Einige von uns ließen sich am Ufer nieder. Andere lagen in unseren flachen Booten. Sie sprachen die

Sonette, als wären die Worte eine Eingebung des Augenblicks: ›Soll ich vergleichen einem Maientage dich?‹ Meine Freundin hing an Ihren Lippen. Später nahmen Sie das Mädchen mit in Ihr Hotel. Wissen Sie noch, wo Sie wohnten?«

»In einem alten Haus. Graue Natursteine. Hohe Bäume ringsherum«, sagte der Fremde. »Es stand am River Cam.«

»Richtig«, sagte der Arzt. »Ihr Zimmer lag zu ebener Erde. Von einer Trauerweide gut verborgen, konnte ich in Ihr Fenster sehen. Ich wüßte noch genau zu beschreiben, wie die Möbel standen.«

»Und?« sagte der Fremde.

»Sie führten meine Freundin in Ihr Hotelzimmer und zogen der Verliebten Rock und Bluse aus. Sheila ließ es ohne Widerspruch geschehen. Sie bedeckten ihren Körper mit Küssen. Dann legten Sie die Willenlose auf Ihr Bett. Ich erlebte jede Bewegung, jede Einzelheit Ihrer Paarung und fragte mich, warum ich keine Wut empfand. Nicht einen Hauch von Eifersucht. In Windeseile lief ich zurück zu meinem College. Ich hüpfte über die großen Steine am Rand der Straße, sprang im Rhythmus und hörte mich rufen: ›Frei! Endlich frei!‹«

Der Fremde holte sich sein Hemd. Er mühte sich, es anzuziehen. Der Arzt half ihm dabei. »Was Sie mir genommen haben, Mr. Holl, hatte ich nie besessen«, sagte er. »Ich hatte keine Freude daran gehabt, Sheila zu küssen, und ihre Brüste habe ich nie berührt. Niemals wäre ich in der Lage gewesen, mit ihr zu tun, was Sie taten. Verstehen Sie?«

Der Fremde sagte nichts.

»Sie waren unerbittlich mit meiner Freundin in Ihrer männlichen Gewalt. Wie von Sinnen, wütend, als würden Sie sie peinigen wollen – so drangen Sie in das Mädchen ein.« Er fuhr sich fahrig durchs Gesicht. »Die so Gepeinigte warf

sich hin und her, stieß Schreie aus, preßte Hände vor ein schmerzverzogenes Gesicht. So schien es mir. Doch dann mußte ich erkennen, daß es Ekstase war, die aus dem jungen Gesicht eine Grimasse machte. Das Mädchen schlang ihre Beine um den Mann, griff mit beiden Händen in sein Haar, ihr Mund stand weit aufgerissen, und dann gruben sich ihre Zähne in die Lippen des Mannes über ihr.
Vergessen waren Shakespeares Lieder. Aus Sonetten wurden Worte, leer, verblaßt, achtlos ins Gras am Ufer des River Cam geworfen. Menschen trampelten auf den Worten herum, und das Mädchen lag keuchend unter ihrem jungen Gott vom Fluß.«
Bill O'Brady drehte die Arzttasche in seinen Händen spielerisch hin und her. »Ich lief durch die Straßen, und es wurde mir bewußt, daß ich noch nie wirklich eine Frau begehrt hatte und auch nie eine Frau würde nehmen können, so, wie jener Mann im Hotel Sheila genommen hatte, ich war beglückt über diese Erkenntnis, und von dem Tage an hörte ich auf zu heucheln. Ich widmete mich ohne jede Scheu nur noch Männern.« Er sah den Fremden glücklich an. Die Halskrause des Korsetts stützte das Kinn des Fremden unnatürlich hoch und ließ ihn arrogant erscheinen.
»Soll ich Ihnen noch mehr sagen?« fragte der Landarzt.
»Nein«, murmelte der Fremde. »Sie haben viel gesagt.«
Bill O'Brady zog seinen Trenchcoat an. In der Tür blieb er noch einmal stehen. »Was Sie jetzt wohl denken?« sagte er.
»Unwichtig«, antwortete der Fremde. »Ich gehe mit Ihnen nach unten.« Das Licht der Treppe malte das Gesicht des Arztes gelb.
»Sie fürchten, es könnte mir leid tun, heute abend oder auch morgen, daß ich mich Ihnen eröffnet habe«, sagte der Arzt.

»Nein«, sagte der Fremde. »Machen Sie sich keine Sorgen.«
Das Lokal am Ende der Treppe war menschenleer.
»Wo ist das Telefon?« fragte der Fremde.
»Unter der Theke«, sagte der Arzt.
»Ich brauche ein Gespräch mit Berlin«, erklärte der Schauspieler. »Wie macht man das von hier?«
Bill O'Brady beugte sich über die Theke und holte das Telefon hervor. Er wählte eine Nummer. »Operator?« sagte er. »Geben Sie mir Berlin, bitte.«
Der Fremde schrieb eine Nummer auf einen Bierdeckel, und der Arzt las sie laut vor sich hin. Dann gab er seinem Gegenüber den Hörer in die Hand. »Was haben Sie wirklich gedacht? Oben, in Ihrem Zimmer?«
»Nicht viel«, sagte der Fremde. »Ich wollte Ihre Geschichte nicht zu Ende hören. Alles, was ich wollte, war ein Telefon. Und einen Scotch, der mir die Nacht erträglich macht.«
Der Arzt holte eine eckige Flasche aus Gremlin Mallonbrooks Regal. Er schenkte dem Fremden ein Glas bis an den Rand voll. »Gute Nacht«, sagte er.
»Gute Nacht«, sagte der Fremde.
Der Arzt wollte die Tür öffnen. Ein kalter Wind riß sie ihm aus der Hand. Bevor er sie wieder schließen konnte, mußte er sich mit dem ganzen Gewicht seines Körpers dagegen stemmen.
Der Fremde nahm einen großen Schluck aus dem Glas. Er mußte lange warten. »Hallo?« sprach er dann leise in das Telefon hinein. »Ruth? Ich habe einen außergewöhnlichen Platz gefunden. Wann kommst du?« Er schob das Glas auf der Theke hin und her. »Verstehe. Selbstverständlich ist das wichtiger. Dein Theater und dein Dürrenmatt. Halt beide fest. Was würdest du ohne sie schon tun?« Er nahm noch einen Schluck. Der Arzt hatte sich nicht die Mühe gemacht, Wasser in Mallonbrooks Hausgemachten zu gie-

ßen. »Ich?« sagte er dann zu der Muschel in seiner Hand. »Ich werde wohl erst einmal in Galway bleiben. Zwischen Möwen, fliegenden Sonnenschirmen und verwunschenen Bäumen.«

Die Frau im Hörer sprach mit schnellen Worten. Sie lachte ständig. Der Mann spürte die Rückkehr seiner Schmerzen kommen. Er lehnte seinen Kopf an die Wand neben der Theke. »Nein«, sagte er. »Ich bin nicht betrunken. Noch nicht.« Er legte den Hörer auf die Theke und hörte nicht weiter zu, was die Frau am anderen Ende zu sagen hatte.

Am Fuß der Treppe stand Gremlin Mallonbrook. »Brauchen Sie noch etwas, oder kann ich das Licht hier unten ausschalten?«

Der Fremde hielt ihm die eckige Flasche und das Glas entgegen. »Ich bringe diese beiden hier nach oben und mein Korsett nach oben und mich nach oben«, sagte er.

Der kleine Mann nickte. »Sie werden sicherlich gut schlafen.«

»Ich glaube schon«, sagte der Fremde. »Es war ein langer Tag.«

*Eine Insel und nur
ganz selten mal ein Fremder*

EINS

Das Dach war lang und aus Palmblättern geflochten. Unter den runden Balken hingen Neonröhren, einfach nur so mit Draht an den Balken festgemacht, aber sie gaben gutes Licht. Das Dach war an drei Seiten offen. Weiter hinten an der schmalen Seite gab es eine Wand mit einem kleinen Raum für eine Küche und für eine Matratze flach am Boden. Die heiße Luft des Tages hatte sich unter dem Dach festgefangen und drückte jetzt nach unten auf die quadratischen Tische, die in großem Abstand zueinander auf dem Betonfußboden standen. Die Wachstuchdecken auf den Tischen waren feucht, blankgewischt, und Blüten in den wildesten Farben lagen, wie achtlos hingestreut, überall herum.
Zwischen den Neonröhren hing ein Boot, das aus Stroh geflochten war. Das Meer lag ein ganzes Stück von hier entfernt, draußen in der Finsternis, weit hinter diesen schattenhaften Hütten des Dorfes, und es war die Frage, wie so ein Boot überhaupt da hängen konnte unter diesem Dach. Kann sein, ein Fischer hatte es in Zeiten, als die Maori ihre Boote noch aus Weiden flochten, vor einem herannahenden Zyklon hochgehievt und dann vergessen.
An dem Tisch unter dem Boot saß ein junger Mann neben einer blonden Frau. Die Frau war selbst noch jung, aber sie hatte ein paar Fältchen um die Augen und ein erfahrenes

Gesicht. Der Mann und die Frau legten ihre Hände aufeinander und nahmen keine Notiz von dem einzigen anderen Gast, der drei Tische weiter saß und wie ein Städter gekleidet war. Der dritte gab sich alle Mühe, wie ein Franzose zu wirken, mit seinen sorgsam über die Kopfhaut gelegten Haarsträhnen und dem bauschigen schwarzen *moustache*, aber in Wahrheit stammte der Mann aus Basel, und sein Name war Veltlin.

Die beiden Verliebten waren im gleichen Flugzeug angereist. Es war ein beängstigender Flug gewesen, in einem winzig kleinen Apparat, der nur einen Motor hatte und auch nur einen Piloten, und das Ganze stundenlang über weites Meer.

Das Flugzeug von Tahiti aus war noch leidlich zu ertragen gewesen, denn immerhin wurde es von zwei gewaltigen Motoren angetrieben, aber nachdem sie auf fünf oder sechs Inseln gelandet waren, hatten sie bei einer Hitze, die Herr Veltlin brütend nannte, auf dieses Maschinchen warten müssen, das einmal wöchentlich von der Insel Nuku Hiva aus zu der Nachbarinsel Hiva Oa flog.

Während des Fluges hatten die drei schon wegen einer beängstigenden Turbulenz, die an dem Tag geherrscht hatte, nicht miteinander gesprochen, und auch danach waren sie sich nur zögernd nähergekommen, obgleich sie an jedem Abend einer als endlos empfundenen Woche nur zwei Tische voneinander entfernt unter diesem Dach ihre Abendmahlzeit eingenommen hatten. Auf der ganzen Insel gab es nur dieses eine Restaurant, und wenn man es genau betrachtete, traf die Bezeichnung Restaurant nicht einmal zu. Der Schweizer hatte gefunden, daß es als unfreundlich angesehen werden müsse, wenn so eine Insel sich der Außenwelt verschließt und nicht einmal ein Hotel oder wenigstens eine den Umständen entsprechend primitive

Pension eröffnet, ein Umstand, der den Reisenden zwingt, bei gutwilligen Christen um eine Schlafstelle nachzusuchen, aber auf der ersten Postkarte an seine Frau hatte er romantische Worte gefunden für diese Insulaner, die sich »ihr Kulturgut bewahren und noch so leben wie zu den Zeiten der Kannibalen«.
Am dritten gemeinsamen Abend auf dieser Insel war Herr Veltlin nicht mehr umhingekommen, das junge Paar zu einer Flasche Wein an seinen Tisch zu bitten, denn immerhin waren sie jetzt Leidensgenossen, gestrandet auf dieser Insel, und das rettende Flugzeug zurück nach Tahiti ging nur einmal jede Woche.
Die Frau hatte eine gewisse Erotik auf Veltlin ausgestrahlt, obgleich, wie er sich sagte, sie erstens spindelmager war, zweitens Anzeichen von Unstetigkeit in ihren Augen hatte und Veltlin sich, drittens, aus dem weiblichen Geschlecht so gut wie niemals etwas machte. Die Unstete, mit Wangen vom Wein gerötet, hatte erzählt, daß sie Krankenschwester sei, im 16. Arrondissement von Paris, aber nun habe sie sich auf drei Jahre nach Französisch Polynesien verpflichtet, was als kleines Opfer angesehen werden müsse, wenn man bedenke, daß sie Maurice versprochen sei, dem nichts übrigbliebe, als nach Frankreich zurückzukehren, denn er habe da so einen guten Posten bei der »Banque Nationale Populaire«, so etwas dürfe man heutzutage nicht aufs Spiel setzen, doch einmal jedes Jahr werde er sie hier besuchen kommen, denn auch er habe sich ihr zwecks späterer Ehe versprochen.
Veltlin hatte geäußert, daß so eine Einstellung sehr lobend sei, und das Mädchen hatte sich gesagt, wie häßlich der Mann ist, wenn dich so einer anfaßt, mußt du dich übergeben, noch dazu mit seinem gräßlichen Schweizer Akzent im Französischen.

Am sechsten Abend besah sich Veltlin die Turteltauben am Nebentisch aus den Augenwinkeln und sagte sich, heute ist Freitag, morgen geht das Flugzeug, endlich!
Der Mann, dem das Lokal gehörte, machte einen gehörigen Lärm mit seinen Blechtöpfen in einem Verschlag, der ihm als Küche diente. Er war ein gut gebauter Insulaner, mit einem kantigen Gesicht und einer dunklen Haut, nicht sonderlich groß, aber mit breiten Schultern und stämmigen Beinen. Wie alle Einheimischen trug er ein buntes Tuch um die Lenden geschlungen, und auf seinem T-Shirt prangte die Aufschrift CLUB DU FOOTBALL – NAIKI – CHAMPION. Die untere Hälfte seines Gesichtes war von einem schwarzen Bart zugewachsen, was dem Mann ein gefährliches Aussehen verlieh. Er stellte einen Teller vor Veltlin hin und sagte: »Das Flugzeug morgen ... Kann sein, es kommt nicht vor Sonntag. Kann auch sein ... erst Montag.«
»Um Gottes willen«, rief Veltlin. »Wie können Sie das denn erfahren haben? Gibt es bei Ihnen etwa Telefon?«
»Nein.« Der Mann hob die Schultern. »Ich habe es nur so gehört.«
»Wie schön! Wie schön!« rief die Krankenschwester und klatschte in die Hände. »Einen Tag länger mit meinem Liebsten auf dieser Insel! Findest du das nicht auch ganz wunderbar, Maurice?«
Der Angesprochene nickte eifrig. »Aber ja, *ma poule*. Wir werden aus der Verspätung zwei Ferientage machen.«
Der Insulaner mischte sich in das Gespräch mit der Frage ein, ob man wohl einverstanden sei mit Langusten für das *dîner*.
»Von mir aus einverstanden«, sagte Veltlin. »Falls der Spaß nicht ungebührlich teuer wird.«
»Machen Sie sich keinen Kummer. Ich habe achtunddrei-

ßig Stück von den Felsen geholt. Für Sie ergibt das einen guten Preis.«

»Wir sind nur zu dritt«, sagte der junge Mann zu dem Insulaner. Seine Hand strich über den Schenkel des Mädchens auf der Sitzbank neben ihm. »Was tun Sie mit dem Rest von fünfunddreißig Krustentieren?«

»Unser Bürgermeister hat einen Einfrierer«, gab der Insulaner zur Antwort. Er ging zurück zu seinen Töpfen und stellte einen großen Bottich auf die Flammen seines Herdes.

Der junge Mann beugte sich zu Veltlin hinüber. »Der Name unsres Gastwirts ist ›Patron‹. Jedenfalls nennen ihn die Leute im Dorf da drüben so.«

»Ich weiß«, nickte der Schweizer. »Mit einem *le* davor. *Le Patron.* So nennen ihn die Leute.«

Beim Warten in seinem Verschlag, der ihm als Küche diente, rollte sich der Insulaner aus schwarzem Tabak eine Zigarette. Als das Wasser zu brodeln anfing, warf er drei Langusten in den Topf. Es waren mittelgroße Tiere, dunkelgrau, und sie lebten noch, als er sie in den Kessel warf. Auf einem Tisch neben dem Gasherd standen die Saucen, gelb, rot und eine dritte, die von einem satten Grün war. Der Mann hatte sie kurz vor der Abenddämmerung angerichtet. Erst war er mit seiner Vahine zusammen gewesen, den Nachmittag über, auf der Matratze am Küchenboden, aber dann war die Sonne hinter dem Berg weggetaucht, und er hatte die Saucen gemacht. Seine Vahine lebte in der Hütte nebenan, sie hatte zwei Kinder von einem Franzosen, der weiter oben an der Straße Arbeit gefunden hatte, die von Atuana aus zum Flugplatz führt. Die Kinder mochten Le Patron gern, weil er ihnen immer mal was zusteckte. Der Franzose blieb die ganze Woche über oben im Zeltlager der Straßenbauarbeiter, nur am Sonntag kam er regelmäßig herunter, genoß den Gesang buntgekleideter Frauen in der Kirche der Dreifaltigkeit, verlangte von seiner Frau, was ein Mann in der Nacht erwarten darf, und weil der *prêtre* von Atuana ihm die Mutter seiner Kinder ordnungsgemäß zur Ehefrau gegeben hatte, titulierte er sie mit dem vornehmen *vous* der französischen Obrigkeit und nannte sie *ma dame*. Ihr Liebhaber hingegen schmückte sie an jedem Sonntag in seinen Gedanken mit der Bezeichnung: »jene ehrwürdige Ehefrau des anderen«, unter der Woche jedoch kam sie an jedem Nachmittag zu ihm auf die Matratze.

Der Insulaner nahm zwei Flaschen Weißen aus dem Frigidaire, einen von der Loire, nicht ganz trocken, aber für die Fremden gut genug. Der Frigidaire war ein hoher Schrank, von einer mattgelben Farbe, mehr oder weniger betagt, aber er funktionierte, und es gab keinen Grund, einen neuen aus Papeete kommen zu lassen, auch wenn das Gerät oftmals nach einem langen Seufzer keine Kälte mehr von sich geben wollte.

Le Patron drehte den Korkenzieher in die Flasche und sagte sich, die beiden jungen Leute da, die machen richtig Spaß, frisch verliebt, auch wenn das Mädchen ein bißchen zikkig ist. Ja, zickig, *merde alors*! Jedesmal, wenn die Finger von dem Jungen verstohlen unter den kurzen kurzen Rock der Blonden wollen, schiebt sie seine Hand weg von ihrem Knie, die Beine schlägt sie kreuzweise übereinander hin, und in ihren Augen steht der Satz geschrieben: *Comme une bête!*

Le Patron dachte bei sich: Das ist nun mal so in der Natur, daß Finger unter Röcke wollen, seit Adam ist es so, daß Hände unter Feigenblätter wollen, *je te jure*, und über die beiden jungen Leute gibt's deshalb ab und an mal was zu lachen, aber dieser andre da, *quel erreur*!

Er lächelte vor sich hin und ließ sich Zeit mit den zwei Flaschen Weißen. Ja, dieser andre da, dachte er bei sich, ein bedauerliches Stück Mensch ist das. Denk nur mal, wie der über unsre Insel hastet, im Geschwindschritt, und mit der Nase immer nur am Boden! Niemals sieht der hoch. Sieht nichts, was in die Höhe wächst. Unsere Insel hier, die ist schön, *merde alors*, mit dem steilen Felsen hinterm Dorf und ringsum Farben, Blüten, Gräser, Palmen, ringsum also grün, gelb, rosa, weiß. Kann sein, daß ein Zyklon unsere Welt ab und an mal dunkel werden läßt, aber die meiste Zeit im Jahr ist der Himmel blau. Und der Strand ist schwarz. Aus Vulkangestein ist unser Strand. Wenn ein Wellenberg sich donnernd heranmacht an die Insel, stellt er sich erst mal ganz steil auf, bleibt fordernd stehn, schäumt vor dem, was da vor ihm liegt, und vereint sich dann in seiner Urgewalt mit dem leblos schwarzen Strand.
Die braunen Hände des Maori griffen nach den Flaschenhälsen, und draußen, vor den Tischen, sagte er: »*Il est froid, le blanc. Sancerre, bien sec.*«
»Ich muß sagen, es ist schön, wie Sie Ihr Französisch sprechen. Können Sie auch noch andere Sprachen?«
Le Patron schüttelte den Kopf. »Nur unsere eigene, und ich spreche sie am liebsten.«
Veltlin zeigte Verständnis. »Immerhin ist es Ihre Stammessprache.« Er goß Wein in sein Glas. »Patron«, sagte er betrübt, »meine Reise war ein Fehlschlag. Wenn Sie bedenken, dieser ganze weite Weg von Basel her bis in den Südpazifik, und nun reise ich mit leeren Händen ab.«
»Sie sind nicht der erste, dem das so geht.«
»Ich hätte einen guten Preis geboten für Ihre Tikis.«
»Wir haben selber kaum mehr welche«, sagte der Insulaner.

»Nun machen Sie aber mal einen Punkt«, widersprach der Mann aus Basel. »Ihre Wälder sind voll mit Tikis. Gleich hier, ein Stück den Berg hoch, wo dieser verfilzte Wald beginnt, bei den vielen Quellen, liegen sie herum. Der Hügel ist mit Brotfruchtbäumen zugewachsen, doch unter ihrem Wurzelwerk sind noch immer die Terrassen sichtbar, und auch das große Loch ist noch deutlich auszumachen, in welchem Ihre Vorfahren die Brotfrucht haben fermentieren lassen. Kannibalen sind das gewesen, mein Bester, und Sie werden das nicht bestreiten!«
»Nein«, nickte Le Patron. »Tu ich nicht.«
»Eben«, meinte Veltlin. »Kannibalen. Möglich, daß Ihr Großvater noch dazugerechnet werden muß.«
»Mein Großvater ist ein ehrenwerter Mann gewesen.«
»Davon bin ich überzeugt.« Der Fremde trank einen Schluck von seinem Wein. »Wenn ich die Maße des Loches im Waldboden richtig einschätze, ist darin genügend Brotfrucht fermentiert worden, um zwanzigtausend Menschen zu füttern, zur gleichen Zeit, während eines einzigen Festes, mein Bester, und danach haben die Leute vor den Tikis ihre Menschenopfer aufgefressen und die Knochen in das große Loch geworfen.«
»Monsieur, Sie erzählen mir da nichts Neues.«
Eine Zeitlang hatten sie sich nichts zu sagen. Dann wiederholte Le Patron, was er schon einmal dem Kerl aus Übersee hatte deutlich machen wollen: »Mein Großvater war ein Mann von Ehre.«
»Aus Ihnen spricht die Liebe zur Familie«, sagte Veltlin. »Na, jedenfalls, ganz oben, auf der höchsten Terrasse, steht ein wunderbarer Tiki. Er ist von Urzeitwellen rundgewaschen, mit Augen, die wie ein Relief in den grauen Fels gemeißelt sind. Ein paar andere dieser Zeugnisse aus unerklärbarer Vergangenheit liegen umgestürzt herum. Es schmerzt

mich zutiefst, wenn ich mit ansehen muß, wie die Wurzeln des Waldes diese Götzenbilder so fest umschlingen, als würden sie den Stein zermalmen wollen.«
»Tikis sind keine Götzenbilder«, sagte der Insulaner. »Alles andere als das.«
»Ja, was denn sonst?«
»Götterbilder. Das ist es, was unsere Tikis sind.«
»Dies ist eine Frage der Beurteilung durch unterschiedliche Kulturen«, sagte Veltlin.
»Sie sollten Götter nicht in einen Topf mit Götzen werfen.«
Veltlin hörte den Ärger in der Stimme des Insulaners. »Sie haben recht. Verzeihen Sie.«
»Tikis sind rund, aus Stein gemeißelt und haben große Augen.«
»Ich weiß. Wie wär's, nehmen Sie nicht auch ein Glas?«
»Ihre Götterbilder hingegen sind lang und dürr und haben die Arme ausgebreitet.«
»Ich verstehe, was Sie meinen.«
»Oben auf dem Friedhof, wo der Bischof das Grab für Gauguin erlaubt hat, da hängt so ein dürres Götterbild am Kreuz.«
»Ich sehe, daß ich Sie verletzt habe, jedoch, bedenken Sie, ich hätte einen guten Preis geboten.«
»Wir dürfen keine Tikis verkaufen. Die Regierung in Paris hat es verboten. Bereits im letzten Jahrhundert wurde das Verbot ausgesprochen.«
»Nun, es sind Ausnahmen gemacht worden.«
»Allerdings«, sagte Le Patron. »Erst hat die Regierung es verboten, und dann haben die *gendarmes* die Tikis gestohlen und auf das Schiff nach Papeete geladen und verkauft.«
Herr Veltlin goß von dem Wein etwas mehr in sein Glas, obwohl noch viel darin war.

Der Insulaner sagte: »Sie hätten mit dem *gendarme* sprechen sollen. So ein Franzose ist ganz verrückt aufs Geld.«
»Es scheint mir sicherer, die Gesetze zu achten«, sagte der Kunsthändler aus der Schweiz.
»So eine Frau von einem *gendarme* ist ganz verrückt auf hübsche Kleider. Sie bestellt die Sachen aus einem Katalog, und deshalb ist der *gendarme* auch ganz verrückt aufs Geld.«
Le Patron dachte: Jetzt hat der Rechthaberische es mit der Antwort schwer. Weil diese Traurigkeit von Mann kaum aus dem Flugzeug raus war, da hat er schon bei dem *gendarme* angeklopft und gefragt, wie es denn so mit einem Tiki steht. Allerdings, so ein *gendarme* von heute ist nicht mehr so wie der von früher. Der von heute hat ganz schnell die Hosen voll.
Le Patron ging in die Küche und schnitt die Krustentiere auf und machte zwei große Platten zurecht mit den Saucen und dem Reis, und dann sah er den Fremden beim Essen zu. Die blonde Frau stieß helle Schreie aus, sie hatte noch nie so gute Langusten gegessen und sie sagte immerfort, daß sie die Rezepte für solche Saucen unbedingt vom Patron bekommen müsse. Die beiden Männer stimmten ihr zu: Ganz vorzüglich, Mademoiselle hat schon recht. Dann war die Mahlzeit beendet, auf den Wachstüchern lagen nur noch die Langustenschalen zwischen den exotischen Blüten, und Le Patron sagte: »Das ist für heute alles, sonst ist nichts mehr da, nicht mal Käse oder sonst noch was.« Er wollte in seinen Verschlag zurück, aber Herr Veltlin hielt ihn mit großer Geste auf. »Wie wäre es, wenn wir als Nachtisch die Gedanken eines Maori über Gauguin bestellen würden?«
»*Écoutez*«, sagte der Insulaner. »Wenn Sie mit Gauguin anfangen, dann wird das eine lange Nacht.« Er sagte sich:

»Es ist immer das gleiche mit diesen Fremdländischen, sie können an nichts anderes denken als an diesen wirrköpfigen Franzosen, der so überaus scheußliche Bilder gemalt hatte und der da oben auf dem Hügel begraben liegt. Manchmal kam es vor, daß einer nach diesem Sänger aus Belgien fragte, Jacques Brel mit Namen, der ja auch da oben auf dem Friedhof liegt, aber meistens fragten die Überseeischen nach Gauguin.«

»Wie ist es?« wollte Le Patron von den drei Fremden wissen. »Zahlen Sie jetzt das Essen? Für mich ist es Zeit zum Schlafenlegen.«

»Ich bin heute auf den Spuren von Gauguin gewandelt«, meinte Veltlin und gab seiner Stimme eine gewisse Bedeutung.

»Es macht siebenhundert pro Kopf«, sagte Le Patron.

»Leider ist seine Hütte nicht mehr aufzufinden.« Veltlin sah betrübt aus. »Bananenstauden unter hohen Palmen und bedauerlicherweise sonst gar nichts mehr. Selbst der Brunnen, in dem Gauguin seine Getränke kühlte, ist nicht mehr sichtbar, vielleicht sollte man danach graben.«

»Ganz entzückend habe ich es jedoch gefunden«, warf die magere Krankenschwester ein, »daß der Gemischtwarenladen noch immer anzutreffen ist, der einem Amerikaner gehört haben soll, Sie wissen schon ... dieses grüne Holzhaus, in dem der Maler seine Farben holte.«

»Und anschreiben ließ«, sagte Veltlin.

»Und anschreiben ließ«, wiederholte der junge Mann und nahm die Hand der Blonden zwischen seine Hände. »Wie auch immer. Die Inselbehörde hätte Pauls Hütte wieder aufbauen sollen. Es wäre eine Wallfahrtsstätte für die Anhänger von Gauguin geworden.«

»O nein, o nicht, du Dummerchen!« ließ ihn seine Angebetete über einen schrillen Lacher hinweg hören. »Wie denn

sollen Wallfahrer in großer Zahl zur Insel kommen? Wir konnten ja von Glück sagen, daß der Inselpilot in seinem Winzflugzeug wenigstens Platz für uns drei hier hatte.«
»Da gebe ich Ihnen recht«, nickte der Mann aus Basel. Er sah der Blonden zu, als sie mit der Hand, die ihr Versprochener nicht in Anspruch genommen hatte, eine rote Hibiskusblüte vom Wachstuch nahm. »Die Insulanerinnen unserer Tage stecken sich zwar noch immer so eine Blüte hinters Ohr«, sagte sie, »ebenso wie auf den Bildern von Gauguin, aber sie zeigen nicht mehr so unbekümmert ihre Brüste, und in ihren Köpfen geht vermutlich genauso wenig vor wie in den Köpfen der Vahine um die Jahrhundertwende.«
»*Écoutez*«, sagte Le Patron, »ich habe heute achtunddreißig Langusten aus dem Meer geholt, und jetzt werde ich das Licht auslöschen.«
»Es heißt, die losen Frauen um Gauguin herum hätten ihm in seiner Einsamkeit kaum beigestanden«, sagte der junge Mann zu seiner Hübschen, die der Kunsthändler »unstet« nannte. »Wenn du denkst ... ein solches Genie, und dann stirbt er unbeachtet und verlassen hier auf dieser abgelegenen Insel.«
»Oh, da irren Sie, mein Bester«, rief Veltlin, »einsam ist er nicht gewesen, denn er hat viele Insulaner zu seinen Freunden zählen dürfen, ganz besonders einen Maori namens Tioka.«
»Wie gut informiert Sie sind!« sagte der junge Mann, der in Paris bei einer Bank angestellt war.
»Sie sollten bedenken, daß ich Kunsthändler bin.« Veltlin sah mit sich selbst zufrieden aus. »Es sind vor allem die letzten Stunden des Paul Gauguin gewesen, die mich zeitlebens faszinierten.«
»Ich wünschte, Sie würden uns davon erzählen«, bat die

junge Frau. »Maurice und mir würde eine Nachhilfestunde in Kunstgeschichte sicherlich nicht schaden.«
Veltlin lehnte sich im Stuhl zurück und legte seine Hände auf den Bauch. Er lächelte zu dem blonden Mädchen hin. Le Patron dachte, daß er einen gehörigen *opunui* hatte, einen fetten Wanst.
»Dieser Tioka war Tischler«, begann Veltlin zu berichten. »Ein ganz vorzüglicher Mann. Er hatte Gauguin beim Bau der Hütte geholfen, und zwischen den beiden ungleichen Gesellen ist es zu einer echten Freundschaft gekommen. Nach getaner Arbeit nahmen sie ihren Aperitif gemeinsam ein, und da muß wohl so manche Flasche Absinth geleert worden sein. Übrigens scheint mir das Wort ›Hütte‹ eine nicht ganz treffende Bezeichnung, denn das Atelier stand auf starken Pfählen, die Tioka mit Brettern verschalt hatte, was sogar noch genügend Platz schuf für einen Pferdestall und den Geräteschuppen. Der große Raum darüber wies Wände aus Bambusrohr auf, und wenn Gauguin arbeitete oder sich zur Siesta auf seinem Lager ausstreckte, konnte er den Wind spüren, während des Nachts Mondlicht durch die Ritzen fiel. Gauguin schrieb einmal dazu, das Mondlicht spiele Rohrflöte mit seinen Bambuswänden. Das Dach hatte Tioka, unter Mithilfe anderer Maoris, weit gespannt errichtet und vermittels geflochtener Bananenblätter regendicht gemacht.
Mit den Weißen im Dorf hatte Gauguin nicht viel im Sinn gehabt, wenn wir von zwei Ausnahmen absehen wollen: einerseits dem Gemischtwarenhändler, der Amerikaner war und Ben Varney hieß, und zum zweiten dem protestantischen Pfarrer, dessen Name Vernier gewesen ist.
Mit den *gendarmes* befand sich Gauguin in einem veritablen Kriegszustand. Er verabscheute seine uniformierten Landsleute und nahm jede Gelegenheit wahr, sich schüt-

zend vor die Eingeborenen zu stellen. Sie müssen wissen, daß die französische Gendarmerie nicht gerade zimperlich mit den Maori umgegangen war, es herrschte ein Zustand von Macht des kleinen Polizisten versus wilden Untertan, was den großherzigen Maler dazu brachte, die Verteidigung der Eingeborenen zu übernehmen. Der Beliebtheitsgrad des Künstlers bei den Insulanern muß schon allein aus diesem Grund enorm gewesen sein. Auf der Minusseite im Kontobuch des Lebens von Paul Gauguin ist allerdings zu vermerken, daß seine Sinneslust im Lauf der Jahre uferlos geworden war. Während so mancher Nacht fand eine wahre Orgie statt in dieser abgelegenen Hütte. Nun galt es selbst auf Hiva Oa bereits um die Jahrhundertwende als unschicklich für eine Frau, sich unbekleidet betrachten zu lassen. Dieser neue Begriff von Moral jedoch, den die Missionare eingeführt hatten, war ohne Bestand im Arbeitsraum des Malers. Für ihn zogen sich die Frauen aus, saßen ihm Modell, denn er war ›der Mann, der Menschen machte‹, wie sich die Eingeborenen beim Anblick seiner Bilder ausdrückten, und wenn er ihre Frauen gefügig gemacht hatte, verbrachten sie die Nacht auf seinem Lager. Im Verlauf der Zeit wurden seine Modelle immer jünger, und als es ruchbar wurde, daß er sogar kindhafte Schülerinnen der katholischen Mädchenschule verführt hatte, kannte die Empörung der Kirche keine Grenzen. Die Nachstellungen der Missionare und deren geduldige Bemühungen, seinen Lebenswandel in eine gottgefällige Bahn zu lenken, beantwortete Gauguin auf seine eigene, hämische Weise: Er schnitzte zwei Reliefs, auf denen Frauenkörper in Lebensgröße dargestellt waren, kolorierte sie mit grellen Farben und stellte sie zu beiden Seiten seiner Pforte auf. In das eine Relief schnitzte er die Worte: SEI VERLIEBT UND DU WIRST GLÜCKLICH SEIN und in das andere SEI RÄTSEL-

HAFT UND DU WIRST GLÜCKLICH SEIN. Dann hängte er eine hölzerne Tafel über seine Tür mit der geschnitzten Inschrift: HAUS DER FREUDE, und als wäre dies noch nicht genug, holte er zum nächsten Schlag aus. Im Haushalt des Bischofs lebte ein Maori-Mädchen namens Therese, und obgleich der Bischof sie mit einem eingeborenen Kirchendiener verheiratet hatte, wollte unter den Insulanern das Gerücht kein Ende nehmen, daß Therese auch weiterhin die Maitresse dieses Bischofs sei. Nun, Gauguin hielt das Gerücht im Bilde fest. Er schnitzte zwei große Statuen aus Rosenholz: Die eine stellte den Teufel im Gewand eines Priesters dar und war dem Bischof wie aus dem Gesicht geschnitten. Auf der anderen Statue zeigte er die Maitresse des Bischofs hüllenlos, mit exotischen Blüten reich geschmückt. Mit diesen Figuren dekorierte er die Pfeiler des Gatters, das den Weg von der Dorfstraße aus zu seiner Hütte hin flankierte, und für die prominenteste Stelle seines Gartens schnitzte er die Statue des Inselgottes Atua, von dem der Ort hier, Atuana, seinen Namen hat. Es läßt sich denken, daß Gauguin auf diese Weise die Herzen der Eingeborenen im Sturm gewann. Die primitiven Leutchen taten nun ein übriges: Die Männer erwiesen der Statue des Bischofs ihre Ehrerbietung, wenn ihr Weg sie daran vorüberführte, sie taten dies auf die gleiche devote Weise, wie es ihnen in der Kirche beigebracht worden war, und die Vahine sollen dieser Ehrerbietung eine Inbrunst hinzugefügt haben, die so manchen Missionar, der es mit ansehen mußte, hat erröten lassen.

Von nun an lebten zwei Antipoden auf der Insel, die Kirche und der Maler. Die Gegensätze schienen unüberbrückbar, doch in der Stunde des Todes hat sich die Heilige Kongregation dazu verstanden, dem irregeleiteten Sünder ihre versöhnende Hand zu reichen. Sehen Sie, Gauguin war nicht mehr viel Zeit verblieben. Die Syphilis, die er sich bei einem chinesischen Straßenmädchen in Paris geholt hatte, raffte ihn allmählich dahin. Sein Körper war geschwächt. Unerträgliche Schmerzen ließen ihn zu Morphium greifen. Sein enormer Arbeitseifer und die nächtlichen Gelage sind wohl ebenso mitschuldig daran, daß sein Herz schlußendlich versagte, und dies in einem Alter, das anderen Männern noch viele Jahre Schaffenskraft beschert: Gauguin war erst fünfundfünfzig, als er diese Welt verließ. Er hat dies übrigens im Schlaf getan. Zwei Schlaganfälle, der eine in der Nacht, gefolgt vom anderen am Morgen, sorgten dafür, daß seine Augen für alle Zeit geschlossen blieben. Fast bin ich geneigt gewesen zu sagen, der Herr hatte ihn, und dies im Schlaf, zu sich genommen, aber es ist wohl eher anzunehmen, daß Luzifer sich seiner angenommen hätte, wenn da nicht ein Mann namens Tioka gewesen wäre. Sie erinnern sich: Tioka, dieser eingeborene Tischler, zu Beginn meiner kurzen Schilderung habe ich von ihm gesprochen. Nun, als Tioka erkennen mußte, wie schlecht es um seinen Freund, den Maler, stand, hat er Totenwache bei ihm gehalten, und es mag durchaus sein, daß der Beelzebub keinen Weg wußte, der an einem Maori vorbei zu dem sündigen Maler führen würde.«

Der Kunsthändler aus Basel unterbrach für ein paar Atemzüge die Erzählung, er fand seine Sätze über Luzifer humorig angebracht, und als er das Lächeln auf dem Gesicht der Krankenschwester sah, freute er sich darüber.

»Für die Fortsetzung der Geschehnisse«, sagte Herr Veltlin dann zu den beiden Versprochenen aus Paris, »darf ich nicht vergessen zu erwähnen, daß die Eingeborenen unseren allseits geschätzten Maler Ko-Ke nannten, was meines Erachtens eine Verballhornung der französischen Silben Gau-guin darstellt.

Wie dem auch sei, im Anschluß an den Tod des Malers muß Hilfe von allen Seiten herangetragen worden sein, der entscheidende Schritt wurde jedoch durch den Bischof und die Brüder vom ›Orden der Christlichen Lehre‹ vorgenommen. Sie haben sich zur Versöhnung verstanden, in seiner Todesstunde gewissermaßen, am Morgen des 8. Mai 1903, und wir müssen dies dem Bischof als großherzige Tat anrechnen, wenn wir uns vor Augen führen, was sein Antipode ihm jahrelang zugemutet hatte.
Nun, ich bin am Ende meines Berichtes, um den Sie mich gebeten hatten, angelangt. Es bleibt allenfalls noch nachzutragen, daß Paul Gauguin auf dem katholischen Friedhof von Atuana mit allem Pomp beigesetzt wurde, des die Kirche fähig ist. Bedenken Sie, er wurde nicht von den Eingeborenen irgendwo verscharrt, was ja bedeutet hätte, daß die letzte Ruhestätte Gauguins auf ewig unbekannt geblieben wäre, nein, die Kirche hat diesem Genie, diesem Anbeter der Ausschweifung, diesem lebenslangen Atheisten verziehen und ihm in ihrer gesegneten Erde einen Platz der Ruhe gegeben, was als zweifach dankenswert angesehen werden muß.«
Als Veltlin seine Erzählung beendet hatte, wurde er von den beiden jungen Leuten sehr bewundert, nur Le Patron schüttelte den Kopf. »Monsieur«, sagte er an Veltlin gerichtet, »was Sie da von sich geben, ist die Unwahrheit.«
Die drei Fremden, die zu jenen wenigen gezählt werden müssen, die, und das nur selten mal, auf diese Insel kamen, hielten den Atem an.
»Es ist nicht Ihre Unwahrheit, Monsieur.« Le Patron nahm mit Genugtuung wahr, daß die Augen der drei Fremden auf ihm lagen. »Es ist die Unwahrheit der Kirche.«
Der hübsche Mund des Mädchens, das sich dem Bankangestellten versprochen hatte, stand weit offen.

Le Patron sagte: »Vieles, was Sie über die letzten Jahre im Leben des Malers von sich geben, kommt an das heran, was tatsächlich mit ihm und uns damals geschah.« Der Insulaner nahm sich vor, das Schweigen der drei Fremden niemals zu vergessen.
»Was Sie aber über den Tod des Malers berichteten, Monsieur, ist von der Wahrheit weit entfernt.«
Der Insulaner sah sich in dem Schweigen um. Dann sagte er: »Der Maler ist ermordet worden.«
Drei Menschen, die aus Übersee gekommen waren, starrten den Insulaner an. Als nächstes hörten sie ihn sagen: »Sie haben es mit Gift getan.«
Die Bestimmtheit, mit der Le Patron diese Ungeheuerlichkeit weitergab, schien bei den drei Sprachlosen die Frage aufkommen zu lassen, ob dieser Mann möglicherweise Kenntnis von einem schwerwiegenden Ereignis habe, das der Welt außerhalb seiner Insel unbekannt geblieben war, und so warteten sie darauf, mehr von dieser Unglaublichkeit zu hören, was denn auch prompt geschah: »Die Kirche hat ihn umgebracht.«
Le Patron sagte sich: Jetzt sind sie ganz entsetzt, sieh nur, wie entsetzt sie sind. Er stand eine Zeitlang mitten in dem Schweigen, bevor ihm der nächste Satz einfiel: »Es wird Zeit, daß Sie die Wahrheit hören.« Er gab sich große Mühe, es mit Bedächtigkeit zu sagen, als er weitersprach: »Der katholische Bischof selber war an dem Mord beteiligt.«
Unter dem geflochtenen Dach blieb es weiter still. Selbst ein Hund, der vom Dorf her lange Zeit zu hören gewesen war, hatte aufgehört zu bellen.
Es war der Schweizer, der als erster seine Stimme wiederfand. »Das ist ja nun lachhaft.« Er sah den Mann an, der bei der »Banque Nationale Populaire« arbeitete. »Lachhaft!«
»Ich seh das anders an«, sagte der Insulaner. »Wenn bei-

spielsweise der *gendarme* den Bischof im Jahr 1903 unter das Fallbeil der Guillotine gelegt hätte, dann weiß ich nicht, ob Sie das heute lachhaft nennen würden.«
»Wählen Sie Ihre Worte mit Bedacht, Monsieur«, schlug Veltlin vor, und die blonde Französin dachte, daß es bedrohlich geklungen hatte.
Der Insulaner wischte den Einwand mit einer Geste seiner Hand beiseite. »Sie haben es mit Gift getan«, wiederholte er bedächtig. »Der Bischof hat sich eines Maoris namens Ka-Hui bedient und ihm das Gift gegeben. Ka-Hui arbeitete als Diener bei Gauguin. Er war noch ein ganz junger Bursche damals. Und faul. Ich sage Ihnen, faul, sonst nichts. Außer faul vielleicht noch ängstlich. Er ist einer von diesen emsigen Kirchengängern gewesen, und an jedem Sonntagmorgen hat Gott ihn in der dunklen Kirche geängstigt. Der Bischof schickte sich an, dem Jungen die Furcht zu nehmen, was ihn dem Knaben näherbrachte. Wann immer der Bischof einem hübschen, jungen Burschen begegnet ist auf unserer Insel, hat er seine Augen nicht von ihm nehmen wollen, und mit Ka-Hui erging es dem Bischof ebenso. So folgte eine Annäherung der nächsten, und nachdem der Ka-Hui alles getan hatte, was der Bischof wollte, hielt der hübsche Junge das Gift in seinen Händen.«
»Das ist ja ungeheuerlich, was Sie da reden!«
Le Patron stützte seine Hände auf den Tisch. Die blonde Frau dachte: Was für kantige Hände er hat, braun und rissig, stell dir nur mal vor, die berühren dich!
»Ka-Hui ist bei der ganzen schlimmen Sache nicht zu Schaden gekommen.« Le Patron behielt Veltlin im Blick. »Bis vor ein paar Jahren hat er noch gelebt. Oben in Puamau, auf der anderen Seite der Insel. Die Mission hat eine kleine Kirche in Puamau, zwischen den Kopra-Plantagen.

Es war Ka-Huis Aufgabe gewesen, die Kerzenständer dort zu putzen. Aber viel polierte Sauberkeit ist dabei nicht herausgekommen. Die Leute im Ort sagen, bis ins hohe Alter ist Ka-Hui faul geblieben. Die Leute in Puamau sagen aber auch, den Mord an Ko-Ke hat der Putzer ihrer Kerzenständer unbeschadet überstanden.«
Veltlin fand, daß es an der Zeit sei, Schluß zu machen: »Es ist spät geworden. Ich will nicht unhöflich erscheinen, aber wir sollten den Abend jetzt beenden.«
»Morgens um acht hat er es getan.« Le Patron war unbeirrt. »Es war ein Freitag. Ka-Hui hat das Gift in den Kaffee gegeben. Ein paar Stunden später war der Maler tot.«
»Wie«, rief Veltlin, »wie, im Namen der Dreifaltigkeit, wollen Sie das denn alles wissen?«
»Tioka.« Der Insulaner richtete sich jetzt auf. »Erinnern Sie sich, Monsieur? Sie haben ihn einen vorzüglichen Mann genannt.«
»Und ob ich mich erinnere!«
»Tioka«, sagte der Insulaner. »Er ist mein Großvater gewesen.«
»Ist es denn die Möglichkeit!«
»Tioka.« Le Patron nickte. »Er war ein Poet. Nicht einer, der alles niederschreibt. Aber er wußte zu erzählen wie ein Poet. Glauben Sie es nur.«
»O ja, wir wollen es gerne glauben!« Die junge Blonde hatte den Satz heftig ausgestoßen.
Le Patron sagte: »Ich habe Großvater Tioka sehr geliebt.«
Veltlin dachte bei sich: Du mußt jetzt Sorgfalt walten lassen. Was dieser Maori hier erzählt, kann haarsträubender Unsinn sein. Andererseits könnte es sich aber auch ergeben, daß die Begegnung mit ihm ein Geschenk Gottes für dich ist, in welchem Falle du die Biographie Gauguins mit einem neuen Kapitel zu versehen hast. In seine Gedanken

hinein hörte Veltlin den Insulaner sagen: »Ko-Ke hat meinen Tioka auch sehr geliebt.«

»Allerdings, Monsieur. Das ist überliefert.«

»Für meinen Großvater ist der Tod des Malers ein Verlust gewesen.«

»Bedenken Sie«, sagte Veltlin, »es war ein Verlust für die gesamte Menschheit.«

»Der Körper von Gauguin war noch warm, als mein Großvater ihn fand.«

»Tatsächlich?«

»Allerdings, Monsieur. Mein Großvater ist sofort zu Vernier gerannt, er war der Pastor der Protestanten auf der Insel. Sie erinnern sich, Monsieur? Vernier. Am Anfang Ihrer unwahren Geschichte haben Sie ihn erwähnt.«

»Und ob ich mich erinnere!« rief der Mann aus der Schweiz. »Vernier! Es heißt, er war dem Paul Gauguin als Freund verbunden.«

»So ist es«, sagte Le Patron, »und so schnell diesen Vernier die Füße trugen, ist er denn auch in die Hütte zu dem Sterbenden geeilt. Und da, hat Großvater mir erzählt, sah er mit an, wie der fromme Mann den Kopf hat sinken lassen. Wie er niederkniete. Wie er die Finger auf eine Weise ineinanderlegte, mit der es Christen tun.«

»Waren die beiden allein am Sterbebett des Malers?« wollte die Krankenschwester wissen. »Tioka und Vernier?«

Der Insulaner nickte.

»Und dann?«

»Dann hat Tioka den Versuch gemacht, Gauguin ins Leben zurückzubringen.«

»Wie das?«

»Er hat seinem Freund in die Kopfhaut gebissen.«

»Um Gottes willen!« rief die Krankenschwester.

»Sie müssen wissen, Mademoiselle, daß meine Vorfahren

auf diese Weise Menschen ins Leben zurückbrachten. Es ist überliefert. Sie können es mir glauben.«
Die Unstete legte ihren Kopf zurück. »Ich weiß nicht, ob es wichtig ist, daß ich es glaube.«
»Wie auch immer«, rief Veltlin schnell. »Erzählen Sie doch weiter!«
»Tioka hat seinem Ko-Ke nicht mehr helfen können. Das Gift vom Bischof ist stärker gewesen als der Wille eines Maori.«
»Das will ich meinen«, bestätigte die Krankenschwester.
Die Augen des Insulaners wanderten über den hübschen Mund der Blonden vor ihm. »Sie sind eine verständnisvolle Frau, aber es ist nicht möglich, daß Sie alles verstehen können.«
»Damit haben Sie sicher recht.«
»Selbst der verständnisvollste Mensch kann nicht über alles Bescheid wissen, was um uns herum geschieht. Nicht alles in unserem Leben ist von der Wissenschaft belegt.«
»Das ist wohl wahr«, sagte Veltlin.
»Monsieur, mein Großvater hatte nicht nur den Maler retten wollen. Er ist sogar bereit gewesen, sein eigenes Leben für den Freund zu opfern.«
»Erstaunlich«, sagte der junge Mann neben der Krankenschwester. »Erzählen Sie uns bitte, auf welche Weise.«
»Tioka war noch außer Atem von dem schnellen Lauf, gemeinsam mit Vernier. Dennoch richtete er den Wunsch an unseren Gott Atua, sich opfern zu dürfen. Dann hat er mit aller Kraft, die ihm gegeben war, in die Kopfhaut von Ko-Ke gebissen. Er war bereit gewesen, sein eigenes Leben in das Wesen des Freundes hinüberfließen zu lassen.«
Die drei Fremden schwiegen. Nach langer Pause ließ der Kunsthändler sich vernehmen: »Es ist ungeheuerlich!« Er hatte das gleiche Wort vorher schon einmal gebraucht.

»Tiokas Handlung ist bezeugt, Monsieur. Der französische Pastor ist dabei gewesen.«

»Sprechen Sie bitte weiter.« Die Frau mit dem mageren Körper hatte sich nach vorn gebeugt. »Wenn wir Sie darum bitten dürften.«

Der Insulaner mußte nicht ein zweites Mal gebeten werden. »Tioka hat geweint, als er erkannte, daß er Ko-Ke nicht retten konnte. Er hat es mir selbst erzählt. Großvater ist schon ein alter Mann gewesen, ich habe neben ihm im Gras gekauert, und er hat sich noch genau erinnern können, wie er geweint hat und wie er durchs Dorf gelaufen ist, und allen hat er es zugerufen: NA MATE KO-KE NA PETE ENATE.«

»Wie soll das zu verstehen sein?«

»Das war die Klage des Tioka.«

»Würden Sie es bitte übersetzen?«

»Gauguin ist tot – wir sind verloren.«

Unter dem langen Dach sprach abermals keiner mehr, jedenfalls nicht für lange Zeit. Die Palmen standen unbewegt, weil kein Wind vom Meer her kam, nicht mal eine kleine Brise. In der Hütte der Frau, die am Nachmittag zu Le Patron auf die Matratze gekommen war, brannte noch Licht.

»Da haben Sie es«, sagte der Insulaner. »Das ist die Wahrheit über den Tod des Malers. Doch damit ist die Geschichte noch lange nicht zu Ende.«

»Nein?«

Le Patron schüttelte den Kopf, gemächlich, wollte erst ein paarmal langsam atmen, bevor er weitersprach. »Es ist der Kirche nicht genug damit gewesen, den Maler zu vergiften. Bevor der Leichnam kalt werden konnte, hat die Kirche ihn gestohlen.«

»Wissen Sie«, rief Veltlin. »Sie reihen da nun aber wirklich Ungeheuerlichkeit an Ungeheuerlichkeit!«

»Es liegt an Ihnen, ob Sie es glauben wollen oder nicht.«
»Wer in Gottes Namen stiehlt einen toten Maler?« fragte der junge Mann, der in Paris bei der Bank arbeitete.
»Der Bischof. Er hat den Maler mit seinem Haß verfolgt. Selbst über den Tod hinaus.«
»Das sind Vorwürfe, die wiegen schwer.«
»Monsieur, was schwer wiegt, ist ein Mord!« Der Satz war angefüllt mit Ärgernis gerufen worden, guttural und unerwartet laut. »Deuten Sie einmal auf etwas, das schwerer wiegt als Mord!«
Veltlin sagte sich, der Kerl hat noch immer die Heftigkeit von einem Wilden an sich, es dauert wohl eine ganze Reihe von Generationen, bis diese Südsee-Insulaner ihre Eigenarten abgeworfen haben, die als Rudimente ihrer kannibalischen Vorfahren anzusehen sind. »Aber, aber, mein Bester«, sagte er mit einem süffisanten Lächeln. »Sie sollten sich nicht derartig erregen. Schließlich habe ich es nicht vorwurfsvoll gemeint.«
Le Patron ließ seine Augen zu der Blonden wandern: »Mademoiselle, lassen Sie mich berichten, wie alles abgelaufen ist. Als Ko-Ke im Sterben lag, sind die Priester und ihr Bischof nicht dabeigewesen. Also haben die Katholiken sich mit dem reuigen Sünder auch gar nicht ad hoc aussöhnen können, wie Monsieur Veltlin das vorhin behauptet hat.«
»Wie also dann?« rief die Blonde. »Lassen Sie es uns wissen! Bitte!«
»Die Wahrheit ist ganz anders abgelaufen.«
»Und wie?«
»Pastor Vernier hat Gauguin unter die Erde bringen wollen, wie ein Freund das eben macht mit einem Freund, aber dann hat die Nachricht vom Tod des Malers den Bischof herbeieilen lassen. Seine Priester sind hinter ihm hergerannt, und mein Großvater sagt, es hat zum Lachen aus-

gesehen, wie sie da mit großen Sprüngen zu Ben Varneys Laden hingelaufen sind und kurz davor den Pfad hinein nach links, durch den Bananenwald hindurch, aufgeregt, schnatternd, ihre langen Röcke haben nur so geflattert, und Großvater sagt, das ist ein Bild gewesen wie aufgescheuchte schwarze Gänse.« Le Patron warf den Kopf hin und her und hatte den Mund zu einem breiten Grinsen aufgerissen. »Können Sie es vor sich sehen, diese heiligen Männer, und ganz aufgeregt?«
»Durchaus«, sagte Veltlin mit einem säuerlichen Lächeln. »Wir sehen es deutlich vor uns.«
Le Patron sah den Kunsthändler an. »Was diese heiligen Männer in der Hütte dann zu sehen kriegten, war etwas, das sie von Kirche wegen niemals hätten sehen dürfen. Gauguin hatte arabische Fotos an den Wänden hängen, in seinem Atelier.«
»Arabische Fotos?«
Herr Veltlin hob das Kinn an. »Ich glaube, es beginnt bei mir zu dämmern.«
Dem Blick des jungen Mannes neben der Krankenschwester war zu entnehmen, daß er Klarheit wollte. »Sie meinen, was auf den Fotos zu sehen war, ist ... wie soll ich mich ausdrücken ... ist nicht jedermanns Sache?«
»Im Gegenteil«, sagte Le Patron. »Es ist eines *jeden Mannes* Sache!« Er lachte.
»Ich glaube, es beginnt bei mir zu dämmern«, sagte der Kunsthändler ein zweites Mal.
»Wir haben ein Wort dafür«, meinte Le Patron.
»Wie lautet es?« kam es aus dem hübschen Mund der Mageren.
»MAU TERA.«
»Was bedeuten soll?«
»Nimm sie dir!« Der Insulaner wartete, weil er aber nur

Verwirrung in den Augen der drei Menschen sah, fügte er mit einem Achselzucken an: »Es ist eine bessere Art auszudrücken, was eines jeden Mannes Sache ist.«

Die Fremden sahen ihn abschätzend an.

»Eine Vahine wartet darauf, daß diese zwei Worte durch den Kopf des Mannes laufen. MAU TERA! Nimm sie dir! Wenn er es dann tut, wird daraus ein Spiel für zwei. Ein Spiel, das voller Wunder ist. Ich glaube schon, daß Sie das verstehen.«

»Nein!« Die Augen der jungen Frau standen strafend offen. »Da irren Sie sich sehr!«

Le Patron hob den Kopf. »Mademoiselle.«

»Ja?«

»Wie ist das, wenn ein Mann Sie ansieht?«

»Welcher Mann?«

Le Patron streckte die Arme auseinander und hob die Schultern. »Ein Mann.«

Die Krankenschwester wischte mit ihrer flachen Hand über das Wachstuch auf dem Tisch vor ihr.

»Der Mann läßt seine Augen nicht von Ihnen, Mademoiselle: MAU TERA.«

»Bitte! Hören Sie damit auf!« sagte die Schwester.

»Sie tun alles, um den Mann nicht anzusehen, Mademoiselle. Ihr Gesicht ist wie mit Blut übergossen. Die Knospen Ihrer Brüste werden hart. Weil das MAU TERA des Mannes nach Ihrem Körper greift. Ohne seine Hände zu bewegen, greift der Mann nach Ihrem Körper. Ebenso wie ich es jetzt tue.«

»Sie wissen nicht, wovon Sie reden.« Die Unstete preßte ihre Lippen aufeinander. »Das wird doch jetzt wirklich zu persönlich!«

»Ihr Atem geht schneller«, sagte Le Patron. »Es ist für alle sichtbar.«

»Monsieur, tatsächlich! Ich verbitte mir Ihre Anzüglichkeit!«

»Sie sollten sich keinen Vorwurf machen«, sagte der Insulaner. »Es liegt doch in der Natur.«

Die junge Französin senkte den Kopf. Beim Anblick des gestampften Lehmbodens schloß sie die Augen. Der Mann neben ihr richtete sich auf. »Wechseln wir das Thema!« forderte er von dem Insulaner. »Sie haben die Sache wahrhaftig auf die Spitze getrieben!«

»Sie sollten eine Vahine nicht im gleichen Atemzug mit einer Dame aus Europa nennen«, gab Veltlin zu bedenken, »es muß festgehalten werden, daß zwischen diesen beiden ein himmelweiter Unterschied besteht.«

Le Patron schüttelte den Kopf. »Ich glaube, da irren Sie sich aber sehr!«

Der junge Mann aus Paris sagte sich, daß es seine Aufgabe zu sein hatte, die Geliebte zu beschützen. »Wir sollten das Thema wechseln«, schlug er deshalb ein weiteres Mal vor.

»Richtig!« rief Veltlin eilig. »Was aber ist aus dem gestohlenen Leichnam geworden? Sie schulden uns noch eine Erklärung zu dieser Ungeheuerlichkeit.«

Der Insulaner kratzte mit beiden Händen das Kinn unter seinem schwarzen Bart, und seine Fingernägel machten auf der Haut ein schabendes Geräusch. Nach einer Pause, die von den Fremden als schwerwiegend empfunden wurde, hörten sie Le Patron sagen: »Es ist am 9. Mai geschehen, neunzehnhundertdrei, einem Sonnabend. Tioka und Vernier hatten den toten Maler während der Nacht schön ausstaffiert. Als sie im Morgengrauen dann nach Hause gegangen waren, hatten sie den Toten in seiner Hütte zurückgelassen. Es war ihr Wunsch gewesen, daß seine Vahine und auch die Freunde ihren Ko-Ke ein letztes Mal betrachten konnten. Gegen Mittag wollten sie ihn

dann begraben, jedoch, als sie den Leichnam holen wollten, hatte der katholische Bischof ihn bereits gestohlen und zum Kalvarium rauftragen lassen, zu seinem *cimetière*. Und nicht nur das! Der Feind des Malers hatte ihn bereits unter die Erde gebracht! Mit Weihrauch und Klingel! Wie die Kirche es eben so macht bei einer Beerdigung. Es konnte dem Bischof gar nicht schnell genug gehen mit der Zeremonie, immerhin ist der Maler ja bereits zu Lebzeiten ein berühmter Mann gewesen, und deshalb hat die Kirche ihn im Eiltempo verscharrt, denn für den Fall, daß jemand Verdacht schöpfen würde und den Giftmord untersuchen käme, war es nun zu spät! Außerdem sorgte das Grab in der heiligen Erde nun für das, was Sie, Monsieur, als Bild geschildert haben: Ein Bischof der Vergebung zeigte sich wahrer Größe fähig, mit seiner Geste der Versöhnung.«
Die drei aus Übersee standen bewegungslos vor dem Insulaner. Niemand wußte ein Wort zu sagen. Nicht für lange Zeit. Als erster löste sich der Kunsthändler aus seiner Starre: »Nun, das ist eine schlimme Geschichte, mein Bester, aber hier sind Ihre siebenhundert Franc, es ist spät geworden.«
Auch das Paar aus Paris zahlte seine Zeche, und dann sah Le Patron den Fremden nach, wie sie sich unsicher in die Nacht hinaustasteten. Es war eine stockdunkle Nacht, eine ohne Sterne, und der junge Mann half seiner Versprochenen, sich auf dem schmalen Pfad zurechtzufinden.

Le Patron schaltete die Neonröhren aus, die er einfach nur so mit Draht an den Balken festgemacht hatte. Er gab sich keine sonderliche Mühe mit dem Waschen. Als er sich auf der Matratze ausstreckte, war ihm wohl. Wohl und müde.
»Tioka«, flüsterte er in die Dunkelheit hinein, »du solltest jetzt nicht denken, daß du mich strafen mußt.«

Es war ihm schon vor langer Zeit zur Gewohnheit geworden, mit den TUPAPAUS zu reden, mit den Geistern der Toten.
»Sieh mal, Tioka, ich will so sein, wie du gewesen bist. Du warst Tischler. Und Poet. Einer, der nicht aufschreibt, was er in seinem Kopf erfindet. Was aber, sag einmal, Tioka, bin denn ich?« Er lauschte in die Nacht hinaus und hörte eine Stimme sagen: »Fischer bist du. Gaststättenbesitzer. Und Poet.«
Le Patron nickte. Und stieß einen zufriedenen Seufzer aus. »Du, Tioka«, sagte er dann zu der Dunkelheit um ihn herum. »Meine Geschichte heute, von dem Mord an einem Maler, war besonders gut.«

Die Fremden waren inzwischen bis zu einer Steinbrücke gekommen, die über einen breiten Bach führte. Sie hätten auch noch den Weg bis zum Haus des *gendarme* gemeinsam zurücklegen können, in dem alle drei untergekommen waren, aber weil der junge Mann sagte, er würde es vorziehen, den Umweg über den schwarzen Strand zu machen, trennte sich die Gruppe. Veltlin hatte die Blonde zwar flüstern hören, daß sie dafür zu müde sei, doch der Einspruch war nur halbherzig gekommen, und so fand sich Veltlin allein auf dem Weg zum Dorf zurück. Er sagte sich: Die Unstete wird sich in ihr Schicksal fügen müssen, wohl oder übel, möglicherweise übel mehr als wohl, und ich kann die Szene auch schon vor mir sehen, wie die Blonde da auf dem schwarzen Sand zu liegen kommt, wie der Verlobte das Tier mit dem doppelten Rücken aus sich und der Krankenschwester macht und wie das Gebrüll der Wellen die Klage der Unwilligen von den Lippen spült.
Danach lief Veltlin durch die Finsternis, ohne etwas Besonderes zu denken, denn er mußte sich auf den Weg

konzentrieren. Später sagte er sich, daß es nicht ratsam sei, diese neuartige Geschichte über den Tod des Paul Gauguin niederzuschreiben. Derartiges mußte als Verstoß gegen den Ruf der Kirche angesehen werden, und mit der Kirche ist nun einmal nicht zu spaßen.

Als er die Asphaltstraße gefunden hatte, die in einer weiten Kurve zum Haus des *gendarme* führte, sagte sich Veltlin, daß es trotz allem eine gewinnbringende Reise gewesen war. Der *gendarme* hatte ihm zwar keinen Tiki verkauft, weshalb Veltlin eine ganze Woche damit zubringen mußte, diese runden Steinkolosse gründlich zu fotografieren, denn daheim in Basel kannte er einen Bildhauer, der gut mit Stein umzugehen wußte, und die Gefahr, daß jemand die Fälschung erkennen könnte, schien so gut wie nicht gegeben. Der Kunsthändler war bereits vor Antritt seiner kostspieligen Reise auf den Gedanken gekommen, einen Tiki notfalls in Basel erschaffen zu lassen. Veltlin hatte die Angewohnheit, seine Schritte im voraus zu bedenken.

ZWEI

Das Dach war lang und aus Palmblättern geflochten. Unter den runden Balken hingen Neonröhren, einfach nur so mit Draht an den Balken festgemacht, aber sie gaben gutes Licht. Das Dach war an drei Seiten offen. Weiter hinten an der schmalen Seite gab es eine Wand mit einem kleinen Raum für eine Küche und für eine Matratze flach am Boden. Die heiße Luft des Tages hatte sich unter dem Dach festgefangen und drückte jetzt nach unten auf die quadratischen Tische, die in großem Abstand zueinander auf dem Betonfußboden standen. Die Wachstuchdecken auf den Tischen waren feucht, blankgewischt, und Blüten in den wildesten Farben lagen, wie achtlos hingestreut, überall herum. Zwischen den Neonröhren hing ein Boot, das aus Stroh geflochten war. Das Meer lag ein ganzes Stück von hier entfernt, draußen in der Finsternis, weit hinter diesen schattenhaften Hütten des Dorfes, und es war die Frage, wie so ein Boot überhaupt da hängen konnte unter diesem Dach. Kann sein, ein Fischer hatte es in Zeiten, als die Maori ihre Boote noch aus Weiden flochten, vor einem herannahenden Zyklon hochgehievt und dann vergessen.

An einem Tisch unter dem Boot saß ein Mann mit grauen Augen. In sein Gesicht hatten sich tiefe Falten eingegraben. Auch wenn er sich noch in dem befand, was man »bestes Mannesalter« nennt, so gab es doch schon tiefe Falten, von einer erbarmungslosen Sonne in sein Gesicht gebrannt. Der Mann hatte nichts als ein T-Shirt über seinen Leib gezogen und ausgefranste Jeans, und die Füße waren nackt geblieben. Seine Hände waren kräftig, braungebrannt, mit einem dichten Flaum blonder Haare und einer verschorften, rissigen Haut. Die Fingernägel waren kurz, mit einem Taschenmesser regelmäßig gestutzt und mit verkrustetem Öl an den Rändern, aber sein T-Shirt sah frisch gewaschen aus, nicht gebügelt, aber sauber. An seinem Handgelenk trug er eine schwarze Uhr, die eine ganze Reihe von Zifferblättern aufwies und Ringe mit mehrfarbigen Markierungen hatte, die alle verstellbar waren.

Der Fremde saß bereits lange an dem Tisch, schon seit die Sonne hatte untergehen wollen, und es schien ihm nichts auszumachen, daß er lange Zeit da sitzen mußte, warten, bis ihm einer sagen würde, was es hier zu essen gab. Der Mann war auf einem roten Scooter gekommen, den er zusammenlegen konnte und der breite Reifen für Geländefahrten hatte. Links und rechts vom Hinterrad hingen le-

derne Satteltaschen von der Art, wie ein Kino-Cowboy sie über die Kruppe eines Pferdes hängt. Bevor die Sonne über die hohen Wipfel hinweg ihrem Untergang entgegengewandert war, hatte er erfreut die Büsche mit den bunten Blüten angesehen, ringsumher bewegte sich in dem leichten Wind ein Meer von Blüten, und im halbdunklen Fenster eines Hauses, das hinter diesen Blüten stand, konnte er ab und an das Gesicht einer Frau ausmachen, die eine Haut in den Farben Braun und Gold zu haben schien.
Später war er zu seinem Scooter rausgeschlendert, um eine dickbauchige Flasche aus der Satteltasche zu holen. Jetzt saß er da an dem Tisch unter dem Boot und hatte die Ellbogen auf das Wachstuch gestützt. Ab und an »biß er mal einen Kleinen von dem Bourbon ab«, wie er es nannte. Bevor er ihn runterschluckte, ließ er ihn eine Weile schmeckend über seine Zunge laufen.
Wie er nun so an dem Tisch saß, verspürte er einen Hunger, der fast schmerzte, dennoch war es gut, endlich mal wieder an einem Tisch zu sitzen, der sich nicht bewegte. Der Mann war von Panama herübergesegelt, auf einem Achtundzwanziger, und obgleich die Winde ihn gut behandelt hatten, so daß er nicht ständig dagegen ankreuzen mußte, hatte er doch vierundachtzig Tage gebraucht, bis er die Felsen der Marquesas über dem Wasser ausmachen konnte. Sein Boot war stabil, ein Motorsegler, mit wenig Tuch, und es lag schwer im Wasser, so ein Boot macht nicht viel Fahrt. Auf den letzten Meilen vor Hiva Oa hatte es eine harte See gegeben, wütend, aufgebracht, aber dann war er in diese Enge eingelaufen, die Atuana als Hafen dient. Hinter einem von Menschenhand errichteten Wellenbrecher hatte sich das Boot aufgerichtet und war über unbewegtes Wasser in die Enge hineingeglitten.
Der Fremde hatte an der kurzen Betonmauer festgemacht.

Er fand, daß dies ein Nichts von Hafen mit einer schweren Stille war. Kein Kind. Kein Pferd. Lange Zeit kein Mann vom Zoll. Der Einhandsegler hatte sich auf der Ufermauer ausgestreckt und zu den grünen Hügeln hochgesehen. Und zu den grünen Felsen. Die Palmen standen hoch vor einem hohen Himmel. Später war der Zöllner gekommen und hatte seine Hand nach den Papieren des Fremden ausgestreckt.
Der Mann mit den grauen Augen sprach ein Französisch, das der Zöllner passabel nannte. Auf die Frage, ob es auf dieser Insel einem Mann vom Meer gestattet sei, die Augen wohlwollend auf einem hübschen Kind im Pareo ruhen zu lassen, hatte der Zollbeamte keine Antwort geben wollen; nach einem Tisch mit *casse-croûte* befragt, wurde dem Fremden jedoch der Rat zuteil, mit diesem roten Knatterding an der Kirche vorüber und zu einem Dach zu rollen, das Neonröhren gegen die Dunkelheit und einen ruppigen Kerl namens *Patron* gegen den Hunger aufzuweisen habe. Nach langer Zeit war es Nacht geworden, und der Mann, dem das Lokal gehörte, hatte einen gehörigen Lärm mit seinen Blechtöpfen gemacht, in diesem Verschlag, der ihm als Küche diente. Er war ein gut gebauter Insulaner, mit einem kantigen Gesicht und einer dunklen Haut, nicht sonderlich groß, aber mit breiten Schultern und stämmigen Beinen. Am Nachmittag war er mit seiner Vahine zusammengewesen, oben im Wald unter den Felsen hatte er sie genommen, und dann war die Sonne hinter dem Berg weggetaucht, und er hatte der Frau beim Aufsammeln von Brotfrucht geholfen. Die Vahine wohnte in der Hütte nebenan. Sie hatte zwei Kinder von einem Franzosen, der bei den Felsen weiter oben an der Straße Arbeit gefunden hatte, die von Atuana aus zu dem kleinen Flugplatz führt. Der Waldboden war dick angefüllt mit Blättern gewesen,

weich und warm, und die Vahine hatte es wunderbar gefunden, auf dem Waldboden genommen zu werden, viel lieber als auf der Matratze in der Küche, und jedesmal, auf dem Weg zurück, war Le Patron gut zu ihr, weil er wie ein Kavalier aus frühen Zeiten den schweren Korb mit Brotfrucht für sie trug.
Der Insulaner legte Messer und Gabel auf das Wachstuch vor den Seemann hin. »Willst du eine Serviette?«
»Nur, wenn du eine hast.«
»Es gibt Papierservietten.«
»Das genügt.«
Der Insulaner nickte. Dann sah er nach draußen in die Dunkelheit. Ein paar Wochen lang war alles gut gegangen, für keinen Fremden hatte er kochen müssen, doch nun lag der Motorsegler da weit hinten an der Mauer aus Beton. Es war kein großes Boot, aber für einen Mann allein reichte das schon aus.
»Was willst du essen?« fragte der Insulaner.
»Ich nehme, was du hast.«
»Es gibt Haifisch. Auf dem Grill gemacht.«
»Mein Gott, Haifisch.« Der Fremde wischte sich mit seiner Hand über die Stirn.
»Das ist alles, was ich habe.«
»Du hast gefragt, was ich essen möchte«, sagte der Mann vom Meer. »Es hat sich angehört wie eine Speisekarte.«
»*Écoute.*« Der Gastwirt sprach kurz angebunden. »Wenn du dir aus Fisch nichts machst, geh woandershin.«
Der Fremde kniff die Augen zu. »Wir sollten uns aneinander gewöhnen.«
»Meinst du?«
»Dies ist das einzige Lokal auf der Insel, und ich bin der einzige Gast.« Er sah hoch. »Bring zwei Gläser. In meiner Flasche ist ein ungewöhnlich guter Bourbon.«

»Alles, was ich kenne, ist Absinth«, sagte der Insulaner, »und Wein. Nichts besonderes. Vin de table.«

»Mach keine langen Sachen.«

Der Insulaner ging in die Küche und tauchte zwei Gläser in den Wasserkübel. Als er zurückkam, schwenkte er die Gläser kräftig, damit sie abtropfen konnten. Der Fremde schenkte ein, und sie tranken.

»Es ist nicht weiter wichtig«, sagte der Fremde, »aber ich heiße Lott.«

»Das brennt ziemlich stark«, sagte der Insulaner. »Im Magen.«

»Du könntest was reingießen zum Verdünnen«, schlug der Fremde vor.

»Nein, es gefällt mir ja, weil es so brennt.« Der Mann, den die Leute auf der Insel Le Patron nannten, lehnte sich im Stuhl zurück. Die Füße des Mannes neben ihm waren nackt, breit, sie waren es wohl gewohnt, über Geröll oder ein heißes Deck zu laufen.

»Es ist nicht weiter wichtig«, sagte der Mann, »aber sicher hast auch du einen Namen.«

Der Insulaner streckte die Arme aus und drehte die Handflächen nach oben. »Patron.«

»Patron?«

»So nennen mich die Leute.«

»Patron«, sagte der Mann, »ich falle jetzt vor Hunger um.«

»Wenn du willst, grille ich ein Haifischsteak.«

»Ich muß wohl nehmen, was du hast.«

»Außer Haifisch ist nichts da.«

»Patron, es liegt daran, ich bin lange unterwegs gewesen.«

»Wie meinst du das?«

»Vierundachtzig Tage. Von Panama.«

»*Merde alors*, ich verstehe, was du sagen willst.«

»Ich habe immer meine Leinen draußen gehabt«, sagte Lott.

»Es ist mir klar, wovon du sprichst.«
»Vierundachtzig Tage Fisch.« Er grinste. »Meistens Hai.«
Le Patron nickte. «Ich kann dir Brot geben. Oder Reis.«
»Brot wär ein Fest.«
»Ganz einfach Brot, was? Aber wenn einer übers Wasser kommt, nennt er es ein Fest.«
Le Patron sagte sich: *Merde alors*, ich bin selber lange draußen gewesen, früher, es ist schon lange her, aber ich bin einer, der weiß, wovon der Kerl hier spricht.
»Frischer Salat, *n'est-ce pas?*« sagte er. »Das wär jetzt was.«
»Hör mal, Patron, für frischen Salat begeh ich einen Mord.«
»Salat und Kartoffeln und ein Huhn.«
»Das sind drei Worte«, sagte Lott. »Drei Worte Grausamkeit.«
In der Hütte der Frau, die am Nachmittag bei Le Patron im Wald gelegen hatte, brannte noch Licht.
»Gib mir Geld«, sagte Le Patron, »mal sehen, was sich machen läßt.«
Lott lief lautlos hinter ihm her durch die Dunkelheit zu der anderen Hütte hin. Die Frau kniete vor einer Schüssel und hatte Seife auf ihren Brüsten. Neben ihr stand eine Kerosinlampe mit einem breiten Schirm, der ihr Gesicht dunkel malte, aber weißes Licht auf ihre Brüste warf.
Der Insulaner deutete auf Lott und sagte etwas in Maori. Die Frau sah zu dem Fremden hin und lachte. Dann rieb sie mit langen Bewegungen ihren Körper trocken. Sie wußte, daß sie kräftige Beine hatte und ein breites Becken, aber sie konnte sehen, daß es dem Fremden gefiel, sie zu betrachten.
»*Écoute*«, sagte Le Patron. «Ich habe vergessen, wie du heißt.«
»Lott.«

Neben der Frau gab es eine Tür, die offenstand. In dem Raum dahinter glaubte Lott im halben Dunkel ein zerwühltes Bett auszumachen, und was da zwischen bunten Kissen lag, sah nach Kinderfüßen aus.
Le Patron sagte auch weiter etwas in der Eingeborenensprache, und als er den Namen Lott nannte, lächelte die Frau zu dem Fremden hin. Lott fand, daß sie ein schönes Gesicht hatte, rund, mit hohen Backenknochen und einer Haut in der Farbe von altem Gold. Vorher, bei Tageslicht, mit dem Motorscooter auf dem Weg von seinem Boot zu den Tischen unter einem Dach aus geflochtenen Blättern, war er an Frauen vorübergerollt, die aussahen, als wären sie soeben aus Le Havre eingetroffen, Französinnen allesamt, weißhäutig, sommersprossig, und ihre Männer am Straßenrand sahen auch nicht anders als Franzosen aus. Sollte er je zu einer von diesen Frauen in ihr Zimmer kommen, sagte sich Lott, unverhofft, bei Dunkelheit, und so eine Frau hätte Seifenschaum auf ihren Brüsten, dann würde sie mit einem schrillen Schrei nach ihrem Handtuch greifen, und ihr Mann, sagte sich Lott, der wirft dich in hohem Bogen vor die Tür.
Le Patron gab der Frau das Geld und ging in die Nacht hinaus. Von der Tür her sagte er: »Hör mal, Mann vom Meer, du kommst wohl besser mit!« Hinter der Hütte war ein Stück Boden mit Hühnerdraht eingezäunt. Der Insulaner zog Salat und Kartoffeln aus dem rotdunklen Boden und sagte, Lott solle ein paar Tomaten holen. Nach einiger Sucherei fand er die Stauden. Ein hoher Sternenhimmel half ihm in der Finsternis. Die Tomaten wuchsen vor einer Hecke mit Hibiskusblüten. Der Mann vom Meer dachte an die Frau in der Hütte. Er verlor sich in den Gedanken, wie die Vahine ihre kräftigen Beine über den Rand eines goldenen Bilderrahmens hob, wie sie herausstieg aus

bunten Farben, die Paul Gauguin geschaffen hatte, und er sagte sich, es müßte etwas Einmaliges sein, das Lager mit dieser Frau zu teilen, mit der gleichen Sorglosigkeit, die den Maler seine Matte mit der Vahine hatte teilen lassen.

Unter dem hohen Sternenhimmel hindurch kam Le Patron zurück zu dem Fremden, mit einem Huhn unter den Arm geklemmt, und das Huhn hielt den Hals lang ausgestreckt, und sein Gackern war wie der Schrei von Angst.

»Du kannst dich schon mal an den Tisch setzen«, sagte Le Patron. »Es wird nicht lange dauern.«

»Ich helfe mit«, sagte Lott. »Im Rupfen bin ich gut geübt.«

»Es ist mein Lokal«, sagte der Insulaner. »Du bist nur Gast.«

Später saßen sie einander gegenüber. Le Patron brachte eine Flasche Wein und sah Lott beim Essen zu.

»Wie ist das?« sagte Le Patron. »Stört dich wohl nicht, wenn ich jetzt rauche?«

»Nein. Und das ist verdammt höflich, wenn du so was fragst.«

»Höflich. Was soll daran schon höflich sein?«

»Für so einen alten Insulaner.«

»Möchte mal wissen, was du von einem Insulaner kennen kannst.«

»War nur Spaß.«

»Spaß? Na ja.«

Le Patron ließ zwei Säulen Rauch gemächlich aus seiner Nase kommen. Der Fremde sah zu der Hütte rüber, in der noch immer Licht brannte. »Die Frau da drüben in der Hütte«, sagte er, »wie so eine Vahine auf einem Bild von Gauguin hat die ausgesehn.«

»Schlag dir die Frau aus dem Kopf«, sagte der Insulaner. Er hatte das hart gesagt, und der Mann ihm gegenüber war

überrascht. »Aber Patron«, gab er mit ein wenig Lachen von sich, »hab ich denn was Unlauteres gesagt?«
»Mit Worten nicht. Aber mit deinen Augen.«
»Mit meinen Augen?«
»Vorhin. In der Hütte nebenan. Jede Frau versteht so eine Sprache, die mit den Augen gesprochen wird.«
»Daran hab ich auch schon mal gedacht. Aber...«
»Aber was?«
»Woran erkennst du dann, ob sie dich verstanden hat?«
»Die Frau vorhin, die in der Hütte, hat sich von dir betrachten lassen.«
»Weil sie mich verstanden hat?«
Le Patron nickte. «Sie hat dich mit ihren Augen wissen lassen, daß du ihr gefällst.«
»Na gut. Na und?«
»Dein Betrachten dieser Frau war eines mit Begierde.«
»Begierde?«
»Du hast die Frau voller Erregung angesehn.« Le Patron saß aufrecht vor dem Fremden. Der Mann lehnte sich im Stuhl zurück. Die beiden sahen voneinander fort. Und schwiegen.
»Damit du es nur weißt...«, sagte Le Patron.
»Ja?«
»Die Erregung bei der Frau...«
»Was ist mit ihr?«
»Ihre Erregung gehört ganz alleine mir.«
»Ich habe das nicht ahnen können.« Der Fremde nahm einen Schluck aus seinem Glas.
»Jetzt kannst du es.«
»Na gut. Ich werd mich danach richten.« Der Seemann schob den Teller von sich fort und suchte nach einem Weg, ein anderes Thema anzufangen. »Es ist weltbekannt, daß Gauguin bei euch begraben liegt«, sagte er schließlich.

»Neben einem hohen Christuskreuz. Auf einem seiner Bilder hat er es gemalt. Unten auf dem Bild gibt es einen schwarzen Strand, und ganz weit oben steht das Kreuz. Ich frage mich, ob der Maler ahnen konnte, daß er ein paar Jahre später neben diesem Kreuz zu liegen kommt.«

»Hör mal, Lott«, stöhnte Le Patron, »wie wär's jetzt langsam mit dem Schlafenlegen? Die Bezahlung hast du ja schon geregelt.«

Der Fremde goß noch einmal Bourbon in die Gläser. »Erst mal beißen wir noch einen Kleinen ab. Patron, sieh es mir nach, wenn ich noch ein wenig bleibe, ich habe lange mit keinem Menschen mehr gesprochen.«

»Kann mir denken«, nickte Le Patron. »Seit Panama nicht mehr.«

»Vierundachtzig Tage.«

»Manchmal hab ich in das Radio reingesprochen«, sagte Lott, »auch wenn keiner zu mir zurückgesprochen hat. Einfach so.«

»Du mußt es nicht erklären, ich weiß ja wie das ist, da auf hoher See.«

»Was mir gefallen hat«, sagte Lott, »das war die Zeit. Ich habe viel davon gehabt.«

»Verstehe.«

»Wenn die See ruhig war, hab ich meist gelesen.«

»Dein Boot...«, sagte Le Patron, »...das hat so einen Fühler eingebaut, oder?«

Lott nickte.

»Was bedeutet, daß du die Pinne hast festlegen können.«

»Ja«, sagte Lott, »den Kurs hält dann der Kahn allein.« Er biß noch mal einen Kleinen ab.

»Ich habe ein Buch dabei, wo es um Kannibalen geht. So was interessiert mich sehr.«

»Kann mir denken«, meinte Le Patron.

»So ein Krieger«, sagte Lott. »Wenn er den Gegner totgeschlagen hat, dann will er auch noch die Seele von dem Kerl haben, und deshalb frißt er ihn auf.« Lott stieß einen Lacher aus.
«Ja«, meinte Le Patron. «Ich glaube, daß es so gewesen ist.«
»Und wenn er die Seele des anderen Kriegers in sich trägt, dann herrscht er über die Verwandten von dem Gefallenen.«
Le Patron nickte.
»Er kann sich die Frauen holen, und die Kinder, alle.« Lott sah Le Patron jetzt fragend an.
»Doch«, sagte der Insulaner. »Ich glaube schon, daß es so war.«
»Wenn du denkst«, sagte Lott.
Le Patron hob die Schultern und ließ sie wieder fallen.
»Und wenn so ein Krieger den anderen Kerl zu schätzen begann, hat er ihn fressen wollen.«
»Denk mal drüber nach«, sagte Le Patron, »ob das eigentlich nicht ganz natürlich ist.«
Lott schob das Glas hin und her. »Ja«, sagte er dann. »Kann sein und du hast recht.«
»Glaub schon.«
»Hör mal, dieser Gauguin.«
»Ja«, sagte Le Patron. »Was ist mit ihm?«
»So ein alter Maori damals, der hat ihn fressen wollen. Sicher lachst du jetzt darüber.«
»Nein«, sagte Le Patron. »Warum?«
»Jedenfalls hat das so in meinem Buch gestanden.«
»Verstehe.«
»Ein alter Kerl hat gesagt, daß Gauguin jetzt zu seinem Stamm gehört und deshalb würde er ihn gerne fressen.«
Le Patron nickte.
»Aber er hat ihn nicht gefressen, das ist ja klar.« Lott lachte

jetzt laut. »Hör dir das nur mal an, wie kindisch ich geworden bin.«
»Immer allein auf einem Boot«, sagte Le Patron, »da kann ein Mann schon mal kindisch werden.« Er hörte, wie sein Gegenüber seufzte: »Immer mit dir allein. Und höchstens mal zwei, drei Häfen später eine, die dir sagt, du bist ein feiner Kerl, warum bleibst du nicht bei mir?«
Le Patron dachte nach. Dann meinte er: »Du hast sicher einen Grund für so ein Leben.«
Eine der Leuchtröhren unter dem Dach begann zu flackern und machte ein leicht prasselndes Geräusch.
»Ich werde sie austauschen müssen«, meinte Le Patron.
»Anfangs war ich froh«, erklärte Lott, »weil ich gutes Geld verdient habe, auf großen Schiffen, von Bremen aus, als Navigator.«
»Du mußt es mir nicht erzählen, wenn du nicht willst.«
»Immer die gleiche Strecke«, sagte Lott, »Atlantik runter. Bis Kapstadt.«
»Donnerwetter. Bis Kapstadt, was?«
Lott nickte. »Afrika. Westküste runter. Und dann dieselbe Strecke wieder rauf.«
Le Patron stützte die Hände auf den Tisch und sah besorgt zu der Neonröhre hoch.
»Zwischen Runter und Rauf drei Tage Kneipen, irgendwo«, sagte Lott. »Mehr war nicht drin.«
Die Neonröhre hörte mit dem Flackern auf.
»Ich kann keinen Sinn in so einem Leben finden«, sagte Lott. »Verstehst du das?«
»Und ob!«
»Ich kann keinen Sinn darin finden, jeden Tag in meinem Leben nur mit Arbeit zu verbringen.«
Le Patron stieß ein Lachen aus und warf den Kopf hin und her.

»Was gibt's zu lachen?« wollte Lott wissen.
»Du redest schon wie so 'n verdammter Insulaner!«
Lott sah zu der Hütte rüber, in der das Licht noch immer nicht erloschen war. Er schloß die Augen und sah weißen Schaum auf goldenen Brüsten. »Dieser Gauguin und sein zügelloses Leben«, sagte er. »Nach allem, was ich weiß, hat er eine Witwe zurückgelassen, in Dänemark, und wegen seiner Zügellosigkeit hat die Witwe es schwer gehabt, das Andenken des Vaters bei ihren Kindern in Ehren zu halten.«
Le Patron dachte, daß dieser Fremde ein gutmütiges Gesicht hatte und kräftige, breite Füße. Le Patron mochte ihn, weil er ein guter Kerl war. Dann dachte er bei sich: Lott hat ganz ohne Frage diese unzähligen Bücher gelesen, die angefüllt sind mit der Denkungsart von dem am Kreuz, und da ist es wohl besser, ich erzähl ihm mal eine von diesen Geschichten, wie sie mir immer wieder in den Sinn kommen, eine mit unserer Inseldenkungsart. Tief in seinem Inneren hörte er sich selber lachen. »Wie ist es?« sagte er dann laut zu dem Mann vom Meer. »Steigst du morgen früh zum Friedhof hoch und stellst dich vor das Grab von diesem wirrköpfigen Maler und faltest die Hände und knipst mit deiner Kamera herum?«
»Ich geh mal rauf zum Grab«, antwortete der andere knapp. »Mehr nicht.«
»Dann muß ich dir was zu bedenken geben«, meinte Le Patron. Lott wippte mit seinem Stuhl. Le Patron sprach nicht gleich weiter. Schließlich sagte er: »Es liegt keiner drin.« Sein Gesicht sah unbeteiligt aus.
»Ich weiß nicht, ob ich dich verstanden habe«, meinte Lott mit einem Lächeln.
»Spar dir den Weg den Hügel hoch.« Le Patron hob die Schultern. »Das Grab von dem Gauguin ist leer.«

Lott saß jetzt unbewegt. »Na, hör mal«, sagte er nach einer Weile. »Das ist ja was!«
»Verlaß dich drauf«, ließ Le Patron ihn wissen. »Das Grab ist leer.«
»So was hab ich noch nie gehört!« Lott lachte. »Ein Grab? Und keiner liegt darin?«
»Keiner liegt darin«, bestätigte Le Patron.
»Und wie ist das gekommen?«
»Der Bericht darüber ist sehr lang...«
»Ich hab viel Zeit«, sagte der Weltumsegler. »Zeit ist das einzige, von dem ich reichlich habe.«
»Also gut.« Le Patron gab sich Mühe, bedächtig auszusehen. »Am 8. Mai 1903 war der Maler tot.«
Lott dachte nach. »Ich glaub, in meinem Buch steht das gleiche Datum drin.«
»Also, was ich dir jetzt erzähle«, sagte Le Patron, »steht ganz bestimmt in deinem Buch nicht drin.«
»Na, denn schieß mal los«, forderte der Mann vom Meer.
Le Patron legte sich im Stuhl zurück. »Das Ganze hat damit angefangen, daß der *gendarme* den Leichnam weggeschafft hatte, bevor der Ruf durch Atuana gehen konnte, daß Gauguin gestorben war.«
»Das ist ein harter Brocken«, sagte Lott. »So als Behauptung, verstehst du?«
»Ob du es nun glaubst oder nicht, für mich bedeutet es nicht viel«, meinte Le Patron wegwerfend.
»Ich habe dich nicht in Zweifel ziehen wollen«, meinte Lott.
»Das wär auch besser, wenn du's nicht tätest«, sagte Le Patron, »ich hab nämlich alles von einem Augenzeugen.«
»Heilige Jungfrau, wirklich wahr?«
Der Insulaner legte seine Hände auf den Tisch und drehte die Handflächen nach oben. »Paul Gauguin ist nicht auf

natürliche Weise totgegangen. Der *gendarme* hat ihn erschossen.« Er gab sich große Mühe, diese Feststellung ohne Nachdruck zu treffen und sie mit leiser Stimme auszusprechen. Dann wartete er darauf, daß der Mann vom Segelboot widersprechen würde, aber Lott machte keine Anstalten, etwas zu sagen.

»Der *gendarme* hat es nicht getan, ohne einen Grund vorbringen zu können.«

»Kann mir denken«, meinte Lott. »Aber was war das für ein Grund?«

Le Patron spreizte den Daumen ab und zog ihn mit zwei Fingern der anderen Hand voller Nachdruck in die Länge: »Gauguin war zu einer Gefängnisstrafe verurteilt worden, weil er den französischen Gouverneur und eine Anzahl von Polizisten beleidigt hatte. Ich weiß nicht, ob du darüber gelesen hast, jedenfalls sollte Gauguin die Strafe antreten, und der *gendarme* machte sich auf den Weg zur Hütte, um diesen wirrköpfigen Mann abzuführen.« Le Patron sah den Fremden an und wartete.

Lott nickte. »In meinem Buch steht das ganz genauso.«

Le Patron holte tief Luft. »Nun, mein Freund, was sich dann ereignet hat, ist so gewesen: Der *gendarme* stürmt mit steifen Militärschritten die Dorfstraße entlang, und bei dem Gemischtwarenladen von diesem Amerikaner biegt er nach links rein in den Palmenhain. Im Schatten der hohen Bäume liegen Frauen, die farbenfrohe Pareos über ihren Brüsten festgeschlungen haben. Die Frauen deuten mit ihren Fingern zu dem Franzosen hin und kichern und hören nicht auf mit ihrem Kichern. Sie haben helle, schrille Stimmen, diese goldfarbenen Gespielinnen von dem Maler, und für den *gendarme* ist das gewesen wie schrille Messer, tief hineingestochen in die Ohren. Das Messer aber, das dann gekommen ist, war noch schlimmer

für den Kerl in Uniform, denn wie der nun in die Hütte stürmt, die Treppe rauf zum Atelier des Künstlers, sieht er ein Bild, das er sein Lebtag nicht vergessen wird: Er sieht eine nackte Frau mit heller Haut vor dem Maler liegen, und der Maler steht an seiner Staffelei, und wie die Frau sich ihm nun zuwendet, voller Irritation wendet sich die Frau dem Eindringling entgegen, da muß er erkennen, das Modell dieses Verruchten ist niemand anderes als die ihm, dem *gendarme*, ergebene Ehefrau.«
»Wenn du denkst!« rief Lott.
»Ja«, nickte Le Patron. »So ist es gewesen.«
»Und dann?«
»Dann gab es ein Gerangel. Der *gendarme* befahl die Ungetreue nach draußen vor das Haus. Als nächstes sprach er die Verhaftung aus. Doch der Maler warf seine Palette dem Polizisten ins Gesicht. Nun mußt du wissen, daß er ein kräftiger Kerl gewesen ist, dieser Gauguin, nicht sehr groß, aber mit einer ungewöhnlichen Körperkraft versehen, selbst die lange Krankheit hat ihm von seiner Kraft kaum etwas genommen, also greift sich Gauguin den kleinen Mann in Uniform, greift ihn beim Hals, würgt ihn mit blanken Händen, würgt, bis kaum mehr Leben in dem Polizisten ist, und da geschieht eben, was ich von einem Augenzeugen habe: In seiner Todesangst zieht der *gendarme* die Waffe, drückt sie dem Wüterich auf seinen Bauch und läßt die Kugel in den Maler knallen.«
»Und dann?« fragte der Mann vom Segelboot.
»Was wohl, und dann?« rief Le Patron mit Furchen auf der Stirn. »Dann ist der Maler tot.«
»Mann Gottes«, sagte Lott. »Ein unrühmliches Ende.«
»So kannst du es nennen. Unrühmlich.«
Der Mann vom Segelboot begann jetzt wieder mit seinem Stuhl zu wippen. »Die Geschichte ist grandios.«

»Nicht nur das. Sie ist auch überliefert. Einer von uns ist dabeigewesen. Tioka war sein Name.«

»Tioka?« Der Weltumsegler schloß die Augen. Dachte nach. »Den Namen hab ich schon gelesen.«

»Eben«, sagte Le Patron. »Er war der Insulaner, der dafür gesorgt hat, daß die Wahrheit überliefert worden ist, aber ich halte jede Wette, diese Wahrheit steht in keinem Buch.«

»Weiß nicht«, sagte Lott. »Jedenfalls nicht in dem Buch auf meinem Boot.«

»In keinem Buch«, sagte Le Patron.

Lott sah aus den Augenwinkeln zu der Hütte hin, in der das Licht der Frau noch immer brannte.

»Dieser Tioka«, sagte Le Patron, »das ist ein Freund von Gauguin gewesen. Ein Insulaner, und ich habe ihn selbst noch gut gekannt. Als kleiner Junge habe ich oft neben ihm im Schatten liegen dürfen, und er hat erzählt. Tioka ist mein Großvater gewesen, mußt du wissen, und wenn er auf den Morgen zu sprechen kam, an dem Gauguin erschossen worden ist, dann hat er sein Gesicht ins Gras gepreßt, weil er nicht wollte, daß ein kleiner Junge seine Tränen sah.«

Lott ließ die Luft mit einem Stöhnen aus den Lungen. »Ein reiner Glücksfall, daß ich dir begegnet bin! Geht die Geschichte weiter?«

»Und ob!« rief Le Patron. »Die Geschichte geht mit Tioka weiter und damit, daß der zu Vernier gelaufen ist, zu dem Pfarrer der Protestanten, weil das der einzige weiße Mann gewesen ist, mit dem Gauguin sich gut verstand, von dem amerikanischen Farbenhändler einmal abgesehen. Wie nun also die beiden, Tioka und Vernier, hinein in das Haus von Gauguins Freude stürmen, ist die Hütte leer. Nicht einmal der Diener ist am Ort der Tat zurückgeblieben, nicht einmal dieser Chinese, der sich Ka-Hui

nannte, und auch das Blut war vom Boden weggewischt.
Dem Tioka und dem Vernier mußte das Ganze sonnenklar erscheinen: Der *gendarme* hatte den Sterbenden mitgenommen. Oder er hat den toten Körper mitgenommen. Eins von beiden trifft ganz sicher zu, welches, das weiß keiner. Für das Fortschaffen von einem Körper aber gibt es einen Beweis. Weil es eine Zeugin gibt. Eine Vahine. Sie war eine von diesen Frauen aus dem Dorf, deren Augen nichts entgeht. Und so ist ihr auch nicht entgangen, wie der *gendarme* und Ka-Hui den leblosen Körper weggeschafft haben, über Gauguins Pferd haben sie ihn geworfen, und eilig hinauf zum Wald unter den Felsen haben sie das Pferd getrieben, zu den Tikis hin, und da haben sie Gauguin verscharrt.«
Lott, der Weltumsegler, sagte, so eine Story sei nun allemal spannender als jeder Kriminalroman, und er sei wirklich froh, daß er von jetzt an Le Patron zu seinen Freunden zählen dürfe.
»Gerne«, sagte der Insulaner, »und nun mußt du das Folgende bedenken: Es ist ja auf der ganzen Insel hier bekannt, daß Kirche und Gendarmerie in jener Zeit unter einer Decke steckten. Auf allen Inseln haben sie es so gemacht: Erst kamen die Missionare, und dann kam die Gendarmerie. Zur Ehre Gottes und zum Ruhme der französischen Republik. Komplizen sind das gewesen, ich sage es dir, und weil die Haut von dem *gendarme* gerettet werden mußte, hat der Bischof die ganze Welt wissen lassen, Gauguin habe in der Stunde seines Todes sein triebhaftes Leben bereut, und bevor sein geschwächtes Herz versagen konnte, sei er in den Schoß der Heiligen Kirche zurückgekehrt. Auf diese Weise hatte der Tote ein Anrecht darauf, einen Platz da oben auf dem Friedhof zu bekommen, und noch bevor die Nachricht vom Tod des Paul Gauguin

zu den Kunsthändlern nach Paris hatte dringen können, ließen sie den Sarg in eine Grube senken, mit dem ganzen Pomp der Kirche haben sie das getan, allerdings, in dem Sarg, den sie auf ihrem *cimetière* eingegraben haben, lag keiner drin. Der Bischof hat diesen Maler gehaßt. Auch noch über seinen Tod hinaus, verstehst du? Und deshalb, mein Freund, mußt du schon zu den Felsen raufsteigen, wenn du die letzte Ruhestätte von diesem Maler fotografieren willst, denn irgendwo da oben verrotten die Gebeine von Gauguin, neben den Tikis, ebenso wie die Gebeine der Maoris in dem Wald verrotten.«

Als Le Patron seine Geschichte beendet hatte, sah er in die Dunkelheit hinaus. Vom Meer kam jetzt eine leichte Brise und raschelte mit den Palmblättern auf dem langen Dach. Die Neonröhre hatte aufgehört zu flackern.

»Grandios«, meinte Lott. »Ich habe es dir ja schon bestätigt. Eine grandiose Geschichte.«

Danach saßen die Männer nur so da, ohne ein Wort zu sagen. Später biß Lott noch einen Kleinen von dem Bourbon ab und drehte den Verschluß mit Sorgfalt zu. Le Patron sah ihm nach, als er den Scooter antrat und sein Schlußlicht wie ein roter Stern von Palmenstamm zu Palmenstamm lange Sprünge machte.

Dann schaltete Le Patron die Neonröhren aus, die er einfach nur so mit Draht an den Balken festgemacht hatte. Er gab sich keine große Mühe mit dem Waschen. Als er sich auf der Matratze ausgestreckt hatte, flüsterte er: »Tioka, du solltest jetzt nicht denken, daß du mich strafen mußt.« Er hatte schon vor langer Zeit die Angewohnheit angenommen, mit den TUPUPAUS zu reden, mit den Geistern der Toten. »Dieser Fremde heute ... Er ist ein guter Kerl, Tioka, und wenn ich ihm erzähle, daß du mein Großvater bist, dann ist das ja auch keine Lüge, denn der Rat der Alten sagt ja immer wieder, bei uns Maoris gehören die Kinder jedem auf der Insel, also kann ich auch ganz gut dir gehören. Und außerdem, die Geschichte heute ... sie ist die beste, die mir bisher eingefallen ist.« Dann stieß er ein Lachen aus. Es war ein stilles Lachen. Innen drin. Niemand sonst hat es hören können.

Lott war inzwischen zu der Asphaltstraße gekommen, die in einem weiten Bogen am Haus des *gendarme* vorüber zum Hafen führte. Er ließ den Scooter mit nur wenig Antrieb laufen, weil er es gern hatte, wenn in der Stille einer Nacht der dunkle Wind um sein Gesicht strich und er die Wärme in dem Wind spüren konnte.

Das Wasser in der Bucht war schwarz und spiegelglatt. Der Motorsegler lag unbewegt am Kai. Lott spannte alle Leinen nach. Nur der Spring ließ er ein wenig Spiel. Das Deck unter seinen nackten Füßen hatte sich noch nicht abgekühlt. Lott setzte sich vor den Mast und sah zum Sternenhimmel hoch. Der Tag heute, fand er, war ein guter Tag gewesen.
Lott sagte sich: »Die Frau in der Hütte wird auch morgen wieder in der Hütte sein.«
Er sagte sich: »Das sah schön aus, wie du die Frau mit der goldenen Haut hast aus dem Bilderrahmen steigen lassen. Wie sie an diesem Patron vorbeigelaufen kam. Auf dich zu! In einer unaufhaltbar geraden Linie lief sie auf deine Erregung zu. Auf eine Erregung, die in ihre Hände explodieren würde, täten diese goldenen kurzen Finger nach dir greifen. Weil du, gesteh es ein, die Hände einer Frau schon lange nicht mehr auf dir hast fühlen können. Weil es so weit entfernt ist wie der Anbeginn von Zeit, als es einen Frauenmund gegeben hat, der dir sagte, morgen ist

ein neuer Tag, und so was kommt bei einem Mann, nach langer Pause, schon mal vor.«

Als der Tau der Tropennacht begann, sich auf das Boot zu senken, dachte Lott nicht mehr an die Frau und ihre Hände. Vor dem Einschlafen gelang es ihm bei jeder Dunkelheit, seinen Gedanken das Weiterdenken zu verbieten.
Lott wußte, daß er Zeit hatte.
Sehr viel Zeit.
Für alles.

DREI

Das Dach war lang und aus Palmblättern geflochten. Unter den runden Balken hingen Neonröhren, einfach nur so mit Draht an den Balken festgemacht, aber sie gaben gutes Licht. Das Dach war an drei Seiten offen. Weiter hinten an der schmalen Seite gab es eine Wand mit einem kleinen Raum für eine Küche und für eine Matratze flach am Boden. Die heiße Luft des Tages hatte sich unter dem Dach festgefangen und drückte jetzt nach unten auf die quadratischen Tische, die in großem Abstand zueinander auf dem Betonfußboden standen. Die Wachstuchdecken auf den Tischen waren feucht, blankgewischt, und Blüten in den wildesten Farben lagen, wie achtlos hingestreut, überall herum.
Zwischen den Neonröhren hing ein Boot, das aus Stroh geflochten war. Das Meer lag ein ganzes Stück von hier entfernt, draußen in der Finsternis, weit hinter diesen schattenhaften Hütten des Dorfes, und es war die Frage, wie so ein Boot überhaupt da hängen konnte unter diesem Dach. Kann sein, ein Fischer hatte es in Zeiten, als die Maori ihre Boote noch aus Weiden flochten, vor einem herannahen-

den Zyklon hochgehievt und dann vergessen. An dem Tisch unter dem Boot saßen zwei Frauen und tranken weißen Wein. Die Französin und das blonde Mädchen, das bei ihr war, hatten ihre Stühle so gewählt, daß sie einander gegenübersaßen und sich im Gespräch betrachten konnten. Die Französin saß mit dem Rücken zur Nacht. Die Blonde hatte den Stuhl unter dem kalten Licht der Neonröhre nehmen müssen. Sie war noch jung, aber sie hatte ein paar Fältchen um die Augen und ein erfahrenes Gesicht. Die Französin dachte, was für einen mageren Körper sie hat, mit kleinen Brüsten, hoch angesetzt und mit einer zarten Haut.
»Wie ist es, Robertine«, sagte die Frau, »bist du schon oft verliebt gewesen?«
»Ich weiß nicht, Madame.«
Die Französin lächelte. »Du weißt es nicht?«
»Ich weiß nicht, wie Sie das jetzt meinen.«
»Immerhin, du bist sechsundzwanzig, oder?«
»Ja, Madame.«
»Na, siehst du.«
»Ich mag nicht darüber reden, Madame, aber wenn ich tatsächlich mal in einen Jungen vernarrt gewesen bin, hat er trotzdem nicht bekommen, was er wollte.«
»Und jetzt? Bist du jetzt auch verliebt?«
»Wissen Sie, in einem Jahr und einem Monat werde ich verheiratet sein.«
»Ach, so ist das, heiraten«, sagte die Französin mit einer gewissen Enttäuschung. »Hier auf der Insel?«
»Nein, in Paris, sein Name ist Maurice, er arbeitet bei einer Bank.«
»Sehnst du dich nach dem Verlobten in Paris?«
»Noch ein Jahr, und meine Zeit im Hospital ist um. Sie wissen es, Madame.«
»Und du bist in diesen Maurice verliebt?«

»Wir haben uns einander versprochen, Madame.«
»Das habe ich nicht gefragt, Robertine. Ich habe gefragt, ob du in ihn verliebt bist.«
»Ja. Auch verliebt.«
»Und du schreibst ihm regelmäßig?«
»Jede Woche.«
»Und Maurice? Schreibt er dir auch jede Woche einen Brief?«
»So ist es, Madame, er ist ein guter Junge und er schreibt regelmäßig.«
Die Französin dachte: Dieses kleine Luder, entzückend, wie sie jetzt lügt, ich kann es in ihren Augen lesen. Dann dachte sie: Was für einen hübschen Mund sie hat, aber es ist ein grausames Neonlicht, denn es macht ihr Haar ganz weiß.
»Robertine«, sagte sie, »soll ich dir ein Geheimnis anvertrauen?«
»Wie Sie wünschen, Madame. Es liegt an Ihnen.«
»Ich weiß, daß er dich hierhergebracht hat, dein Maurice, vor zwei Jahren, aber seitdem ist er nicht wieder auf die Insel zurückgekommen. Nun, nun, du brauchst mich nicht so verwundert anzusehen, ich habe mir deine Personalakte kommen lassen, und dein Maurice findet darin Erwähnung.«
Das Mädchen saß jetzt ganz still da. Es hatte sich nach vorn gebeugt und die Hände in den Schoß gelegt.
»Es ist ein merkwürdiges Amt, das ich da leite«, sagte die Frau. »Ich befinde mich in Paris, und du befindest dich in dem Hospital von Atuana. Wir haben uns nie gesehen, aber du bist mir so vertraut, als hätten wir das letzte Jahr miteinander zugebracht, denn man sendet mir Berichte zu, regelmäßig, siehst du, und auf diese Weise erfahre ich so gut wie alles über die Krankenschwester Robertine Teynac. Erschreckt dich das?«

»Ja. Ein wenig.«

»Du darfst beruhigt sein, mein Kleines, denn ich lese ausschließlich Gutes über dich.«

Die Frau sah eine Zeitlang schweigend zu dem Mädchen hin. »Wie still du deine Hände halten kannst«, sagte sie. »Wie ein Kind in der Schule.« Sie lächelte. »Es ist schön, daß du keine Männergeschichten hast. Ich würde auch das erfahren.«

»Nein«, sagte das Mädchen. »Es gibt keine.«

»Und wenn dir Maurice eines Tages nicht mehr schreibt, dann erfahre ich das sicher auch.«

»Madame, so eine Schnüffelei! Wie gemein so etwas wäre!«

»Ja, gemein. Aber es ist so.«

»Ich kann es nicht glauben.«

»Diese Briefe von Maurice«, sagte die Frau, »wenn sie eines Tages lustlos sein sollten, ohne Belang, oder nur aus Pflichtgefühl so hingeschrieben, wäre es dann nicht besser, er würde gar keine mehr schicken?«

Die Krankenschwester sagte sich: Es ist nicht möglich, wie kann die Chefin das nur wissen, wie kann sie wissen, auf welche Weise belanglos seine Briefe in letzter Zeit geworden sind?

»Du bist ein liebes Kind«, sagte die andere. »Ich habe dich nicht verletzen wollen.«

Die junge Frau gab sich Mühe, gegen ihr Weinen anzukämpfen. Dann legte sie langsam die Hände auf ihr Gesicht.

Der Mann, dem das Lokal gehörte, machte einen gehörigen Lärm mit seinen Blechtöpfen in dem Verschlag, der ihm als Küche diente. Dann wusch er zwei Teller ab und trug sie nach draußen unter das lange Dach. Er war ein gut gebauter Insulaner, mit einem kantigen Gesicht und einer

dunklen Haut, nicht sonderlich groß, aber mit breiten Schultern und stämmigen Beinen. Er trug einen blauen Pareo um die Lenden, und auf seinem T-Shirt prangte die Aufschrift CLUB DU FOOTBALL – NAIKI – CHAMPION. Die untere Hälfte seines Gesichtes war von einem schwarzen Bart zugewachsen, was dem Mann ein gefährliches Aussehen verlieh. Er wollte die Teller zu dem Tisch bringen, aber die ältere der beiden Frauen stellte sich ihm in den Weg.
»Es ist gut so, Monsieur«, sagte sie. »Überlassen Sie es ruhig mir.«
Er gab ihr die Teller und ging wieder in den Verschlag zurück, der ihm als Küche diente.
Die Blonde hatte jetzt aufgehört zu weinen und nahm ein sorgfältig zusammengelegtes Taschentuch aus der ledernen Schwesterntasche, die einen schwarzen Aufdruck mit ihrem Namen trug.
»Wie ist es, Robertine«, sagte die andere. »Hat dir schon einmal eine Frau den Kopf verdreht?«
»Eine Frau?«
»Nun, nun, tu nicht gleich so entrüstet.«
»Verzeihen Sie.« Sie war dabei, sich die Tränen aus dem Gesicht zu wischen.
»Es gibt keinen Grund, entrüstet zu sein.«
Das Mädchen sah auf seine Hände und preßte das nasse Taschentuch zu einem harten Ball zusammen. Die andere betrachtete ihre sanft abfallenden Schultern und die braungebrannten Hände.
»Und du hast es dir auch nie gewünscht?« fragte sie dann.
Das Mädchen schüttelte den Kopf. Es war nur eine leichte Bewegung, und das Mädchen hielt den Kopf dabei gesenkt.
»Du hast es dir niemals vorgestellt? Nicht einmal in deinen geheimsten Träumen?«

»Nein, Madame.« Sie versuchte ein Lächeln.
Die andere dachte, dieses entzückende kleine Luder, wie sie jetzt lügt. »Ich werde dich nicht anrühren«, sagte sie. »Du brauchst dich nicht zu fürchten.«
»Das weiß ich, Madame.«
»Nun, eines Tages wird es eine andere geben, die dich berührt.«
»Nein, Madame.«
»Warte es nur ab, kaum bin ich wieder in Paris, und es wird geschehen.«
»Es wird nicht geschehen. Glauben Sie es nur.«
»Ich sollte dich mit mir nehmen, nach Paris, damit es nicht geschieht.«
Das Mädchen warf einen Blick in die Dunkelheit hinaus. Sein Gesicht war wie mit Blut übergossen. Die andere dachte, sie wartet nur auf meine Hände, wie entzückend sie doch ist.
Der Insulaner sah, wie das Wasser in dem Kessel brodelte, und warf zwei Langusten hinein. Es waren mittelgroße Tiere, dunkelgrau, und sie lebten noch, als er sie in den Kessel warf. Auf einem Tisch neben dem Gasherd standen die Saucen, gelb, rot und eine dritte, die von einem satten Grün war. Der Maori hatte sie schon kurz vor der Abenddämmerung angerichtet. Erst war seine Vahine zu ihm gekommen, am Nachmittag, sie war zu ihm auf seine Matratze da am Küchenboden gekommen, und dann war die Sonne hinter dem Berg weggetaucht und er hatte die Saucen gemacht. Die Frau wohnte in der Hütte nebenan, sie hatte zwei Kinder von einem Franzosen, der da oben Arbeit hatte, an der Straße, die von Atuana aus zum Flugplatz führt. Die Kinder mochten den Patron gern, weil er ihnen immer mal was zusteckte, und am Nachmittag, über ihn gehockt, auf der Matratze, hatte die Mutter der bei-

den ihn so heftig geliebt wie nie, so lange, anhaltend, um Gnade hatte er flehen müssen, und über ihren Körper ist der Schweiß gelaufen.

Le Patron setzte sich neben den Kessel mit dem brodelnden Wasser und zündete sich eine Zigarette an. So eine Languste brauchte nicht mehr als eine Zigarettenlänge. Später schnitt er die Krusten auf und machte eine Platte zurecht mit den Saucen und dem Reis, und dann sah er den beiden Frauen beim Essen zu. Die Krankenschwester lächelte jetzt wieder. Sie versuchte fröhlich auszusehen und sagte, Le Patrons Langusten seien die frischesten auf der Welt, nirgendwo gäbe es frischere. Die Frau, die bei ihr saß, stimmte ihr zu: »Ganz vorzüglich, Mademoiselle Robertine hat durchaus recht.«

Dann war die Mahlzeit beendet, und auf den Wachstüchern lagen nur kleine Hügel von Langustenschalen zwischen bunten Blüten. Le Patron wollte in seine Küche zurück, aber die Krankenschwester rief: »Nein, bleiben Sie, Patron.«

Die andere sah überrascht zu ihr hin.

»Madame«, sagte die Blonde, »Sie müssen einmal hören, wie gut Le Patron über Gauguin zu erzählen weiß.«

»Gauguin?«

Die Blonde nickte heftig. »Sein Großvater ist ein enger Freund von Gauguin gewesen.«

»Mein liebes Kind, wie soll das denn möglich sein?«

»Doch, Madame, glauben Sie es nur.«

Die Frau kniff die Augen zusammen und sah Le Patron abschätzend an.

»Er muß sehr alt geworden sein, Ihr Großvater«, überlegte sie dann.

»Ja«, sagte Le Patron, »aber das ist meine Sache und nicht Ihre.«

»Olala«, lächelte die Frau.

»Patron, das war ungezogen von Ihnen«, rief die Blonde laut. Der Insulaner sagte sich: Ganz ohne Frage ist die Kleine da hysterisch. »Ich habe Sie noch nie so ungezogen erlebt!« rief die Blonde ihm entgegen.
»Es ist meine Schuld gewesen«, sagte die andere. »Ich habe ihn herausgefordert.«
Le Patron wollte zurück in seine Küche gehen, aber die ältere der beiden Frauen stand schnell auf und hielt ihm ihre Hand entgegen. »Lassen Sie uns Frieden schließen. Ich habe es nicht so gemeint.«
»Na ja, na gut«, sagte Le Patron.
Die Krankenschwester dachte: Wie die Chefin jetzt dasteht, als wär sie eine von der Aristokratie, so sieht sie heute abend aus. Sie muß einmal eine schöne Frau gewesen sein, eigentlich ist sie es immer noch, mit ihren langen Beinen und ihrem schwarzen Haar und überraschend hellen Augen.
Le Patron brachte die Teller in die Küche, und die beiden Ungleichen sahen ihm nach. Als er wieder herauskam, sagte die Blonde: »Wenn Le Patron aus der Vergangenheit berichtet, läuft es einem eiskalt über den Rücken.«
»Wie soll ich das verstehen?« lächelte die Frau.
»Es geht um den Tod von Gauguin«, sagte die Blonde. »Zum Glück bin ich nicht katholisch. Ich glaube, daß ein Katholik sich allein beim Anhören von Patrons Geschichte einer schweren Sünde schuldig macht.«
»Du sprichst in Rätseln, liebes Kind.«
»Le Patron sagt, der Bischof damals, er hat Gauguin vergiften lassen.«
»Im Ernst?«
»Jedenfalls hat er es uns so erzählt.«
»Wie brisant«, sagte die Frau. »Läßt sich darüber mehr erfahren?«

Le Patron dachte, diese Fremdländischen, sie sind doch alle gleich. »Sind Sie sicher, Mademoiselle, von mir das Wort *Gift* gehört zu haben?« fragte er mit einem Ausdruck von Überraschung in seinen tiefschwarzen Augen.
»Aber ja, Patron! Aber ja!«
Der Insulaner bewegte ungläubig seinen Kopf. »Das kann nicht sein. Von *Gift* höre ich jetzt zum ersten Mal, ich meine, im Zusammenhang mit dem Tod des Malers.«
Das Mädchen stieß ein schrilles Lachen aus und wischte mit der Hand durch die Luft. Es war eine fahrige Bewegung, als würde sie dem Insulaner einen Klaps versetzen wollen. »Patron, ich glaube, Sie wollen mich zum Narren halten.«
»Nein, liebstes Kind«, sagte die Frau neben ihr. »Monsieur Le Patron macht mir den Eindruck von grüblerischer Ernsthaftigkeit. Ich glaube, da steckt mehr dahinter.«
Der Insulaner sagte sich, daß es eine Sache ist, Geschichten zu erzählen, und eine andere Sache, Jahre später noch zu wissen, wie die Geschichte ging.
Die Blonde legte beide Hände flach auf ihr Gesicht. »Patron ... Sie lassen mich an mir selber zweifeln ...«
Aus der Dunkelheit, hinter der das Meer lag, kam eine leichte Brise und raschelte in den Palmblättern über dem Dach. Die Brise war warm und roch wie sumpfiger Strand.
»Vielleicht ist es ratsam, das Thema nicht weiterzuverfolgen«, sagte die ältere der beiden Frauen, »aber Sie hätten uns nicht verwirren sollen, Monsieur.«
»Wenn ich das Thema weiterverfolge«, murmelte der Maori, »dann werden Sie darüber schreiben.«
»Wo denken Sie hin«, lachte die Frau. »Ich bin bei der Regierung angestellt. So vertrocknete Büroleute, wie wir es sind, die schreiben nicht.«
Der Mann kniff die Augen zusammen. »Sollten Sie es

dennoch tun, gibt die Regierung den Befehl, ein ganz bestimmtes Grab zu öffnen.«

»Welch furchtbarer Gedanke, Monsieur ... Wozu sollte das wohl gut sein?«

Le Patron sah in die Richtung, aus der die sumpfige Brise kam. »Wie ist es?« sagte er dann. »Sind Sie schon zu dem Friedhof raufgestiegen und haben sich das Grab von diesem wirrköpfigen Maler angesehen und ein Foto davon gemacht?«

»Aber ja«, sagte die Frau. »Das Grab ist ein begehrtes Objekt für Franzosen.«

Le Patron holte Luft, tief und zweimal. Dann sagte er: »Gauguin liegt nicht allein da drin.« Sein Gesicht sah unbeteiligt aus.

Die Blonde wischte mit den Fingerspitzen über ihre Lippen. »Nicht allein?« Ihre Augen hatte sie so weit aufgerissen, daß sich der Insulaner sagte: Was eben sanft war, sieht jetzt nach Verrücktsein aus. »Aber, damals ... als Sie davon sprachen«, sagte die Krankenschwester eilig, »da hat der Bischof es nicht schnell genug zuwege bringen können, den Maler unter die Erde zu schaffen ...« Der Atem der jungen Frau ging schnell. »Von einer zweiten Person im gleichen Sarg haben sie uns nichts erzählt ...«

»Mein Kleines«, sagte die Frau, die bei ihr saß, »du solltest die Verwirrung nicht noch größer werden lassen.«

»Ja, wie dann aber ...« Die Frage kam zu keinem Ende.

»Madame ...« Der Insulaner sah die Französin, die neben der Blonden saß, mit einem verständnisvollen Lächeln an. »Junge Schönheiten sind bekannt für ausschweifende Gedanken. Das ist ja das Begehrenswerte an ihnen.«

Die Blonde öffnete den Mund, als ob sie widersprechen wolle, und Le Patron sah ihren Lippen zu, als die sich wieder schlossen. Die Fremde aus Paris griff über den Tisch

und fuhr mit ihren ringgeschmückten Fingern über die Hand der jungen Frau. Dann sagte sie: »Wer, Monsieur, liegt mit Gauguin im gleichen Grab?«
»Eine Frau von unserer Insel hier«, sagte Le Patron. Er nahm wahr, daß die Hand der Blonden sich der Hand der Älteren ergeben hatte.
»Kennen Sie den Namen dieser Frau?«
»Tohotaua war der Name. Wie sollte ich ihn nicht kennen?«
»Der Name steht nicht auf dem Grabstein«, meinte die Frau mit Bedacht.
»Sie war nicht verheiratet mit Paul Gauguin. Daran liegt es.«
»Mein Kleines ...« Die Frau lächelte zu der Krankenschwester hin, »ich glaube, daß ich die Umstände erraten kann: Einem Mann und seiner Geliebten erlaubt die Kirche nicht das gleiche Grab.« Sie sah lächelnd zu dem Insulaner. »Ist es so?«
»Ja, Madame. Der Standpunkt der Kirche ist ja allgemein bekannt.«
»Nur Eheleute dürfen sich im Tod vereinen. Anderes läßt die Kirche bekanntlich ja nicht zu.« Die Frau aus Paris lehnte sich in ihrem Stuhl zurück.
Eine Zeitlang war es still unter dem langen Dach.
»Patron, für den Fall, daß ich verrückt werde und daß meine Fantasie ausgeschmückt haben sollte, was Sie uns seinerzeit berichteten, dann sagen Sie uns aber ohne Umschweife, wie es wahrhaftig war!«
Die Hand der Jungen lag noch immer unter der Hand der anderen.
»Nun gut, aber ich mach die Sache kurz, denn es ist Zeit fürs Schlafenlegen, und wenn Sie sich auf die Rechnung vorbereiten wollen, es macht siebenhundert pro Person.«

Er zündete sich eine Zigarette an und stieß den Rauch in Form von zwei grauen Säulen aus seinen Nasenlöchern. »Also, hören Sie gut zu«, sagte er dann, »damit Sie nicht noch einmal eine Veränderung vornehmen an dem, was Anno neunzehn null drei vorgefallen ist.« Das Licht aus einer Neonröhre ließ das braune Gesicht des Maori gelb erscheinen. »Tohotaua war der Name dieser Frau, wie ich schon sagte, und Gauguin hat das Besondere an ihr erkannt. Sie ist scheu gewesen, rätselhaft, mit einem wehmütigen Mund und einem langgestreckten, wunderschönen Körper, aber das Verteufelte an ihr war, daß sie rote Haare hatte. Kein anderer Maori läuft mit roten Haaren herum, aber Tohotauas Haar war von unbeschreibbar kupferroter Farbe, und Gauguin hat sie immer wieder mit diesem Helm von Haar gemalt, mal mit einem Fächer in der Hand, mal mit Blumen unter ihren Brüsten, und das Rot ihrer Haare hat auf eine ungewöhnliche Weise das ganze Atelier leuchten lassen. Von ihr soll es noch Ölbilder gegeben haben, die wunderbar gewesen sind, voll herrlicher Sinnesfreude, doch können wir sie nicht mehr betrachten, diese Bilder, denn der Bischof hat sie verbrennen lassen.«

»Ist es denn die Möglichkeit!« rief die Krankenschwester, und ihre Chefin sagte: »Mein Kleines, ich entsinne mich düster, davon gelesen zu haben!«

»Nicht nur die Bilder hat der Bischof verbrennen lassen«, sagte Patron, »auch die Hütte! Alles!«

»An Feuer erinnere ich mich keineswegs«, flüsterte die Krankenschwester, »vom Niederbrennen der Hütte haben Sie seinerzeit uns nichts erzählt.«

»Die Priester haben Ko-Ke gehaßt«, sagte Le Patron. »Ein jeder auf der Insel hat davon gewußt.«

»Ko-Ke?« fragte die Dame, die aus Paris gekommen war.

»Das war der Name, den die Insulaner dem Maler gegeben

hatten«, sagte die Krankenschwester eilfertig. »Es ist eine Verballhornisierung von Gau-guin.«
»Danke für die Aufklärung, mein Kleines.« Die Frau zog beim Lächeln die Mundwinkel nach unten. »Ja, ja, unsere Kirche! Wenn einer nur ein wenig von der Norm abweicht: Auf den Scheiterhaufen mit ihm!«
»Aber Madame!« sagte die Blonde.
»Es ist so! Du wirst es noch früh genug am eigenen Leib erfahren. Denk nur an Jeanne d'Arc!«
Die Krankenschwester hielt noch immer ihre Augen unnatürlich weit geöffnet. »Das letzte Mal an diesem Tisch...«, sagte sie mit einem Ton von Verzweiflung in der Stimme, »und seit diesem letzten Mal sind dreiundzwanzig Monate ins Land gegangen, da haben Sie erzählt, Gauguin sei vergiftet worden und der Bischof selbst habe ihm den Kelch gereicht! Wollen Sie das bestreiten?«
»Ja! Ich bestreite das! Sogar sehr!« Der Insulaner schüttelte vehement den Kopf. »Weil es nicht die Wahrheit ist!«
Die Dame aus Paris lächelte den Insulaner an. »Na, dann berichten Sie doch bitte jetzt, wie es sich wirklich zugetragen hat.«
»Der wirrköpfige Ko-Ke und seine schöne Tohotaua haben sterben müssen, aber nicht durch einen Becher Gift.« Der Maori zog den Rauch aus der Zigarette tief in seine Lungen.
»Sind die beiden denn zur gleichen Zeit gestorben?« wollte die Französin wissen.
»Das ist es ja eben. Zur gleichen Zeit.«
»Wie ungewöhnlich. Und, wenn nicht an Gift, woran?«
»Morphium.« Er sagte es so, als wäre derartiges ganz selbstverständlich.
Die Frau saß mit dem Rücken zur Nacht, und das Gesicht war von ihren schwarzen Haaren eingerahmt. Ihr Mund stand ein wenig offen.

»Was wollen Sie damit andeuten?« sagte sie schließlich. »Selbstmord?«
Der Insulaner schüttelte den Kopf. »Der Tod der beiden ist nach der Einnahme von einer Überdosis eingetreten. Ja, Überdosis. Ich glaube, daß man es so nennt.«
Die Frau sah zu der Blonden hin. »Mein Kleines, wieviel gehört dazu, daß ein Mensch an Morphium stirbt?«
»Das ist unterschiedlich«, antwortete die andere eifrig. »Ein plötzlicher Schub von einem Gramm kann schon zu Kreislauflähmung führen, jedoch gibt es Menschen, die täglich bis zu vier Gramm nehmen, und ich bitte zu bedenken, daß ich von Pulver spreche, nicht von Spritzen.«
»Da haben Sie einmal recht«, sagte Le Patron. »Es ist Pulver gewesen, und es waren die Missionare, von denen der Maler es bekommen hatte.«
»Die Missionare? Wie frivol das Ganze wird! Und wie ausschweifend Ihre Fantasie!«
Le Patron schloß die Augen. Er hatte nachzudenken.
»Pardon, Monsieur«, rief die Frau aus Paris, »wie ungehörig von mir, Sie ständig zu unterbrechen!«
»Nicht der Rede wert.« Le Patron zog an seiner Zigarette. Dann sagte er: »Gauguin hatte sich eine schlimme Krankheit geholt und ...«
»Bei einem chinesischen Straßenmädchen in Paris, das ist allseits bekannt.« Die Ältere am Tisch hatte ein weiteres Mal den Bericht des Insulaners unterbrochen.
»Wenn Sie das wissen, Madame«, sagte Le Patron, »dann wissen Sie auch, daß die Schmerzen für den Maler im Lauf der Jahre stark und stärker wurden.«
»Vermutlich hat das wegen den damit verbundenen Halluzinationen bei Gauguin zur Morphiumabhängigkeit geführt«, warf die Französin ein.
»Ganz sicher ist das so gewesen«, sagte Le Patron, »ganz

sicher hat das Morphium ihm aber auch ein neues Glück beschert: Tohotaua war zwar schön, aber auch spröde, schüchtern, kantig in ihrer ganzen Art, der körperlichen Liebe abgeneigt, doch kaum mit diesem Zauberpulver bekannt gemacht, lachte sie, sang, tanzte, bewegte sich, wie eine begehrenswerte Frau sich als Aufforderung zur Umarmung durch den Mann bewegen sollte, ließ geschehen, was Ko-Ke von ihr geschehen haben wollte, gab ihm ohne Hemmung alles, was er sich von ihr erbat. Das war die Zeit des Glücks. Doch die Zeit hielt nicht sehr lange an. Als der Konsum übergroß geworden war, rückten die Ärzte in Papeete das Pulver nicht mehr heraus. Was daraufhin geschah, das war sehr schlimm! Schwarze Wolken hielten Einzug in die Hütte. Jeden Tag. Jede Nacht. Die Schmerzen kamen zurück in den Körper von Ko-Ke. In sein Gemüt. Die Liebesglut erlosch. Der Körper des bärenstarken Mannes zerfiel. Das Fieber fraß ihn auf, und das Schütteln nahm kein Ende. Sie sind Krankenschwester, Mademoiselle, Sie werden mit angesehen haben, wie morphiumzerstörte Menschen leiden.«

Die junge Frau nickte. Sie tat dies fast widerwillig und sprach dabei kein Wort.

»Gauguin hat nicht mehr arbeiten können«, erklärte der Maori mit finsterer Miene. »Die Missionare bekamen Wind von der Misere. Und sahen ihre Zeit gekommen. Sie spielten sich als Gönner auf. Besorgten mehr von diesem Gift, mehr, mehr, jede Woche mehr, und der Maler und sein Modell fielen zurück in die Zeit des Glücks, in den Taumel ihrer Liebe. Die Missionare bedienten sich des Tischlers von Atuana, das Morphium des Nachts in das Atelier zu bringen.«

Die Krankenschwester warf einen Arm in die Luft und schnalzte mit den Fingern. Wie ein kleines Mädchen in der Schule, wenn sie die Aufmerksamkeit des Lehrers auf sich

lenken will, sagte sich die Frau neben der jungen Blonden.
»Wie hieß doch gleich der Tischler auf der Insel?« wollte die Blonde von dem Insulaner wissen.
»Tioka«, kam die Antwort.
»Richtig! Monsieur Le Patron, ist das nicht Ihr Großvater gewesen?«
»So ist es, Mademoiselle. Ihre Erinnerung scheint Sie an dieser Stelle nicht im Stich zu lassen!« Patron legte nur eine kurze Pause ein, dann sagte er: »Mein Großvater hat das Hinterhältige der Missionare nicht durchschaut. Mit Glück und Freude, schuldlos wie ein Knabe, hat er seinem geliebten Ko-Ke das Gift ins Haus gebracht und nicht ahnen können, daß er zum Komplizen wurde, als die Missionare dabei waren, den Gotteslästerer umzubringen. So ist es gewesen, Mesdames. So und nicht anders.«
Die beiden Frauen saßen jetzt ganz still.
»Es läuft mir eiskalt über den Rücken. Sieh nur, Kleines, eine Gänsehaut.«
Le Patron sah über die Fremdländischen hinweg in die Dunkelheit hinaus, die unmittelbar hinter dem Dach begann. »Als es unkontrolliert geworden war mit dem Morphium, kam dieser schlimme Morgen«, sagte er. »Ich spreche von jenem Morgen, als mein Großvater das Liebespaar, eng umschlungen, leblos auf dem Lager fand. Tioka hat versucht, seinen geliebten Ko-Ke in das Leben zurückzubringen, aber es wollte ihm nicht gelingen, und später...«
»Madame«, sagte das Mädchen leise. »Der Großvater vom Patron hat Paul Gauguin in die Kopfhaut gebissen...«
Die Frau neben ihr sah sie mit Entsetzen an.
»Er hat geglaubt, das tun zu müssen, Madame, weil das für einen Maori die einzige Art gewesen ist, einen Menschen aus seinem Todesschlaf zu retten. War es nicht so, Monsieur?«

Der Insulaner nickte. »Ich sagte ja, Ihr Erinnerungsvermögen, Mademoiselle! Es ist tadellos!«
»Nur für diesen Teil der Geschichte«, sagte die Krankenschwester, »doch der Anfang ist in meinem Kopf noch immer sehr verworren.«
»Was sich aber anschließend zugetragen hat, das wissen Sie ganz sicher noch.« Le Patron lächelte jetzt wieder.
Die Blonde nahm sein Lächeln auf. »Ihr Großvater ist durch Atuana gelaufen und hat den Leuten zugerufen, daß ein großer Schmerz zu beklagen ist, denn der Maler sei jetzt tot.«
Le Patron nickte: »NA MATE KO-KE NA PETE ENATE.« Er nahm einen Aschenbecher vom Tisch und drückte seine Zigarette darin aus. »Die Leute im Dorf haben es nicht glauben wollen«, sagte er währenddessen. »Sie sind zu der Hütte gelaufen, aber als sie angekommen waren, mußten sie sehen, daß die Priester sich bereits vor das Haus gestellt hatten. Die frommen Männer traten den Leuten abwehrend entgegen, und dies mit den Worten, Tioka sei voreilig gewesen mit seiner Todeskunde, denn der Maler habe den letzten Atemzug noch nicht getan, der Bischof sei zu ihm geeilt, um seine Beichte anzuhören, und das Wunder sei geschehen: Gauguin habe seine Gotteslästerungen widerrufen und den Bischof um Vergebung angefleht. Den ungläubig schweigenden Menschen wurde gestattet, die Treppe hochzusteigen, allerdings nur bis zu den obersten der steilen Stufen, von denen aus ein Blick ins Atelier des Malers zu erhaschen war. Bedrückt haben die Maoris mit angesehen, wie der Bischof ihrem Ko-Ke die letzte Ölung gab. Dicht gedrängt standen die Leute auf der Treppe. Es soll ein angstvolles Schweigen geherrscht haben unter ihnen, denn sie fragten sich erschreckt, ob der Bischof etwa auch Tohotaua die Letzte Ölung geben würde, weil

der Mann des Zölibats ja dann wohl oder übel den nackten Körper einer Frau berühren mußte, doch er hat es nicht getan. Die Geliebte des Malers hat die letzte Ölung nicht bekommen.«

Nach dieser Schilderung blieb es ein paar Atemzüge lang still am Tisch. Als erste löste sich die ältere der beiden Frauen aus ihrer Starre: »Aber warum, Monsieur, hat sich der Bischof zur sakralen Ölung an Gauguin durchgerungen, wo es sich doch bei dem Genie um einen Atheisten handelte?«

»Es war eine Farce, *chère Madame,* ein anderes Wort fällt mir für diese schnöde Inszenierung am Totenbett nicht ein. Der Bischof stand über den toten Maler gebeugt, seine sakrale Handlung verrichtete er nur zum Schein, die Leute auf der Treppe haben das nicht erkennen können, und zum Schluß sahen sie sogar mit an, wie der Bischof ihrem Ko-Ke mit seiner Hand die Augen schloß, und dann hörten sie ihn sagen, daß Ko-Ke jetzt seinen Platz in der geheiligten Erde des katholischen *cimetière* bekäme, Gott möge ihm und allen Sündern gnädig sein.«

Le Patron hatte geendet, und die Vorgesetzte der jungen Blonden sinnierte vor sich hin: »Der toten Frau auf dem Lager hatte der Bischof die Letzte Ölung nicht angedeihen lassen, wie Sie berichteten, Monsieur. Geschah dies nur, weil der Bischof es ablehnte, den unbekleideten Körper einer Frau zu berühren? Ich hätte darüber sehr gern mehr gewußt.«

»Tohotaua ist eine Ehebrecherin gewesen«, sagte Le Patron, »ich nehme an, daß dies der Grund gewesen ist.«

»Eine Ehebrecherin?« Die Blonde stieß einen spitzen Lacher aus, und über das anschließende Schweigen hinweg sagte die Dame aus Paris: »Es ist erstaunlich, aber Ihre Geschichte nimmt an jeder Ecke eine neue Wendung.«

»Es gibt noch andere Wendungen«, erklärte Le Patron. »Tohotaua hatte sich niemals taufen lassen.«

»Na, das ist natürlich etwas anderes«, sagte die Frau, die aus Paris gekommen war. »Wer nicht der Kirche angehört, wird auch nicht gesalbt.« Le Patron betrachtete die Runzeln auf der Stirn der Frau und hörte ihre Frage: »Wie aber konnte sie zur Ehebrecherin geworden sein, wo Gauguin sie doch nie zu seiner rechtmäßigen Gattin gemacht hatte?«

»Tohotaua ist verheiratet gewesen«, antwortete der Maori. »Allerdings nicht mit Gauguin. Vielmehr mit einem anderen Mann.«

»Mit einem anderen?«

Le Patron nickte. «Das ist es eben. Haapuani war sein Name. Er galt als ein bedeutender Zauberer auf der Insel.«

»Ein Zauberer?«

»So ist es. Einer, der weit und breit gefürchtet war.«

»Ich sagte es ja, Monsieur, Ihre Geschichte nimmt an jeder Ecke eine neue Wendung.«

Le Patron genoß die Überraschung, auch wenn es seinem Gesicht nicht anzumerken war. »Haapuani war ein Mann mit viel Talent. Er konnte gut singen, gut tanzen und auch gut schnitzen. Ko-Ke hatte ein paar seiner Skulpturen in der Hütte stehen.«

»Sie meinen, die beiden haben sich gekannt?«

»Wie haben sie sich nicht kennen können, mein Kleines, wenn du bedenkst, in Atuana, einem kleinen Dorf?«

»O ja, natürlich, wie dumm von mir.«

»Die beiden sind gute Freunde gewesen«, sagte Le Patron.

»Auch das noch, Freunde!«

»Wie meinen Sie, Madame?«

»Wo Gauguin dem Zauberer doch die Frau weggenommen hatte.«

»Weggenommen?« sagte Le Patron. »Davon kann keine Rede sein.«

»Nein? Wie das denn nicht?«

Le Patron überhörte den Einwand der jungen Blonden. »Haapuani hat sich von Gauguin malen lassen«, sagte er. »In einem roten Mantel. Auf dem Bild sieht er wie der Magier aus, der er tatsächlich gewesen ist.«

»Und zur gleichen Zeit hat sich seine Frau dem Maler hingegeben«, kicherte die Blonde. »Wie pikant.«

»Du solltest bedenken, mein Kleines, in Paris gibt es ungetreue Ehefrauen auch.«

»Schon, aber wenn es gute Freunde sind, geschieht es doch nicht allzu oft.«

»Sie sprechen von einer Sache, die Sie nicht verstehen.« Le Patron hörte sich verärgert an.

»Ich kann mir denken, was Sie sagen wollen«, meinte die Frau. »Früher einmal ist das Leben der Insulaner auf andere Weise gelebt worden.«

»Ja«, sagte Le Patron. »Bevor die Missionare kamen.«

»Ich beginne Sie zu verstehen.« Die Frau neben der Krankenschwester fuhr sich mit beiden Händen durch ihr schwarzes Haar. »Allerdings, unser Küken hier ... Sie hat noch viel zu lernen.«

Die Blonde war rot im Gesicht, als sie einen Gedanken aussprach, den die Chefin ihr nicht zugetraut hatte: »Mein Verlobter hat einen sehr guten Freund.« Sie zog ihre Hand unter der Hand der Älteren hervor. »Wenn ich mit Jean-Claude ins Bett steigen würde, ich glaube, eine Tragödie ließe sich nicht vermeiden.«

»Vielleicht«, sagte die andere. »Vielleicht auch nicht.«

»Wieviel Zeit hatte wohl vergehen müssen«, wollte die Blonde wissen, »bevor der Zauberer von dem Verhältnis Wind bekam?«

»Eine weiße Frau wie Sie wird uns braune Menschen nie verstehen.« Le Patron schüttelte bedächtig seinen Kopf. »Wir Maori leben nicht nur auf einer Insel. Wir leben in einer gänzlich anderen Welt.«

»Erklären Sie es mir«, sagte die Dame aus Paris. »Ich glaube, daß ich nahe daran bin, den Unterschied zu ergründen.«

Le Patron dachte, sie hat große Augen, dunkel und schön geschwungen, und sie sieht verletzbar aus. »Haapuani hat seine Frau dem Maler überlassen.«

»Was?« rief die Blonde, und die Dame neben ihr murmelte: »Pikant, pikant.«

Le Patron ließ sich nicht beirren. »Wenn du meine Toho begehrst, hatte er zu Ko-Ke gesagt, dann gebe ich sie dir für eine gewisse Zeit, aber nur, falls Toho dich ebenso begehrt. Dann hatte er hinzugefügt, einem Mann, den ich nicht mag, würde ich sie niemals geben, aber du bist mein Freund und wenn Toho deine Sinne in Verwirrung bringt, macht mich das stolz.«

Die beiden Frauen sahen den Erzählenden schweigend, aus großen Augen an.

»*L'amour*«, sagte er, »das ist eine heitere Sache gewesen auf unserer Insel, bevor die Missionare kamen. Die Leute haben eigentlich nur singen wollen, Spiele spielen, im Schatten liegen und sich lieben. Die Eltern haben ihre Töchter auf diese Spielereien vorbereitet. Heute wird das *l'art d'amour* genannt. Damals hatte es mit Kunst nicht das Geringste zu tun. Die Spiele waren fröhlich und naiv, sonst nichts. Es ist einer Vahine ganzer Stolz gewesen, wenn sie viele Liebhaber hat glücklich machen können. Die Ehe selbst war keine große Angelegenheit. Hier auf Hiva Oa hat jeder jeden lieben dürfen. Es ist eine Insel der Polygamie gewesen. Eifersüchteleien soll es kaum gegeben haben. Jedenfalls hat mein Großvater mir das so erzählt. Doch dann, so sagte er, sind die Weißen angekommen und mit ihnen die Syphilis, Tuberkulose, Strenge, und die Moral von dem am Kreuz. Das glückliche Leben fand ihr Ende. Mit den Tikis haben die Franzosen von der Insel alles fortgeschafft, was für meine Ahnen Schönheit war.«

Le Patron wartete eine Weile. »Eure fremdländische Strenge haben meine Vorfahren nicht gekannt. Liebe und Strenge!« Er stieß ein Lachen aus. »Das paßt ganz einfach nicht zusammen.« Er ging um den Tisch herum und holte sich die leeren Gläser. »Ich schalte jetzt das Licht ab. Es ist Zeit fürs Schlafenlegen.«

Die Frau, die ein Interesse an der jungen Blonden hatte, legte ihre Hand auf den Arm des Insulaners. Sie gab sich Mühe, es vorsichtig zu tun, damit die Teller nicht auf den Boden fielen. »Gehen Sie nicht gleich, Monsieur. Da bleiben nämlich noch zwei Fragen offen.«

Le Patron sah auf sie hinunter. »Es ist spät. Wenn Sie wollen, bringe ich die Rechnung.«

»Sie haben erzählt, Gauguin liegt nicht allein in seinem Grab«, sagte die Frau.

»Allerdings, Madame.«

»Ist das tatsächlich so? Sprechen Sie die Wahrheit?«

»Es ist die Wahrheit. Jeder auf der Insel weiß es.«

»Und Sie haben erzählt, die Frau des Zauberers liegt bei ihm.«

Der Insulaner ließ die beiden Fremden sein Nicken sehen, lang anhaltend und bedächtig.

»Und Sie haben erzählt, der Bischof habe die Hütte niederbrennen lassen.«

»So ist es, *Mesdames,* ob Sie es glauben wollen oder nicht, ist Ihre Sache.«

Die Frau mit den schwarzen Haaren stützte ihre Ellbogen auf den Tisch und legte das Kinn auf ihre Hände. »Ich weiß nicht recht ... Da will mir das eine oder andere nicht so ganz zusammenpassen ...«

Die Krankenschwester pflichtete ihr bei: »Mir geht es ebenso. Es geschah da ziemlich viel auf einmal: Letzte Ölung – heller Brand – zwei in einem Sarg. Und das zur gleichen Stunde!«

Le Patron hob den Frauen abwehrend eine Hand entgegen: »Von einer gleichen Stunde hab ich nichts gesagt!«

»Patron«, rief die Blonde, »Sie haben die Verwirrung bei uns wirklich auf die Spitze getrieben!«

Die andere lächelte zu ihm hin. »Monsieur, wir werden die ganze Nacht kein Auge schließen, wenn Sie uns nicht Antwort auf diese beiden Fragen geben.«

Le Patron stieß einen Seufzer aus: »Ich sehe schon, es wird mir nichts erspart«, woraufhin die Krankenschwester rief: »Wie kam die Vahine in das gleiche Grab?«, und die Vorgesetzte ihr die Wange zwickte: »Liebstes Kind, laß doch den Herrn der Reihe nach erzählen!«

»Also gut, der Reihe nach.« Le Patron ordnete seine Gedanken. Dann sagte er: »Nach der Letzten Ölung verlor der Bischof kaum mehr Zeit. Den Frauen auf der Treppe wurde geheißen, die Blöße der toten Tohotaua zu bedecken und ihren Leichnam in das Haus des Zauberers zu schaffen. Dann kümmerten sich die Priester um Gauguin. Sie setzten ihn auf einen Stuhl und trugen ihn davon. Die Leute auf der Treppe ließen die Köpfe sinken und trotteten ins Dorf zurück. Von weitem sahen sie mit an, wie helle Flammen aus dem Dach heraus in den Himmel schossen. Es wird erzählt, der Bischof selbst sei es gewesen, der das Terpentin des Malers über den Sündenpfuhl gegossen habe, und auch das Anzünden des Streichholzes soll auf das Konto des frommen Mannes gegangen sein.«

Die Münder der beiden Frauen standen offen, und Le Pa-

tron dachte bei sich, daß die Lippen der älteren besonders schön geschwungen waren. Er hielt die Frau für vielversprechend. »Wie aber«, ließ sich der schön geschwungene Mund vernehmen, »kamen dann um Gottes Willen der Maler und die Frau des Zauberers in das gleiche Grab?«
Über das Gesicht des Insulaners lief ein Lächeln. »Madame, die Antwort darauf sollte Sie im Grund nicht überraschen.«
»Nicht?«
»Nein. Nicht. Erinnern Sie sich nicht daran, daß Sie von mir hörten, mein Großvater Tioka sei der Tischler im Dorf gewesen?«
»Doch«, bestätigte die Blonde. »Sie haben es erwähnt.«
»Deshalb ist das Ganze leicht gewesen«, sagte Le Patron. »Sehen Sie, der Bischof hatte meinem Großvater den Auftrag gegeben, für Gauguin einen Sarg zu zimmern. Für Gauguin. Nur für ihn. Wegen Tohotaua hat er gesagt, daß sie bei den Gebeinen der Menschenfresser verrotten möge, oben vor den Tikis.« Er legte seine kantigen Hände auf den Rücken. »Nun werden Sie sich denken können, *Mesdames*, daß Tioka eine andere Meinung in dieser Sache hatte. Was so ein Fremdländischer anordnen wollte, war für meinen Großvater nicht von Bedeutung. Von großer Bedeutung aber war, daß er die sterblichen Überreste seines geliebten Ko-Ke auf seiner Hobelbank zu liegen hatte, und von gleich großer Bedeutung ist gewesen, daß die schöne Tohotaua, in ihrem Todesschlaf bewacht von Frauen aus dem Dorf, in ihrer Hütte auf die Rückkehr des Zauberers zu warten hatte. Spät in der Nacht ist Tohos Mann heimgekommen. Haapuani war den ganzen Tag draußen auf dem Meer gewesen, fischen, und so war er eben der letzte, der von der Tragödie hatte hören können. Haapuani hat die schöne Toho in seinen roten Mantel gehüllt und die Tote

in die Tischlerei meines Großvaters getragen. Der Zauberer schloß die Tür zur Werkstatt ab, und dann haben sich Tioka und der Zauberer vor die beiden Toten hingekauert und zu ihnen gesprochen. Erst haben sie geweint, aber dann haben sie mit den Tupapaus der beiden gesprochen, und deshalb haben sie auch aufgehört zu weinen. Am Ende der Nacht haben sie den Sarg gezimmert und Ko-Ke hineingelegt. Dann haben sie Tohotaua schöngemacht, mit Hibiskus und wilden Orchideen. Sie sind sehr sorgfältig gewesen mit den Blüten, und dann haben sie die Frau zu Ko-Ke gelegt, auf ihn drauf, die Vahine zu ihrem Tane, Mund an Mund, Brust an Brust, und dann haben sie den Sarg verleimt und zugenagelt. Am Morgen sind die Priester gekommen, weil sie Gauguin noch einmal ausstellen wollten, öffentlich, Sie wissen ja, wie das geht bei den Katholischen, aber die Leute aus dem Dorf haben gesagt, daß es nicht mehr nötig sei, denn ganz Atuana habe ja schon Abschied genommen, und außerdem habe Tioka den Sarg auch schon verleimt.«

»Eine ungewöhnliche Liebesgeschichte«, sagte die Frau aus Paris. Ihr Gesicht glühte jetzt.

»Und die Priester?« rief die Blonde. »Sind die nicht mißtrauisch gewesen?«

Le Patron schüttelte den Kopf. »Tohos Körper war nicht nur wunderschön, auch wunderbar schlank ist sie gewesen, dem Sarg hat die kupferrote Frau nur unmerklich Gewicht hinzugefügt, und so konnten die Priester Paul Gauguin mit ihrem ganzen Pomp begraben, wie die Kirche das so liebt, und alle Leute von Atuana waren oben auf dem *cimetière* und haben Gesichter wie aus Stein gemacht, aber innen drin haben sie gelacht.«

Le Patron sah auf den Tisch hinunter. Die Frauen saßen regungslos. Der Rock der Krankenschwester war ein wenig

nach oben gerutscht. Das Neonlicht ließ ihre schlanken Beine weiß erscheinen.
»So. Ich schalte das Licht nun aber ab«, sagte Le Patron. »Es macht siebenhundert Franc für jeden.«
Die Frau zählte zwanzig Hunderter ab und sagte, er solle den Rest getrost behalten, aber Le Patron gab ihr sechshundert Franc zurück. Dann sah er den beiden nach, wie sie in die Nacht hinausgingen. Der Himmel war jetzt etwas heller und hatte Sterne in das Samtfarbene gesteckt. Die Krankenschwester half der anderen, sich auf dem schmalen Pfad zurechtzufinden.
Le Patron schaltete die Neonröhren aus, die er einfach nur so mit Draht an den Balken festgemacht hatte. Er gab sich keine große Mühe mit dem Waschen. Als er sich auf der Matratze ausgestreckt hatte, gähnte er laut. »Tioka«, flüsterte er, »du solltest jetzt nicht denken, daß du mich strafen mußt.« Er hatte schon vor langer Zeit die Angewohnheit angenommen, mit den Tupapaus zu reden, mit den Seelen der Toten. »In der Geschichte heute habe ich Vernier nicht erwähnt, Tioka. Ich weiß, daß Pastor Vernier dein Freund gewesen ist, aber wenn ich den auch noch in die Geschichte hineingemogelt hätte und noch hinzugefügt, daß der Evangelische und der Katholische sich darum gestritten haben, wer diesen wirrköpfigen Maler begraben darf, dann wäre die Geschichte zu lang geworden. Sieh mal, Tioka, meine Arbeit heute hat kein Ende nehmen wollen, mit Fischen und mit Kochen, also, die Geschichte wäre weit über meine Geduld hinausgewachsen.«

Die Fremdländischen waren inzwischen bis zu der Steinbrücke gekommen, die über einen Bach mit dem Namen *Makemake* führt. Sie beugten sich über die breiten Stein-

quader und sahen auf das Wasser hinunter, in dem ein paar Lichter tanzten. Die Dame aus Paris lehnte sich an die Mauer und betrachtete das Mädchen von oben bis unten, ihr helles Haar, die jungen Beine. »Und du willst es wirklich nicht?« Sie wartete.
Das Mädchen senkte den Kopf. »Was meinen Sie, Madame?«
»Wenn ich erst einmal in Paris bin«, sagte die Frau, »ich glaube, daß du mir fehlen wirst.«
»Mir geht es sicher ebenso, Madame.«
»Du bist ein liebes Mädchen.«
»Ach, Madame, ich weiß es nicht.«
»Die Tür zwischen unseren Zimmern«, sagte die Frau, »im Schwesternhaus, ich werde sie heute nacht offenstehen lassen.«
Die Frau dachte, das Gesicht des hübschen Kindes, es ist wie mit Blut übergossen.
»Nun? Was meinst du, Kleines?«
»Oh, Madame, Sie sind so kenntnisreich.«
»Kenntnisreich?«
Die Blonde nickte. »Wenn Sie Unaussprechliches in Worte kleiden.«
»Denk nur mal an die Geschichte von dem Zauberer«, sagte die Dame, »dieser Eingeborene, und gibt dem Gauguin die eigene Frau!«
»Ja, es ist eine ungewöhnliche Geschichte.«
»Wie ist es, Robertine, ob dein Maurice zu einer so großherzigen Handlung fähig wäre?«
»Ich weiß es nicht, Madame. Wie soll ich es denn wissen?«
Die andere stieß ein Lachen aus. »Stell dir nur mal vor, dein Maurice, und er legt dich zu mir in den Sarg.«
»Madame, ich bitte Sie, es ist makaber.« Sie wollte hastig

weitergehen, aber ihre Bewegungen waren jetzt anders als vorhin auf dem Weg zur Brücke.

»Ich bin ein wenig nachtblind«, sagte die Frau. »Der holperige Pfad macht mir Schwierigkeiten.« Sie blieb stehen. Es dauerte eine Weile, aber dann kam die andere aus dem Schweigen und aus der Dunkelheit zurück. Sie stellte sich vor die Frau mit dem schwarzen Haar und ließ die Arme leblos hängen.

»Du bist ein gutes Mädchen«, sagte die Dame. »Ich werde dir einen Posten in Paris beschaffen.«

»Es ist spät, Madame«, sagte die Blonde. »Wir sollten weitergehen.«

»Wie wär's, wenn du mich führen würdest«, sagte die Frau.

Die andere nahm ihre Hand.

»Du zitterst«, sagte die Frau, »und du hast eine zarte Haut. Es gibt keinen Grund, daß du so zitterst.«

Die Blonde hob die Schultern. Es war nur eine leichte Bewegung, und sie hielt den Kopf dabei gesenkt. Die Frau aus Paris sagte sich: »Dieses entzückende kleine Luder, sie hat sich selbst die ganze Zeit was vorgemacht.«

Abschied

Gestatten Sie, verehrte Leser, daß ich Ihnen sage, wer ich bin. Unrast ist der Name, Vorname August, und aus der Geliebten früher Jahre, deren Bild ich mit dieser Erzählung malen will, wurde die Erinnerung an Zauber, Anmut, Rausch, Unerfahrenheit, Verwunderung und unstillbaren Schmerz.
Wir sind beide jung gewesen damals, auf eine Weise jung, die mich in meinem Alter heute, wo ich dies niederschreibe, lächeln macht, oftmals aber dann auch wieder weinen.
Ich war siebzehn. Tina kaum zwei Jahre älter. Als wir uns verliebten, sind wir beide scheu gewesen, Tina ebenso wie ich, schwindlig, manchmal atemlos. Es war der Winter von '43, das Jahr des Überwindens unserer Unerfahrenheit.
Wenn ich ungestüme Worte für das Wunder ihres Körpers finden wollte, öffnete sie mit einem stillen Lächeln ihren Mund. Als sie mir erlaubte, sie zu lieben, sah ich in ihren Augen Lichter tanzen. Bis heute kann ich den Tanz der Lichter nicht vergessen.
Es war im gleichen Winter, dem von '43, als Berlin zugrunde ging. Bomben zerfetzten alle Tage, alle Nächte, ließen Häuserzeilen brennendrot zu Trümmern werden, zwischen halbaufgerichteten Ruinen stank es nach versengtem Fleisch, und von den Überlebenden gab es nicht viele, die sich eingestanden, »wir haben unser Land Verbrechern überlassen. Jetzt legt man uns die Rechnung vor.«

Tina sagte: »Ich werd dich vor dem Tod durch Bomben schützen müssen, in einem kleinen Haus, zwischen Kartoffeläckern, bei der Endstation der Straßenbahn.« Sie sagte: »Auf Miserables, wie's rostende Schienen nun mal sind, werfen Flieger sicher keine Bomben.«
Beim Stapfen durch den Schnee, einem unscheinbaren Dach entgegen, von der Trambahn in halber Dunkelheit ewig weit entfernt, hörte ich auf kurzem Atem Tina sagen: »Das Haus hat meinen Eltern mal gehört. Es ist zum Erbe geworden für ein Mädchen, das die beiden auf Händen hatten tragen wollen, weit über das Ende dieses Krieges hin, in ein neues Leben. Doch das war ihnen nicht vergönnt. Das Schicksal hat sie sterben lassen. Es ist jetzt fast schon ein Jahr her.«
Überall im Haus hingen Bilder von den beiden. Die Frau in Tinas Silberrahmen hat ein zartes Lächeln. Ich find sie schön. Ihr Trikot ist eng. Und bunt. So bunt wie das Zirkuszelt, vor dem sie steht. Auf manchen Bildern schwingt sie am Trapez. Einmal stürzt sie, lang ausgestreckt, im freien Fall einem Mann entgegen. Der Mann sieht mir wie Tinas Vater aus. Er streckt die Arme vor sich hin, der Frau in ihrem Sturz entgegen. Ich suche im Gesicht des Mannes nach einem Hinweis auf Artistentod. Auf Schreckliches in Sand und Sägespänen. Nein, läuft mir der Gedanke durch den Kopf, Tinas Vater sieht nicht wie einer aus, der dem Schicksal es gestattet, die Geliebte seinen Händen zu entreißen.
In jener Nacht, ebenso wie in den Nächten, die dann kamen, lagen wir mit offenen Augen wach. Hielten uns aus Sorge, und im Erregtsein unserer jungen Liebe, eng umschlungen. Lauschten den Kindern des vereisten Windes. Erschauerten bei dem Gesang.
In meinem Taumel, vor dem Feuer ihres Seins, hörte ich

ihr Flüstern, nah an meinem Ohr: »Nicht so stürmisch, Junge! Zart!«
Manchmal liebte mich ihr Mund.
Ihr Kuß ist tief in meine Seele eingebrannt.
Was ich von der Liebe weiß, weiß ich von ihr.

Beim Ergrauen früher Morgen fuhr uns die Straßenbahn in eine andere Welt. In die Welt des Scheins. In die Welt des Films. Bei meiner Rolle ging's um einen, der meist fröhlich war. Stets zu Scherzen aufgelegt. Tina verdiente sich, was sie zum Leben brauchte, in der Komparserie.
Ich fand sie die Schönste unter allen.
Wenn ich meine Drollereien losließ, bei dem blauen Zischen großer Kohlelampen, vor der Kamera, stand sie, in tiefdunklen Schatten mehr zu ahnen als zu sehn, an eine Studiowand gelehnt. Als die Beleuchter Pause machten, ging ich zu ihr hin: »Tina ... warum sind deine Eltern tot?«
»Truppenbetreuung«, sagte sie, »für Soldaten an der Ostfront, mit dem ganzen Zirkus, in einem Dorf bei Stalingrad.« In ihrer Stimme klang nichts Weiches. »Wer zurückkam, war nicht mehr am Leben, wurde hier bei uns begraben, in langer Reihe, Sarg an Sarg, Clowns, Jongleure, Löwenleute, alle.«
Ich ging aus dem Dunkel in das Licht zurück. Weil ich nicht wußte, was ich sagen sollte, ging ich aus der Häßlichkeit der Studiowand in Drollerei und Licht zurück.

Tina.
Manchmal hatte sie in einem anderen Film zu sein. An solchen Tagen, wenn sie nicht da stehen konnte, in dem Dunkel an der Wand, spürte ich Verlassenheit.

In einer Mittagspause rief ich Muttern an. Im Osten. Am entgegengesetzten Ende unserer Stadt. Mutter sagte: »Deine Schwester hat sich den 24. Dezember für die Hochzeit ausgesucht. Ihr zukünftiger Göttergatte kommt nächste Woche von der Front zurück. Im Anschluß an die Trauung steigt ein großes Fest. Das heißt, falls wir den Mittagsangriff überleben.«
Am Tag der Hochzeit, Heiligabend, brachte ich Tina mit der S-Bahn in mein Elternhaus.
Vater rief: »Junge, was bist du groß geworden!«
Mutters Augen sahen müde aus, als sie das Mädchen neben mir betrachtete: »Sei mir willkommen, Tina.« Mutter ging sehr behutsam mit ihr um.
Dann stürmte Opa in die gute Stube. Er sah Tina, pfiff durch die Zähne und ging in einem weiten Kreis um sie herum. »Meeken«, sagte er, »Meeken, ich bin ein Bewunderer der Weiblichkeit. Du hast ein Gesicht wie von Michel Angelo in Stein gemeißelt. Eine schlanke Taille. Ein hohes Gesäß. Und einen herrlich runden Titt.«
Oma schlug die Hände vors Gesicht. »Vater! Du machst die Kleine ganz verlegen!«
»Unsinn!« rief er. »Wenn ich jetzt sagen würde, Mutter, du hast einen herrlich großen Titt, wärst du keineswegs verlegen. Viel eher würdest du zum nächsten Spiegel laufen, nachsehen, ob ich übertreibe!«
Tina lachte und hauchte dem alten Mann einen Kuß auf seine Backe.

Mittags gab es eine Weihnachtsgans. Meine Schwester sagte: »Bernd hat sie bei einem Bauern im rumänischen Frontabschnitt gegen Zigaretten eingetauscht.«
»Alle mal herhören!« rief Opa. »Zur Feier des Anlasses werde ich jetzt den neuesten Witz zum besten geben.«

»Dem Himmel sei Dank«, murmelte Oma, »ich dachte schon, er wollte mal wieder das Tischtuch unter den Tellern wegzaubern.«
»Wie muß die deutsche Weihnachtsgans beschaffen sein?« Opa sah sich in der Runde um. »Keiner weiß es? Ist doch ganz einfach«, rief der westfälische Eisenbahner, neuerdings im Ruhestand: »Fett wie Göring, schnatternd wie Goebbels, braun wie die Partei und gerupft wie das deutsche Volk.«
Ein jeder in der Stube schwieg betreten, nur Vater murmelte: »Wie wahr.«

Abends kamen Nachbarn und ein paar Freunde. Wir rollten den Teppich auf, und Mutter setzte sich ans Klavier. Es war ein wenig verstimmt.
Alle Männer wollten nur mit Tina tanzen. Meine Schwester beugte sich über mich in meinem Stuhl: »Deine erste Liebe, Bruderherz! Sie ist wundervoll. Wo hast du sie nur aufgetrieben?« Dann forderte sie: »Damenwahl!« Und holte sich mein Mädchen.
Opa rief: »Polka, Guste! Spiel mir eine Polka!« Und dann tanzten wir alle. Wir sprangen durch das Zimmer, der Fußboden bebte, ein paar Bilder fielen von den Wänden, der Perpendikel der alten Standuhr klirrte an die Scheibe seines hochgestreckten Käfigs, und dann heulten die Sirenen. Oma sagte: »Gott sorgt schon dafür, daß die Bäume nicht in den Himmel wachsen.«
Im Luftschutzkeller stand ein geschmückter Weihnachtsbaum. Auf Gartenstühlen lagen kleine Gaben. Tina rief: »Oh, unsere Geschenke sind noch oben in der Wohnung. Ich hole sie schnell runter.« Sie lief durch die Luftschutzschleuse zur Treppe. Ich sah ihr Haar aufleuchten, sah den Schein der Taschenlampe die Wand entlang-

laufen, dann sprang das Licht die Treppe hoch, ich hörte Tinas Schritte – – – und dann hörte ich den Schrei der Bombe.
Das war der Tod.
Der Schlag.
Die Detonation.
Das Bersten.
Das Beben.
Zerfetzte Luft.
Zerfetzte Ohren.
Ein zerfetztes Leben.
Mein zerfetztes Leben.
Das Ende der Welt.
Das Ende meiner Welt.
Da war ein Sog. Er nahm mir alle Kraft. Warf Staub in meine Lungen. Schleuderte mich durch die Finsternis. Über Treppenstufen. Gegen eine Wand.
Danach kam Licht. Herrliches Licht. Hinter dem Licht stand Vater: »Kannst du mich hören, Junge?«
»Ja, Vater ... Sind wir tot?«
»Nein. Nicht tot. Allerdings ... die Großeltern hat es schwer erwischt.« Er ließ den Schein der Taschenlampe über meinen Kopf und Rücken laufen. »Bist du verletzt?«
»Meine Rippen, Vater. Sie werden wohl gebrochen sein. Den Schmerz kenn ich. Vom Boxen. Wie Messer ist das. Messer in den Lungen.«
Der Schein der Lampe über mir wollte zu der Treppe wandern. Doch er kam nicht weit. Durch schwarzen Staub kann Licht nicht scheinen.
Vater zog mich hoch. Wir tasteten uns zur Luftschutzschleuse hin. Die Stufen dahinter waren voller Schutt.
Tina ...
Vater griff nach meinem Arm, aber ich wollte nach oben.

Tina!
Ich kroch über den Schutt und stieß auf einen Klotz Beton.
»Tina!«
»Wir werden nach ihr suchen gehen, Junge. Aber erst mal müssen wir hier raus. Und das hängt ganz allein nur von uns beiden ab.« Vater konnte nicht richtig sprechen, denn der schwarze Staub steckte tief in seiner Kehle. Ich kroch zu ihm und legte mein Ohr an seinen Mund.
»Wir sind verschüttet, Junge«, kam sein Flüstern. »Über uns müssen Trümmer liegen. Ich vermute, daß die brennen. Faß an die Betondecke, und du kannst die Hitze spüren. Bald wird's auch heiß hier unten sein. Und unser Sauerstoff geht dann zu Ende.« Er hustete. »Ich habe die Schotten untersucht. Auf allen Ausstiegen liegt Schutt. Auf allen. Nur auf diesem nicht ... hier ... dem gleich hinter dir.«
Seine Lampe leuchtete zum Ausstieg hoch. Ich sah schwarzen Staub in ihrem Kegel wirbeln. »Von oben her kommt Luft zu uns, mein Junge. Ohne Luft würde der Staub nicht wirbeln.«
Vater sagte, sein Körper sei zu mächtig für den engen Schacht. Er hob mich in das Loch hinein. Ich stieß an ein Eisengitter über mir und krümmte mich zusammen. Die Messer stießen wieder zu. Ich wurde ohnmächtig. Vor Schmerz.
Als ich wieder zu mir kam, spürte ich kühle Luft auf dem Gesicht. Ich wollte hoch zu dieser Luft, aber mein Kopf stieß an das Eisengitter. Brocken von Schutt lagen darauf. Über den Trümmern konnte ich einen feuerroten Himmel sehen.
Vater stöhnte auf. »Das ist die Rettung, Junge! Links und rechts an dem Eisengitter gibt es Riegel. Wenn du daran ziehst, gehen die Scharniere auf. Siehst du die Riegel?«

»Ich kann sie fühlen.«
»Zieh daran!«
»Ich glaub, die sind verrostet.«
»Hier ist ein Hammer. Schlag sie auf!«
Ich schlug die Riegel aus den Scharnieren und preßte meinen Rücken unter das Gitter, wollte es nach oben stemmen, doch der Schmerz in meinen Lungen ließ das nicht zu, und das Gitter ließ sich nicht bewegen.
»Auf dem Gitter liegt ein Haufen Schutt«, rief ich nach unten. Vater schob eine Eisenstange zu dem schwersten Brocken hoch. »Mal sehen, ob wir den wegrollen können.«
Wir stemmten und stemmten und stemmten, aber der Brocken gab nicht nach. »Vater«, wollte ich schon sagen, »es geht nicht«, doch dann ist durch meinen schmerzzerrissenen Kopf das Bild des Oberbeleuchters bei der Ufa geschossen, und ich hab ihn wieder sagen hören: »Jeht nich – jibt's nich«, und da hab ich lachen müssen. Von unten riefen sie, im halben Irresein von Angst: »Was gibt's um Himmelwillen jetzt zu lachen?« Und es war im gleichen Augenblick, daß der Trümmerklotz beiseite rollte.
Vor Schmerz aufbrüllend, drückte ich das Gitter nach draußen und räumte mit den Händen den Schutt beiseite und zog die Verzweifelten aus dem Keller an die rauchvergraute Winterluft.
Vor dem flammenden Himmel stand nur noch die Hausfassade, stand bis rauf zum dritten Stock. An der Fassade hing unser Balkon. Ohne jeden Sinn. Neben einem Stück zerborstener Mauer brannte hell ein Bild. Ein Aquarell. Zwischen seinem Rahmen wuchsen Birken. Die Flammen leckten an den Wasserfarben und fraßen das Birkenwäldchen auf.

Ich wußte nicht, auf welcher Seite der Fassade Tina sein konnte, und stolperte über Mauerbrocken, taumelte durch heißen Schutt, spürte die Hitze unter meinen Sohlen und rief laut den Namen meiner Geliebten durch die rote Nacht.
Ich hörte die Sirenen der Schnellkommandos, kletterte ganz nach oben auf den Trümmerberg und konnte sehen, wie sie Verletzte in Rettungswagen hoben. Draht aus einer brennenden Matratze griff nach meinem Fuß. Ich stürzte über den Schutt und preßte meine Stirn gegen eine zerfetzte Badewanne und rief: »Tina, ich habe Angst. Tina! Steh jetzt bitte auf der andren Seite von dem Schutt. Sieh mich hier oben liegen. Lach ganz laut mal über mich. Und ruf zu mir runter: ›Dummer Junge, du! Es ist doch alles gut!‹«
Vor einer hellen Wolke Rauch wühlten Männer in den Trümmern. Sie hatten Wehrmachtsuniformen an. Einer rief: »Hat sie ein grünes Kleid getragen? Ich meine, dieses Mädchen, das du suchst?«
Was? Welche Farbe? Welches Kleid? Ich wußte es nicht mehr.
»Komm rauf«, rief der Soldat. »Hier liegt jemand in einem grünen Kleid.«
Ich hastete den Berg hinauf.
Wir hoben einen Balken beiseite, und ich sah..., daß es... Tina war.
Ich fühlte nach ihrer Halsschlagader. Der Puls war schwach.
»Ihre Beine sind zerschmettert«, flüsterte der Mann in Uniform.
Tina hatte die Augen geschlossen. Ich wischte ihr das Blut von den Lippen, aber das nützte nichts, denn es floß immer neues Blut aus ihrem Mund. Sicher wird noch alles gut, hab ich zu ihr gesagt, denn ich sei ja bei ihr, ich würde

sie auf keinen Fall verlassen, sie dürfe das aber auch nicht tun, mich verlassen, doch sie hat mich nicht gehört.
Wenn ich sie küsse, hab ich mir gedacht, dann wacht sie auf, bisher ist sie noch immer aufgewacht, da konnte sie schlafen, so fest sie wollte, aber wenn ich sie geküßt habe, ist sie aufgewacht.
Ich habe sie geküßt, bis kein Blut mehr auf ihren Lippen war, aber sie ist nicht aufgewacht.
Dann habe ich gemerkt, daß ihr kalt geworden ist, und da habe ich mich neben sie gelegt und mich ganz fest an sie gedrückt und habe meine Hände warm gerieben, und als die richtig warm geworden waren, habe ich meine Hände auf ihr kaltes Gesicht gelegt und dann habe ich sie noch einmal geküßt und da habe ich gefühlt, daß sie tot war.

Als es Tag werden wollte am Himmel, fuhr ich mit der Straßenbahn zur Endstation und lief zum Dach am Wald und suchte im Schnee nach unseren Spuren. Tauwetter hatte eingesetzt, und die Spuren waren nur noch runde Löcher.
Später, irgendwann viel später, ging ich ins Haus und legte mich aufs Bett. Ich schloß die Augen und preßte ihr Nachthemd auf mein Gesicht und atmete den Duft ihres Körpers ein und wartete darauf, von ihr zu träumen. Doch sie ist nicht zu mir zurückgekommen. Am nächsten Morgen war auch das Zimmer tot.

Zwischen den Jahren nahmen wir die Dreharbeiten wieder auf. Der Regisseur sah mich traurig an: »Sollte ich dich nicht lieber nach Hause schicken?«
»Ich habe kein Zuhause mehr«, sagte ich. »Mein Zuhause war bei Tina. Ganz gleich, wo wir gewesen sind, in welcher

Stadt, an welchem See, in welchem Haus.« Ich spürte, wie das Weinen kam. Als der Regisseur die Tränen sah, strich er mir übers Haar und ging leise aus der Tür.

Vor einem Grabstein mit den Namen von Tinas Eltern hockten zwei sowjetische Kriegsgefangene. Sie trugen diese speckigen, wattierten Jacken und hatten Lappen um die Füße gewickelt. Ich nahm ihnen die Spitzhacke ab und einen Spaten. Die beiden setzten sich unter eine Weide und sahen mir bei der Arbeit zu. Der Boden war hartgefroren. Nach jedem Hieb mit der Spitzhacke krümmte ich mich vor dem Schmerz in meinen bandagierten Rippen, aber ich konnte nicht zulassen, daß andere Männer die Erde berührten, mit der ich Tina zudecken wollte.

In der Friedhofsverwaltung gaben sie mir die Urne. Und eine Rechnung. Ein Geistlicher kam in das Büro, und ich sagte: »Oh, Herr Pfarrer! Könnten Sie bitte mit mir kommen und einer Verstorbenen den Segen geben?«
Der Priester sah krank aus. Er deutete auf die Urne in meinen Händen: »Dies stellt einen Verstoß gegen die Glaubenslehre dar.«
In seinen Augen las ich keine Güte.
»Wir glauben an die Unsterblichkeit der Seele und an die Auferstehung des Fleisches. Wir haben den Heiland leiblich bestattet, mein Sohn, wir haben ihn nicht verbrannt. Die Heilige Kirche verbrennt ihre Toten nicht.«
»Es waren die Behörden, Hochwürden! Man hat mir die Tote weggenommen.«
Der Priester sah mich zweifelnd an.
»Die Behörden haben sie eingeäschert, ohne mich zu fragen, und außer mir gibt es niemanden mehr, den sie hätten fragen können.«

Der Priester dachte nach. »War die Verblichene eine gläubige Anhängerin unserer Heiligen Kongregation?«
»Nein.«
»Nicht?«
Ich schüttelte den Kopf. »Aber sie hat so gerne Ihre Gotteshäuser besucht. Und das Kreuz geschlagen. Sie wollte so wie andere Gläubige sein.«
»Nun wohl ... Sehr schön, mein Sohn. Es ist mir jedoch versagt, der armen Seele das letzte Geleit zu geben. Wie gesagt, wir verbrennen unsere Toten nicht.«
Ich ging zum Fenster und deutete auf die Rauchschwaden über der Stadt. »Wie ist es mit Ihren Gläubigen, die dort verbrennen, Hochwürden? Bleibt denen der letzte Segen ebenso versagt?«

Ich stellte ihre Urne in die kleine Grube und warf bröckelige Erde darüber und drückte die Erde mit meinen Fäusten fest. Dann ging ich über die Straße zur Friedhofsgärtnerei. Sie hatten nur noch Alpenveilchen. Ich stellte den Topf auf ihr Grab und schlug das Kreuz. Die beiden Russen schlugen auch das Kreuz und drückten mir die Hand und nahmen ihr Werkzeug und schlurften über den Kiesweg zur Verwaltung.
Ich wartete, bis die Russen mich nicht mehr hören konnten. Dann sagte ich zu den Blumen: »Tina, mir ist das Herz kein bißchen schwer. Wenn die Leute traurig sind, dann sagen sie doch immer: ›Mir ist das Herz so schwer.‹ Bei mir ist das anders. Mein Herz ist leicht. Ich laufe herum, als wäre ich mein eigener Geist. Wirklich wahr. Ich laufe und spiele meine Szenen, und die Beleuchter denken, ich sei bei ihnen vor der Kamera, aber ich bin nicht wirklich bei den Leuten. Ich bin bei dir. Das ist wie tot sein und trotzdem auf der Erde bleiben.

Tina, die Leute sind wie große Uhren. Sie ticken sich durch die Zeit. Meine Uhr ist stehengeblieben. Heiligabend. Bei dem Stehenbleiben deiner Uhr.«
Und ich sagte: »Deshalb ist mein Herz so leicht. Ich glaube, ich habe keines mehr.«

*Heute vor ein
paar tausend Jahren*

»Sprechen Sie mit mir«, sagte die Frau. »Ich komme aus einer Welt, in der Menschen miteinander sprechen.« Eine dunkle Brille deckte die obere Hälfte ihres Gesichtes zu.
»Wenn Sie wollen, schiebe ich Ihren Sitz noch ein Stück zurück«, sagte der Pilot. »Dann können Sie ein wenig dösen. Die Strecke vor uns ist noch lang.« Er sah aus dem Fenster. Der Urwald schien endlos, wie bei allen Flügen der letzten Jahre. Es war November und erst zehn Uhr morgens, und doch wollte der Himmel schon weiß werden. Nordwestkurs lag an. Sie flogen also von der Sonne fort, die Tragflächen des Hochdeckers sorgten für Schatten in der Kanzel, und trotzdem wurde es bereits heiß.
»Wissen Sie, daß Sie faszinierende Augen haben?« fragte die Frau.
»Nein«, sagte der Mann.
»So hell«, sagte die Frau. »Nicht blau wie bei anderen Deutschen. Ihre Augen sind hell-hell-hell. Hat Ihnen das noch nie jemand gesagt?«
»Doch«, nickte der Mann.
»Als Sie sich gestern abend vorstellten, war die schäbige Hotelhalle angefüllt mit Ihren Augen«, sagte die Frau. »Wie ein Schuljunge haben Sie auf dem Ledersofa gesessen. Mit kurzen Hosen und dünnen Beinen und läppischem Empfehlungsschreiben und diesen verwirrend hellen Augen.«

Der Pilot sah auf seine Instrumente.
»Wie kommt es, daß Sie keine Sonnenbrille tragen?« fragte die Frau. »Der grelle Himmel hier ist mörderisch.«
»Ich bin daran gewöhnt«, sagte er. »Solange wir die Sonne im Rücken haben, fliege ich immer ohne Brille.«
»Und wenn Sie der Sonne folgen müssen?«
»Dann brennt sie tief in mich hinein.«
»Schmerzt das?« fragte sie.
»Ja«, sagte er, »ganz tief hinter den Augen. Und selbst dahinter ist noch sehr viel Raum für Schmerz.« Er sah auf seine Instrumente.
»Wie kommt ein deutscher Schuljunge nach Brasilien?« wollte die Frau wissen.
Der Pilot hob die Schultern. »Ich war einmal in Ferien hier. Vor sieben Jahren. Es hat mir gut gefallen. Nicht lang danach bin ich zurückgekommen.«
»Was gefällt Ihnen an diesem Land so sehr?« fragte sie.
»Die Endlosigkeit«, sagte er. »Nach Nord. Nach Süd. Nach Ost. Nach West. Endlos.«
»Und das reicht? Ich meine, für ein Leben?«
»Darüber habe ich noch nicht nachgedacht.«
Die Frau lachte. »Dann denken Sie mal nach.«
»Ein Pilot hat Zukunft hier«, sagte der Mann schließlich.
»Sie sind so unbeschreiblich jung«, gab die Frau zu bedenken. »Sicher gäbe es für Sie auch in Europa eine Zukunft.«
Er schüttelte den Kopf. »Brasilien gibt mir vieles, was Europa mir nicht geben kann.«
»Und das wäre?«
»Mystisches. Rätselhaftes. Begegnung mit dem Unerklärbaren.«
»Und davon lassen Sie sich gefangennehmen?«
Er lachte zu der Frau in ihrem Sitz: »Gefangen? Senhora, Sie haben für mich das falsche Wort gewählt.«

Die Frau sah von ihm fort. »Sie sind so schweigsam gewesen den ganzen Morgen. Ich hatte Grund zu glauben, Sie könnten mich nicht leiden.«
»Im Gegenteil«, sagte der Deutsche. »Mehr als Gegenteil.«
»Soll ich das als Kompliment verstehn?«
»Unbedingt«, sagte er. »Ich finde Sie sehr anziehend.«
»Das ist schön«, sagte die Frau. »Das ist vielversprechend.« Sie sah durch den Kreis des Propellers vor der Motorhaube. »Wie hoch sind wir wohl über diesen Bäumen?«
»Neuntausend Fuß«, sagte der Pilot. »Rund dreitausend Meter.«
»Aus dieser Höhe sieht der Urwald aus wie Petersilie«, sagte die Frau.
Der Mann lachte. »Kein schlechter Vergleich.« Er nahm die Karte von seinen Knien und deutete nach vorn. Durch endloses Grün schlängelte sich ein helles Band. »Rio Araguaya«, sagte er.
»Ein Fluß ähnelt hier dem anderen«, sagte sie. »Es gibt keine Straße, nach der Sie sich orientieren könnten, keine Eisenbahn und nirgendwo ein Dorf. Nichts als verfilzter Wald. Wie wissen Sie denn da um Gottes willen, wo wir uns befinden?«
Der Mann lächelte in Richtung Fluß. »Wer Jott verrrtrrraut und Brrretter klaut, der hat 'ne billje Laube«, sagte er. »Ein ostpreußisches Sprichwort. Die einzige Hinterlassenschaft meines Vaters, von ein paar anderen dummen Redensarten abgesehen.«
»Leben Ihre Eltern in Brasilien?« fragte sie.
»Nein«, sagte er. »In Nürnberg. Mein Vater ist Beamter.«
»Bekommen Sie oft Post?« fragte sie.
Der Pilot nickte. »Meine Mutter schreibt schöne Briefe. Mit einer steilen Schrift. Die Buchstaben sind so eng wie die Straße, in der sie wohnt.«

Die Frau räkelte sich in ihrem Sitz. »Ich glaube, ich werde jetzt ein wenig dösen. Stört Sie das?«
»Keineswegs«, sagte der Mann. »Ich bin es gewohnt, mit mir allein zu fliegen.«
Er fiel ab auf Kompaßkurs Drei Null und hörte seinem Motor zu. Die runden Knie der Frau waren voller Sommersprossen.
»Heute früh«, sagte sie unverhofft, »auf dem Flugplatz, als ich Ihre Maschine sah, wollte ich nicht einsteigen.«
»Sie haben nicht länger als achtzehn Minuten gedöst«, sagte der Buschpilot.
»Neben den Düsenriesen wirkt Ihr Flugzeug irgendwie zerbrechlich«, sagte sie.
»Da können Sie recht haben«, lachte der Pilot.
»Der schiere Wahnsinn«, sagte sie, »ein Spielflugzeug mit einem einzigen Propeller.«
»Zweimotorig würden wir uns den Hals brechen auf der Wiese, zu der Sie wollen«, sagte er.
»Wieso?« fragte sie.
»Die Lichtung am Tapajós ist sehr kurz«, sagte er, »und hat keine Piste. Zweimotorig würden wir allenfalls reinkommen. Aber wieder raus?« Er schüttelte den Kopf.
In dem Cockpit roch es nach altem Öl und nach Benzin. Die Nadel auf dem runden Blatt des Außenthermometers stieg eilig nach rechts. Von der Nase der Frau lief ein wenig Schweiß zu ihrem breiten Mund hinab.
»Haben Sie dieses Flugzeug schon lange?« fragte sie.
»Sieben Jahre. Seit ich in Brasilien bin. Ich habe es mir selbst aufgebaut.«
»Wie meinen Sie das?«
»Aus zwei alten Maschinen habe ich mir eine neue zusammengesetzt.«
»O Gott«, sagte die Frau.

»Sie brauchen keine Angst zu haben«, sagte der Mann, »es ist ein sehr stabiles Flugzeug. Eine Hundertneunzig. So was stellt heute keiner mehr her. Der Motor ist laut, also stark. Und das Fahrwerk ist robust. Außerdem haben wir ein Spornrad. Überschlagen ist ausgeschlossen.«
»Spornrad?«
Der Pilot nickte. »Hinten. Unter dem Leitwerk. Im Gegensatz zum Bugrad, also vorn. Wenn Sie mit einem Rad vorn ein Fuchsloch erwischen, bei der Landung, oder einen Maulwurfshügel, bricht es weg. Sie überschlagen sich. Uns kann das nicht passieren. Mit einem Spornrad landen wir so gut wie überall. Wenn's nicht zu schlimm kommt, auch auf einem Acker.«
»Wie beruhigend.« Die Stimme der Frau war leise. Sie nahm ihre Sonnenbrille ab. »Ich hätte in Rom bleiben sollen.«
Der Mann sah sie an. »Als ich zu Ihnen bestellt wurde, zur Vorstellung in dem Hotel, gestern abend, hat der Hotelbesitzer mir gesagt, Sie seien Journalistin.«
Die Frau nickte. In ihrer Handtasche fand sie ein blütenweißes Taschentuch. Sie tupfte sich den Schweiß aus den Augenwinkeln. Wimperntusche malte Krähenfüße unter ihre Augen. Der Mann fand ihr müdes Gesicht ... berührenswert. »Was wollen Sie am Tapajós?« fragte er.
»Einem Gerücht auf den Grund gehen«, sagte sie. »Die internationalen Nachrichtendienste melden, daß die wilden Indianerstämme im Inneren des Landes ausgerottet werden.« Der Blick zu ihm war prüfend. »Halten Sie das für denkbar?«
Der Pilot sah durch das zerkratzte Plexiglas seines Fensters. »Ja«, sagte er.

»Halten Sie es für denkbar, daß Flugzeuge der brasilianischen Regierung Säcke mit vergiftetem Reis bei Indianerdörfern abwerfen?«
»Nein«, sagte er. »Warum sollte die Regierung so was tun?« Er schwieg eine Weile. Schließlich sagte er: »Indios werden auf andere Weise umgebracht.«
Die Hand der Frau suchte nach einem kleinen Notizblock in der Tasche des Khakihemdes über ihren Brüsten. »Erzählen Sie mir, wie!«
»Es gibt den Tod durch Kautschukpflanzer. Die Kerle gehn auf Menschenjagd.«
»Wie soll ich das verstehn?«
»Treibjagden«, sagte der Mann. Er lehnte seinen Kopf an das zerkratzte Fenster. Bei 9000 Fuß sah die grüne Matte unter ihm tatsächlich wie Petersilie aus. »Nur schießen die Pflanzer schon lange nicht mehr auf Fasane. Sie jagen Indios durch den Busch. Und knallen sie ab. Wie Hasen.«
»Das kann nicht wahr sein!« rief die Frau.
»Wahr? Wenn Sie wüßten, was da unten alles wahr ist...« Er streckte seinen Rücken so weit nach hinten aus, wie der Sitz aus Eisenrohr und Zeltplane es erlaubte. »Es geht mich nichts an, aber Sie hätten nicht nach Brasilien kommen sollen. Der Auftrag, den Sie haben, ist kein Auftrag für eine Frau.«
Mundo macho«, lachte die Journalistin. »Mein Boß hätte einen Mann schicken sollen, oder?« Das Lachen klang hart. Sie nahm einen Fotoapparat aus der Tasche zu ihren Füßen.
»Ja«, sagte der Pilot. »Ein Mann wäre geeigneter gewesen.« Es machte ihm nichts aus, fotografiert zu werden. Er sah auf die Uhr. Dann nahm er das Mikrophon vom Haken und drückte auf die Sprechtaste. »Belém Control von Papa Papa Delta Victor Yankee. Stundenreport. Neuntausend.

Kurs Drei Null. Sonst nichts Neues. Gibt's bei euch was Neues?«

»Auch nichts Neues«, sagte die Stimme aus Belém. Der Pilot hängte das Mikrophon zurück an den Haken.

»Halten Sie es für denkbar, daß Frauen auf einigen Gebieten ebenso erfolgreich sein können, wie es Männer manchmal sind?« fragte die Journalistin.

»In Rom ja. In Rio auch«, sagte der Mann. »Am Tapajós nein.«

Die Zeit lief über das schwarze Zifferblatt der Borduhr. Der Pilot war dankbar für ein wenig Schweigen. Die Sonne stieg auf Mittag zu. Sie hatte sich nach vorn gedrängt. Die ersten Ränder ihrer steilen Strahlen brannten durch das Plexiglas.

»Wollen Sie wissen, warum ich Sie gechartert habe und nicht einen der anderen Piloten, die sich vor mir aufreihten?« fragte die Journalistin.

»Nein«, sagte der Pilot, »ich bin nicht neugierig.«

»Oh, jetzt ist der Schuljunge verärgert!« Die Frau lachte. »Seine Unterlippe steht nach vorn. Entzückend!« Sie lehnte sich in den Sitz aus Eisenrohr und Zeltplane zurück. »Der Hotelmensch sagt, Sie hätten ziemlich lange unter Indios gelebt. Stimmt das?«

Der Mann nickte.

»Er sagt, Sie könnten sprechen wie ein Indio.«

»So gut wie jeder Stamm hat seine eigene Sprache«, sagte der Pilot.

»Und Sie sprechen einige davon?« fragte sie.

»Nur eine.« Sein Hemd klebte naß auf seinem Rücken. Er deutete mit dem Kopf auf den Urwald ohne Ende. »Sie werden sich da unten einsam fühlen.«

Die Frau folgte seinem Blick. »Das wäre keine Neuigkeit in meinem Leben.«

Der Mann nahm die Fliegerkarte. »Eine andere Art von Einsamkeit«, sagte er leise. »Die Einsamkeit des sprachlosen Denkens.«
Er holte die heiße Luft in seine Lungen.
»Was erwartet mich da unten?« wollte die Journalistin wissen. »Ich meine, mich, als Frau? Als weiße Frau? Werde ich meinen Buschpiloten anzuflehen haben, mich zu schützen? Die unzivilisierte Brunft wilder Indianer von mir abzuwenden?«
Der Pilot legte seinen Kopf von einer Seite auf die andere.
»Es war nicht ernst gemeint«, sagte die Frau.
»Will's hoffen«, sagte der Pilot.
Die Frau lachte. »Meine Fantasie ist mit mir durchgegangen.«
»Fantasie?«
»Ja. Ich habe mich im Staub gesehen.«
»Im Staub?«
Sie nickte. »Kniend. Unter dem Blick des Mannes mit den hellen Augen. Flehend. Seinen Schutz anrufend. Seinen Schutz vor der Geilheit rothäutiger Wilder im Dunkel eines grünen Daches aus Urwaldblättern.« Sie lächelte vor sich hin.
Er fand ihr Lächeln liebenswert.
»Jetzt aber ernsthaft«, sagte sie, »was erwartet mich da unten?«
»Am Tapajós?«
»Ja.«
»Liebenswerte Menschen«, gab der Pilot zur Antwort, »sanfte Menschen. Das ist es, was Sie da erwartet.«
»Können Sie das für alle Indios sagen?«
»Nein. Nicht für alle. Sie haben mich nach den Menschen gefragt, denen Sie begegnen wollen. Am Tapajós.«
»Erzählen Sie mir, wie die sind.«

Der Pilot dachte nach. »Wo soll ich beginnen?«
Die Frau neben ihm lachte wieder. »Am Anfang. Wo denn sonst?«
Der Mann warf einen Blick zu ihr hin. »Es gefällt mir, wie Sie lachen.«
»Vielleicht sollten wir das gemeinsam tun«, sagte die Frau. »Ab jetzt.«
»Lachen?«
»Lachen. Wenn Menschen miteinander lachen, kommen sie sich näher.«
»Ich glaube, da haben Sie recht«, sagte der Pilot.
»Wie schön«, sagte die Frau.
»Wie schön was?«
»Daß wir endlich einer Meinung sind.«
Der Pilot ließ einen Blick über die Instrumente laufen. Dann sah er sich den Stand der Sonne an. Und warf einen Blick nach unten. Der Schatten der Maschine eilte, seitwärts verstellt, über grünen Wald. »Wir scheinen Seitenwind zu haben«, sagte er.
»Wie ist es also mit den sanften Indios dort?« rief ihn die Römerin zurück zu ihrer Frage.
»Der Stamm da vorn am Fluß«, begann der Mann neben ihr zu berichten, »der Stamm ist so genügsam wie unsre Vorfahren, als die noch in der Steinzeit lebten. Selbst das Rad haben die Menschen dort bis heute nicht für sich erfunden. Für Textilien gilt das gleiche. Sie müssen sich die Menschen dort bar jeder Kleidung denken. Ihr Körperbau ist kräftig. Ich seh mir ihre Körper gerne an.«
»Weiter«, forderte die Journalistin.
»Die Menschen gehen gefühlvoll miteinander um.«
»Wie schön. Und sonst?«
»Wenn die Frau sagt, daß die Kinder hungrig sind, macht der Mann Jagd auf Fisch. Mit Pfeil und Bogen.«

»Und die Frau?«
»Kocht über einem Feuer. Spielt mit den Kindern. Plappert mit den Freundinnen. Wenn sie sich gegenseitig kämmen. Indiofrauen haben schönes Haar. Blauschwarz. Lang, bis weit hinunter über ihre Rücken. Auf der Stirn schneiden sie es ab, in einer geraden Linie. Ponys also, wie bei den Frauen in Europa auch.« Der Mann sah die Römerin an und lachte.
»Was freut sie so?« fragte die Journalistin.
»Ich stelle mir die Begeisterung vor, wenn Indiofrauen die Sommersprossen von dem Körper einer Römerin kratzen wollen und verwundert sehen, daß die rötlichbraunen Sterne festgewachsen sind.«
Die Frau drehte ihm ihr Gesicht zu. Ihr Mund stand fragend offen.
»Sie sind von Natur aus rothaarig. Oder nicht?«
»Allerdings.«
»Wenn die Indios das rötlichkrause Haar auf Ihrem Venushügel entdecken, werden sie an Zauberei denken. Oder an Feuer.« Der Pilot lachte. »Feuer zwischen den Beinen einer Frau! Es würde mich nicht wundern, wenn die Indios das bei Ihrem Anblick einander zuflüsterten.«
Die Frau besah sich die Sommersprossen auf ihren Händen und den runden Knien. »Wenn ich prüde wäre und wir säßen in einem Taxi, würde ich sagen, halten Sie an, ich steige aus!«
»Die Farbe Ihrer Schamhaare ist für die Indios eine Neuheit, verstehen Sie das nicht?« fragte der Pilot. »Indiofrauen sind zwischen ihren Beinen unbehaart.«
»Es muß an Ihrem Charme liegen«, sagte die Frau. »Ich kann Ihnen nicht böse sein.«
»Ihre Illustrierte hätte tatsächlich einen Mann schicken sollen. An nackte weiße Männer sind die Indios gewöhnt.

Ab und an kommt ein Buschpilot vorbei, so wie ich. Oder ein Wissenschaftler. Eine nackte weiße Frau haben die Leute am Tapajós bisher noch nicht gesehen.« Sein Motor lief rund und ruhig. Der Öldruck war normal. Die Temperaturanzeige auch.
»Warum schweigen Sie mit einemmal?« fragte die Frau.
»Weil es nichts zu sagen gibt.«
»Sie sind entzückend«, sagte die Frau. »Glauben Sie, ich hätte mich auf diesen Auftrag nicht vorbereitet? Natürlich weiß ich, daß die Wilden splitterfasernackt herumlaufen. Aber warum muß ich das tun?«
»Senhora«, sagte der Pilot, »Sie haben mich und mein Flugzeug gechartert. Sie bezahlen uns pro Stunde. Falls Ihnen meine Konversation nicht gefällt, beschränke ich mich aufs Fliegen.«
»Wenn ich einen Bericht über einen Mörder schreibe, lasse ich mich auch nicht in die Todeszelle neben ihn sperren«, sagte die Frau.
»Vielleicht sollten Sie das tun«, sagte der Mann. »Es könnte ein guter Artikel werden.«
Die Frau sah ihn eine Weile schweigend an. Ihre Stimme war leise, als sie weitersprach. »Träumen Sie davon, meinen Körper bar jeder Kleidung greifbar nahe neben sich zu haben?«
Der Pilot angelte einen zerknautschten Filzhut unter dem Sitz hervor und stülpte ihn sich tief in die Stirn.
»Ist es das, was Sie wollen?«
»Nein«, sagte er. »Ich will nur, daß der verdammte Fluß endlich in Sicht kommt.«
Die Frau nahm ihren Blick nicht von dem Mann. »Wollen Sie sich daran ergötzen, wie ich im Evaskostüm unter den Eingeborenen herumhüpfe, ausgestattet lediglich mit Bleistift und Papier?«

Die Frau strich ihr Taschentuch auf ihren Knien glatt. Es war nicht mehr weiß.
»Was kosten Sie pro Stunde als Dolmetscher?« fragte sie hinein in das Schweigen neben ihr.
»Nichts«, sagte er. »Außer Ihren Fragen wird es nichts zu übersetzen geben. Ihre Fragen gebe ich kostenlos weiter.«
»Sie meinen, ich erhalte keine Antwort?«
»In den ersten Tagen nicht.«
»Dann aber ja?«
»Dann ... vielleicht.«
»Auf den Fotos, die man mir in Brasilia zeigte, leben die Indios in einer Gemeinschaft von zehn oder mehr Familien unter einem einzigen, langgestreckten, sehr hohen Dach aus Schilf«, sagte die Frau.
»Ja«, antwortete der Pilot. »Jede Familie hat ein eigenes Feuer brennen unter diesem Dach. Rings um die Feuer sind Hängematten festgezurrt, Matten, die aus dickem Bast geflochten sind. Oben schläft der Mann. Darunter ist die Hängematte der Frau gespannt. Neben den Eltern hängen die Matten der Kinder. Die Feuer gehen niemals aus. Der Qualm brennt in den Augen. Fürchterlich. Aber er vertreibt auch die Moskitos.«
»Und wo schlafen wir beide ... rein praktisch gesprochen ... heute?« fragte die Frau. »Es ist kaum anzunehmen, daß es ein Dach für Gäste gibt.«
»Nein«, sagte der Mann. »Wir suchen uns einen Platz irgendwo zwischen den Familien.« Er deutete mit dem Kopf nach hinten. »Ich habe Hängematten hinten bei den Koffern.«
»Auch Wolldecken?« fragte sie.
Er schüttelte den Kopf. »Zu heiß für diese Gegend. Selbst nachts. Ich habe dünne Laken mitgebracht. Das ist das Richtige.«

Die Frau lockerte den Gurt und zog ihre Beine auf den Sitz. Schweiß malte eine dunkle Landkarte auf das Hemd zwischen ihren Brüsten.

»Ich habe zwei volle Tage für die Recherche eingeplant«, sagte sie.

»Was? Zwei Tage? Für die Suche? Suche nach Gift und Reis? Verstreut im Dschungel? Ringsumher?« Der Pilot lachte.

»Wir suchen nicht«, meinte die Frau, und der Pilot fand ihre Antwort befehlerisch, »wir fragen. Wie wär's, wenn Sie die Antworten der Menschen zum Thema Tod und Gift für mich übersetzen würden?«

»Gern. Doch nicht in der Kürze von zwei Tagen! Da unten wächst Vertrauen... Wahrheit... auf dem Boden von sehr viel Zeit.«

Die Frau schwieg. Der Mann zog ein Handtuch hinter seinem Sitz hervor und wischte sich die Handflächen damit trocken. Die Frau betrachtete die Ölflecken auf dem Tuch.

»Ich erwarte nicht, die Wahrheit herauszufinden«, sagte sie dann. »Von Wahrheit will der Leser kaum mehr etwas wissen.«

»Nein?« fragte er.

Sie schüttelte den Kopf. »Die Suche nach der Wahrheit genügt dem Leser schon.«

»Das ist schlimm«, sagte der Mann.

Sie nickte. »Habe ich auch einmal gedacht. Jetzt bin ich daran gewöhnt.« Sie lächelte. »Es wird ein guter Artikel werden. Die Suche war dornenreich, verstehen Sie?«

»Nein«, sagte der Pilot.

»Überschrift: Einmotorig auf dem Weg zu den Indios in Zentralbrasilien«, sagte die Frau. »Untertitel: Weiße Frau unter Rothäuten. Zwischentitel: Mein Beschützer, der Buschpilot.« Sie zog ihre Unterlippe durch die Zähne.

»Der Aufmacher dazu ... das Foto ... zeigt mich und den Deutschen mit den hellen Augen in unseren Hängematten.«
»Senhora«, sagte der Pilot, »mit dem Festzurren der Matten für das Foto gehen Sie aber besser sorgsam um.«
»Wie das?« fragte die Frau.
»Für die Indios sind wir zwei furchteinflößende Wesen, die durch die Luft zu ihnen kommen«, sagte der Mann. »Danach aber, am Boden, betrachten sie uns, als wären wir kaum mehr anders, als sie es sind.«
»Nun ja ... Warum auch nicht?«
Der Pilot warf einen langen Blick zu ihr hin. Es war, als wolle er den nächsten Satz nicht sagen.
»Raus mit der Sprache«, forderte die Römerin.
»Die Art, wie wir unsere Hängematten hängen, verrät ihnen, wie wir beide miteinander sind.«
»Das ist ja allerliebst«, sagte die Frau. »In welchem Verhältnis hätten Sie's denn gern, daß ich zu Ihnen schlafe?«
Der Mann schüttelte den Kopf und schwieg.
»Unser Sinn für Humor ist leider sehr verschieden«, sagte sie, »es lag nicht in meiner Absicht, Sie zu verletzen.« Sie wischte mit ihrem Taschentuch den Schweiß vom Hals des Mannes. Und ließ sich Zeit dazu. »Ich stelle mir meine Hängematte ganz nahe dran an Ihrer vor.«
»Und wo?« wollte er wissen.
»Nebeneinander. Wo denn sonst?«
»Das wäre für die Indios fremder noch als fremd.«
»Dann hängen Sie meinetwegen Ihre Matte oben hin und meine unten!« rief die Frau. »Mein Gott, das kann doch nicht so wichtig sein!«
»Doch«, sagte der Pilot. »Wenn Sie es zulassen, daß ich meine Hängematte über der Ihrigen festmache, sind wir verheiratet.«

Die Frau stieß ein Kichern aus. »Jetzt hören Sie aber auf!«
Der Pilot sah auf die Borduhr. »Noch eine Stunde fünfzig Minuten, und Sie befinden sich unter einem Dach mit Menschen, die auf diese Weise heiraten«, sagte er.
»Faszinierend!« rief die Journalistin. »Dann werde ich wohl besser in einer Folge meines Berichtes dies gänzlich Neue an den Anfang stellen. Etwa so: ›Der junge Indio, den wir liebgewonnen haben, geht zur Familie des Mädchens am anderen Ende des langen Daches, hockt sich ans Feuer und fragt die Eltern, ob er seine Matte über die der Tochter hängen darf.‹ Richtig?«
»Falsch.« Der Pilot rieb seinen Nacken an dem Eisenrand des Sitzes. »Durch Rom fließt ein anderer Fluß. Nicht der Tapajós. Das ist es eben.«
»Sie meinen, am Tapajós fragt man nicht erst lange?«
Der Mann neben ihr stieß einen leichten Seufzer aus. »Sie müssen sich das so vorstellen«, sagte er dann gutmütig. »Indiomädchen sind fast den ganzen Tag am Fluß. Sie waschen Töpfe. Oder schwimmen. Es ist eine heiße Gegend. Heiß und staubig. Die Mädchen erfrischen sich am Fluß. Und wenn die Männer durstig sind, gehen sie auch zum Tapajós hinunter. Im Dorf sind keine Brunnen. Indianer kennen keine Wasserhähne. Die Menschen schwimmen in den Fluß hinaus und lassen sich das Wasser in die Münder laufen.«
»Erzählen Sie weiter«, bat die Frau. »Ich nehme an, der Junge und das Mädchen treffen sich oft an diesem Fluß.«
»Ja«, sagte der Pilot. »Ab und an sprechen die beiden miteinander. Oder sie lächelt ihn an. Bei Dunkelheit hockt er vor seinem Feuer. Er sieht ihr zu, wie sie, ein Stück entfernt, im Licht der Flammen des elterlichen Feuers, ihren Körper mit Öl einreibt. Sie wird zwölf Jahre alt sein. Vielleicht auch vierzehn. Der Bauch des Mädchens

ist noch flach, nicht etwas vorgewölbt wie bei den Frauen, die ihren Männern bereits mehrfach Kinder gaben. Die Unschuldig-Junge hat kleine, feste Brüste. Bevor sie einschläft, wandern ihre dunklen Augen zu dem Feuer hin, an dem der Junge sitzt. Der Indio glaubt nun zu wissen, daß sie ihn mag. Er braucht sich keine Worte für die Eltern der Kleinen auszudenken. Wenn er sein Bündel nimmt und zu dem Mädchen geht, hat er keinen Bankauszug bei sich. Muß die Eltern nicht um ihre Tochter bitten. Er knüpft ganz schlicht seine Matte über der des Mädchens fest. Sollte die nun aber rufen: ›Geh fort von hier, ich will dich nicht‹, kommt wildes Gelächter von den anderen Hängematten und der junge Mann muß warten, bis der Wind nach vielen Monden das Lachen davongetragen hat. Erst dann kann er sich eine andere suchen.«
»Wenn er sich aber in die Matte oben legt und das Mädchen unter ihm sieht schweigend zu, ist der Bund besiegelt. Richtig?«
»Richtig«, sagte der Pilot. »Senhora, unter Ihrem Sitz ist was zu trinken. Mein Mund ist hart wie Stein vor Durst.«
Sie gab ihm die zerbeulte Aluminiumflasche. »Whiskey?« fragte sie.
»Wasser«, sagte er, »sicher schon etwas abgestanden. Wollen Sie trotzdem einen Schluck?«
»Nein, danke. Was aber geschieht«, wollte sie dann wissen, »was geschieht, wenn ich es bin, die meine Matte oben über Ihre hängt?«
»Heiliges Ofenrohr!« lachte der Pilot, »auf so eine Idee kann nur eine Frau aus Italien kommen!«
Die Frau lachte auch. »Dann hängen Sie doch Ihre Matte auf, wo Sie wollen!« rief sie laut. »Von mir aus über mir im ersten Stock! Ich werde meinem Mann verschweigen, daß ich am Rio Tapajós zur Bigamistin wurde.«

Der Pilot nahm seinen Schlapphut ab und wischte sich mit dem Ärmel die Stirn trocken. »Drehn wir den Spieß jetzt einmal um«, sagte er.
»Die Frau umschlang die Knie mit ihren Armen. »Und wie?«
»Nehmen wir mal an, ein Indio kommt nach Rom, weil er einen Artikel für das Tapajós-Tageblatt zu schreiben hat«, sagte der Pilot. »Seine Frau läßt er bei den Kindern in Brasilien.«
»Ich sehe, daß Sie doch Humor haben«, sagte die Frau.
»Es wäre besser, Sie hörten mir gut zu«, forderte der Pilot. »Der Indio läßt sich in Rom mit Ihrer Sekretärin trauen. Im Petersdom. Vom Papst. Die Wahrheit ist: Er will die Sekretärin gar nicht haben. Was er haben will, ist Zugang zu den hochgestellten Kreisen. Das ist der Grund, weshalb er sich ein zweites Mal ehemäßig bindet. Wenn er dann in die Alitalia steigt, nimmt er sich vor, der Indiofrau daheim nicht zu gestehen, daß er in Rom von Berufs wegen zum Bigamisten wurde.«
»Sie sind ein Moralist«, sagte die Frau.
»Nein«, sagte der Pilot. »Empfindsam. Ebenso wie die Indios da unten.«
Die Frau schrieb ein paar Worte in ihren Notizblock, strich den Satz dann aber aus. »Hat ein Indiomann das Recht auf viele Frauen?«
»Nein«, sagte er, »im Gegenteil. Die Leute sind eher monogam.«
»Das klingt zu schön, um wahr zu sein.« Die Frau legte ihre Hände flach zwischen ihre runden Knie. »Wie gut ist so ein Indiomädchen in der Hängematte?«
Der Mann gab keine Antwort.
»Herrgottnochmal! Es ist mein Beruf, Fragen zu stellen!«

»Sie fragen häßlich«, sagte der Pilot. »Wollen Sie Noten verteilen? Gut in der Hängematte, besser, am besten?«
»Ernsthaft«, sagte die Frau, »es muß unbequem sein für die Indios, sich in Hängematten zu lieben.«
»Der Fluß hat Inseln.« Sein Satz kam barsch. »Und im Urwald gibt es Lichtungen.«
»Sie malen da ein Bild wie ... wie Paradies.«
»Schon. Aber eins für Anspruchslose.«
»Abgesehen von *l'amore* ... auf einer Lichtung? Tief im Wald?«
»Abgesehen von dem Wenigen, was einer Römerin gefallen kann.«
»Versuchen Sie das mal bei mir zu ergründen.«
»Als Nahrung schwarze Bohnen, morgens, mittags, ebenso wie abends.«
»Und sonst?«
»Fische, Maniok und eine wilde Frucht, die Figi heißt.«
»Und außerdem?«
»Keine Autos, keine Cocktails, keine Kleider.«
»Haben Sie nicht den Schmuck vergessen?«
»Das ist wahr.« Eine Zeitlang verlor der Mann sich in Gedanken. Dann sagte er: »Manche Mädchen tragen Ketten über ihren Brüsten. Aus Muscheln sind die gemacht. Wenn ein Mädchen zur Frau wird, in der Ehe, windet sie sich ein dünnes Band aus Bast um ihre Taille, zwischen den Beinen hindurch, und läßt es im Rücken steil nach oben stehn. Wie ein kokettes Schwänzchen. Es sieht lustig aus.«
»Erzählen Sie mir von den Männern«, forderte die Journalistin.
»Auch die Männer schmücken sich mit Muscheln, fast auf gleiche Weise wie die Frauen. Wenn es ein Fest zu feiern gibt, tragen sie bunte Federn auf ihren Köpfen. Bevor sie

durch den Urwald laufen, wickeln sie sich gefärbte Baststreifen um die Waden. Als Schutz gegen tiefwachsende Dornen in dem Wald. Ansonsten bleibt der Körper des Mannes unbekleidet. Penis inbegriffen. Der Penis ist nackt und ungeschützt.«
»Merkwürdig«, sagte die Journalistin. »Warum wohl?«
Der Pilot hob die Schultern. »Es hat nichts zu bedeuten. Der Penis wird keineswegs zur Schau gestellt. Aber er wird auch nicht schamhaft versteckt. Er ist ganz einfach da. Wenn die Frau ihn will, kann sie ihn bekommen.«
Die Journalistin machte sich Notizen. »Haben die Indianer Pferde?« fragte sie.
»Nein. Einbäume. Pferde würden ihnen gar nichts nützen in dem dichten Wald.«
»Besuchen sich die Stämme niemals untereinander?« fragte die Frau.
»Selten«, sagte der Mann. »Wenn sie's tun, gehen sie zu Fuß. Oder sie tragen ihre Einbäume den Fluß hinauf. Auf dem Heimweg lassen sie sich mit der Strömung treiben. An solchen Tagen tragen sie ihren Kopfputz. Gelbe und blaue Papageienfedern.« Er nahm das Mikrophon vom Haken. »Belém Control. Papa Papa Delta Victor Yankee. Stundenreport. Neuntausend. Kurs Drei Null. Sonst nichts Neues. Habt ihr was für mich?«
»Auch nichts Neues«, sagte die Stimme aus Belém im Lautsprecher. »Der Pilot auf Victor Yankee ... Dem Flugplan nach heißt der Mann Roden. Korrekt?«
»Korrekt«, antwortete der Pilot.
»Hermannos Roden. Korrekt?«
»Korrekt«, bestätigte der Pilot abermals.
»Ihr Flugplan weist Campo Kumaka als Zielort aus. Unverändert. Bestätigt?«
»Bestätigt«, sagte der Pilot.

Im Lautsprecher knackte und krachte es, und ein paar weit entfernte Stimmen sprachen mit anderen Maschinen. Der Pilot war über das Schweigen verwundert. Er mußte lange warten.
»Die Indios werden Sie vierteilen«, sagte Belém schließlich.
»Warum?« fragte der Pilot.
»In den Zeitungen stand was von Ärger, damals. Ärger mit den Wilden am Campo Kumaka. Irre ich mich da?«
Der Pilot sah eine Weile geradeaus. Dann drückte er auf die Sprechtaste. »Nein«, sagte er.
»Halten Sie es für richtig, sich da wieder sehen zu lassen?« fragte Belém.
»Ja«, sagte der Pilot.
»Sind Sie bewaffnet?« fragte Belém.
»Nein«, sagte Hermannos. »Haben Sie sonst noch was für mich?«
»Nichts«, sagte die Stimme.
Der Pilot sah das Radio eine Weile an. Dann schaltete er es aus.
Die Frau nahm ihre dunkle Brille ab. »Was hat das zu bedeuten?«
»Machen Sie sich keine Sorgen«, sagte der Mann.
»Ich habe Angst«, sagte die Frau.
»Müssen Sie nicht haben.«
»Ich will wissen, was das zu bedeuten hat«, rief die Frau. »Ich habe ein Recht darauf!«
»Ja«, sagte er, »das haben Sie. Aber Sie brauchen sich wirklich nicht aufzuregen. Seit damals ist viel Zeit vergangen.«
»Was heißt das, seit damals?« fragte die Frau erregt. »Entweder ich erhalte Antwort, oder Sie bringen mich augenblicklich zum nächsten Flughafen zurück!«

»Senhora«, sagte der Pilot, »in der zweiten Feldflasche unter Ihrem Sitz ist Rum. Rumverschnitt. Eigentlich für Notfälle an Bord. Aber genehmigen Sie sich mal einen kräftigen Schluck. Wegen meiner Antwort.«
Die Frau fand die Aluminiumflasche und füllte den Schraubbecher bis zum Rand. Ihre Hände zitterten. Sie trank den Becher leer und füllte nach. Als sie zu ihm hinsah, sagte der Pilot: »Es ist drei Jahre her. Ich war auf dem Heimweg von Peru und suchte eine Lichtung im Wald zur Zwischenlandung. Auf dem Rücksitz hatte ich ein Faß Benzin festgezurrt. Ich mußte den Sprit nach oben pumpen, in die Flächentanks. Dazu brauchte mein Flugzeug eine Wiese. Und ich brauchte eine Mütze Schlaf. An jenem Abend fand ich die Lichtung, zu der ich Sie jetzt bringe. Ich bin der erste gewesen, der da runtergegangen ist. Das wird von niemandem bestritten. Später gab man der Lichtung den Namen Campo Kumaka. Man hätte sie eigentlich nach mir benennen sollen. Weiß der Teufel, wer dieser Kumaka gewesen ist. Klingt japanisch, finden Sie nicht?«
»Wollen Sie auch einen Schluck?« fragte die Frau. »Vielleicht brauchen auch Sie ein wenig Mut für Ihre Geschichte.« Sie gab sich Mühe mit ihrem Lächeln.
»Ich trinke nicht.« Der Mann schüttelte seinen Kopf. »Nicht mehr. Wie gesagt ... Ich fand die Lichtung damals. Die Indios standen schweigend vor mir und meinem Flugzeug. Sie nahmen mich freundlich auf. Fast ehrerbietig. Ich war für sie der Vogelmensch. Eine Art Halbgott. Linienflugzeuge, die in großen Höhen fliegen und weiße Streifen in das Blau des Himmels schneiden, sahen sie fast täglich, und wenn das geschah, rätselten sie daran herum, ob diese Silberpunkte im Blau des Himmels Sterne sind, noch dazu welche, die sich bewegen. Ich

aber war der erste Vogelmensch, der sich zu ihnen hinabbegab.

Am nächsten Morgen flog ich weiter. Der ganze Stamm stand schweigend am Rand des Urwalds. Männer, Frauen, Kinder. Auch ein paar Hunde. Sie sahen dem Vogelmenschen zu, der unerträglich Lärm machte und Sturm peitschte, durch das Gras, und sich schließlich in den Himmel hob. Niemand winkte einen Abschiedsgruß.

Wenige Wochen später landete ich zum zweiten Mal bei ihrem Fluß. Wieder standen sie am Rand des Waldes unter Bäumen. Führten mich ins Dorf. Gaben mir einen Platz unter ihrem Dach. Ich hatte nur ein paar Tage Ferien am Tapajós machen wollen, doch ich bin Monate geblieben. Eine glückliche Zeit hatte begonnen. Unbeschwert. Gesund. Kein Tabak und kein Alkohol. Auch später, in den Städten, schmeckte mir dann der Scotch nicht mehr. Und eine Zigarette habe ich seitdem nicht wieder angezündet.«

»Faszinierend«, sagte die Frau. »Aber glauben Sie ja nicht, daß Sie mir die Angst genommen haben.«

»Senhora. Es wird alles gut.«

»Angst abzuschütteln ist nicht leicht.«

»Wenn Sie wollen, dreh ich ab.«

»Was heißt das, ›dreh ich ab‹?«

»Wir fliegen hundertachtzig Grad zurück.«

»Wohin?« fragte sie.

»Den ganzen Weg zurück nach Rio«, sagte er, »das wird nicht gehn. Aber unser Sprit reicht bis Araguaya aus.«

Die Journalistin wischte das Taschentuch mit den Spitzen über ihre nasse Stirn. »Drehen Sie nicht ab«, sagte sie dann leise. »Bevor ich mich entscheide, hätte ich gerne mehr gehört.«

Der Pilot schob die Fliegerkarte auf seinen Knien ein

wenig hin und her, und die Frau wollte wissen: »Haben Sie die Sprache der Einheimischen dort am Fluß erlernt?«
»Ja«, sagte der Pilot.
»Und auch, mit Pfeil und Bogen umzugehen?«
Der Pilot nickte.
»Einen Einbaum bauen? Fischen?«
»Ja zu allem, was Sie fragen.«
»Auch wenn Sie den Vergleich nicht mögen«, flüsterte die Frau, »aber ich denke wieder mal an Paradies.« Sie schraubte die Feldflasche zu. »Allerdings ohne Apfel. Ohne Schlange.«
»Beides gibt's da vorne nicht«, sagte der Mann. »Doch es gibt andere Gefahren.«
»Beispielsweise was?«
Er dachte nach. »Beispielsweise einen Überfall.«
»Durch Kautschukpflanzer?«
Er schüttelte den Kopf. »Durch einen Indiostamm, der weit flußabwärts lebt im Wald.«
»Warum denn dann ein Überfall?« wollte die Journalistin wissen.
Der Pilot zuckte die Achseln. »Eine tiefsitzende Feindschaft. Niemand weiß, wer sie begonnen hat«, sagte er. »Nicht viel anders als in Europa auch. Denken Sie nur an Frankreich und an Deutschland. Drei Kriege in siebzig Jahren.«
Die Frau schrieb alles auf.
»Erzählen Sie weiter«, sagte sie. »Kam der Angriff unerwartet?«
»Nein«, sagte der Pilot und sah aus dem Fenster. »Da unten geschieht so gut wie niemals etwas unerwartet.« Er legte seine rechte Hand über die linke auf den Halbmond der Steuersäule und empfand glücklich das Vibrieren des Motors in seinen Fingerspitzen. »Die Feinde trugen ihre

Einbäume in zwei Tagesmärschen bis auf ein paar hundert Meter an unser Dorf heran«, sagte er. »Bei Sonnenuntergang versteckten sie sich lautlos im Gestrüch. Vorher, gegen Mittag, hatten meine Freunde mich zu dem Kampfplatz hingeführt. Zur Vorbereitung auf das, was kommen sollte, sozusagen. Die Schlacht war für Sonnenaufgang angesetzt.«

»Wieso das?« fragte die Journalistin.

»Tradition«, sagte der Pilot. »Immer der gleiche Kampfplatz. Und immer bei Sonnenaufgang.«

»Das klingt wie ein Krieg aus einer anderen Zeit«, sagte sie.

»Ja«, sagte er, »heute vor ein paar tausend Jahren.«

»Wie ist der Kampf damals ausgegangen?« wollte die Frau wissen.

»Unblutig«, sagte der Mann und lachte. »Wir haben Bambusrohre gespalten. Wie Regenrinnen, verstehen Sie? Dann haben wir die Rinnen im Gras versteckt, nachts, auf der Südseite des Kampfplatzes. Als nächstes haben wir Benzin herbeigeschafft, aus meinem Flugzeug. Dann stieg die Sonne über die Wipfel der Bäume, und unter Fußstampfen und Gebrüll stellten sich die Kämpfer beider Seiten auf. Ich ließ Benzin durch die Bambusrinnen laufen. Als unsere Feinde ihre Bogen spannten, warf ich ein Streichholz in die Rinne. Eine Wand aus Feuer stieg vor den Angreifern zum Himmel hoch. Das Feuer verschluckte ihre abgeschossenen Pfeile. Und machte uns Verteidiger unsichtbar. Die Flammen fraßen sich durch das dürre Gras. Büsche gingen in Flammen auf. Der Wald wurde zum Inferno. Die Krieger der anderen Seite warfen ihre Bogen fort und machten die Einbäume zu ihren Rettern. Wir sahen lachend, brüllend zu, wie sie sich flußabwärts treiben ließen. Soweit ich weiß, kamen sie niemals mehr zurück.«

Der Pilot nahm den Filzhut ab. Er fuhr sich mit beiden Händen durch sein verschwitztes Haar. Die Journalistin sah von ihrem Notizblock auf. »Ist das die Geschichte, von der es so drohend aus dem Radio kam?« fragte sie.
»Nein«, sagte er und holte die heiße Luft der Kanzel tief in seine Lungen.
»Hätte ja auch keinen Sinn ergeben«, überlegte die Römerin, »wo Sie doch zum Retter der Verteidiger geworden sind.«
Der Mann sah sie nicht an und schwieg.
»Was also war es dann?«
Der Pilot tat sich mit der Antwort schwer. »Ich habe damals ... ein Indiomädchen ... zur Frau genommen.«
»Einmalig«, sagte die Journalistin leise. »Sie haben Ihre Hängematte über der des Mädchens festgezurrt? Unter dem langen Dach am Fluß?«
»Ja«, sagte er.
»Und?«
Der Pilot sah die Frau nicht an. »Es wurde zu einer sehr, sehr glücklichen Zeit.«
»Wie ist der Name des Mädchens?« fragte sie.
»Itapa«, sagte er.
»Wie schreibt man das?«
»Wie man es spricht.«
»Sie ist sicher noch sehr jung gewesen.«
»Ja. Der Tau lag noch auf ihr.«
»Würden Sie sie als gutaussehend beschreiben?«
»Ja. Ich glaube schon.«
Die Frau kaute auf ihrem Bleistift. »Soll ich die Geschichte zu Ende erzählen?«
Der Pilot schloß die Augen, wie im Schmerz. Dann hörte er dem gleichmäßigen Dröhnen seines Motors zu.
»Eines Tages hatten Sie genug von dem Mädchen am Fluß«,

begann die Italienerin. »Sie wollten in Ihre Zivilisation zurück. Klammheimlich sind Sie davongeflogen. Haben Ihre Kindfrau verlassen, ebenso wie auf Tahiti ... damals ... Gauguin seine Vahine verlassen hatte. Und seitdem sind die Indios verfeindet mit dem Vogelmenschen. Deshalb sagte die Stimme aus Belém vorhin am Radio, dieser Hermannos sollte sich nicht unbewaffnet am Campo Kumaka blicken lassen.« Sie sah ihn von der Seite an. »Ist es so?«
»Nein«, sagte der Mann langsam. »Ich bin in meine Welt zurückgeflogen. Das ist richtig. Aber ich habe das Mädchen mitgenommen.«
»Faszinierend!« rief die Journalistin.
»Die Indios haben mich angefleht, Itapa beim Stamm zu lassen. Das Leben auf der anderen Seite des Flusses ist rätselhaft für sie. Voller Gefahren. Wer sich dorthin wagt, kommt nicht zurück. Ich habe die Warnung in den Wind geschlagen. Beim Start stand niemand mehr am Urwaldrand. Ich flog noch einmal tief über die langen Dächer hin. Die Indios lagen bei ihren Feuern, lagen bei ihren Frauen, ihren Kindern, doch niemand sah mehr zu uns auf. Itapa hat es nicht bemerkt. Sie hockte verängstigt auf dem rechten Sitz und hielt sich vor dem dröhnenden Motor ihre Ohren zu. Nach ein paar Stunden ging es ihr wieder besser. Wahrscheinlich kann ein Mensch sich auch an Angst gewöhnen.«
»Wohin sind Sie mit ihr geflogen?« wollte die Journalistin wissen.
»Nach Rio«, sagte der Pilot. »Ich hatte eine Junggesellenwohnung dort.«
»Wie die Stadt wohl auf Ihre Frau gewirkt hat?« sagte die Journalistin. »Hohe Häuser, Autos, Straßenbahnen, Asphalt, Radio, Fernsehen, was weiß ich. Man stelle sich das nur mal vor!«

»Ja«, sagte der Pilot, »es muß schlimm für sie gewesen sein.«

»Was geschah nach der Landung? Auf dem Flughafen von Rio?«

»Spießrutenlaufen«, sagte der Pilot. »Ich hatte Itapa eine Decke umgehängt. Aber sie ließ den rauhen Stoff hinter sich her über den Beton der Halle schleifen. Itapa hielt meine Hand fest umklammert und starrte die vielen blassen Gesichter an. Die Gesichter starrten zurück. Nicht jeden Tag wird eine Frau nackt durch den Flughafen von Rio geführt, verstehen Sie? Selbst die Münder der Polizisten standen offen. Ich habe Itapa in meine Pilotenjacke gehüllt und sie zum Parkplatz getragen.«

»Es hat Sie gestört, daß andere Männer Ihre Frau unbekleidet anstarren konnten«, sagte die Journalistin.

»Nein«, sagte der Pilot, »darum ging es keineswegs. Es ist eine geographische Frage, verstehen Sie das nicht?«

»Nein«, sagte die Journalistin.

»Am Fluß oder im Wald war Itapa auf andere Weise nackt als in der Stadt«, sagte der Pilot.

Die Journalistin lachte auf. Ihre Stimme wurde laut: »Sie bringen mich zum Tapajós und wollen, daß ich mich ausziehe. Und wenn Sie Ihre Frau nach Rio fliegen, wollen Sie, daß sie sich anzieht«, sagte sie. »Mit anderen Worten: Sie sind ein Konformist.«

»Möglich«, sagte der Mann. »Möglich, daß Sie mich so nennen können.«

»Als nächstes haben Sie Ihre Frau vermutlich durch alle Boutiquen geschleppt und schicke Kleider für sie gekauft, oder?«

Der Mann nickte.

»Das muß ein großer Spaß gewesen sein«, sagte die Frau.

»Nur für mich. Nicht für das Mädchen. Das ist es eben. Alles war ein großer Spaß. Doch nur für mich.«
»Warum?« fragte die Frau.
»Die Presse wurde aufmerksam«, sagte der Mann. »Fotografen kamen an den Strand gerannt, wenn wir schwimmen gingen. Das Fernsehen brachte Interviews. Wir machten Schlagzeilen. Wurden über Nacht berühmt. Ich fühlte mich wichtig. Ein neues Leben hatte angefangen. Für mich. Itapa hingegen verstand nicht, was mit ihr geschah. Ich habe mich schuldig gemacht.«
Die Frau schrieb jeden seiner Sätze mit.
»Zwei Wochen später war Itapa krank. Sie hatte hohes Fieber. Mein Hausarzt wußte keinen Rat. Seine Mittel halfen nicht. Das Mädchen war nur noch selten bei Bewußtsein. Ich brachte sie ins Hospital. Es war, als wären alle Krankheiten der Welt über Itapa hergefallen. Selbst die Intensivstation wußte Itapa nicht zu retten. Es gab keine Hoffnung mehr.«
Die Journalistin hatte aufgehört zu schreiben.
»Ich habe meine Frau in Rio begraben. Am nächsten Tag bin ich zum Tapajós geflogen. Als die Indios sahen, daß der Sitz neben mir leer geblieben war, haben sie sich schweigend von mir abgewandt. Und Itapas Eltern haben mich nicht hören wollen. Für sie war die Tochter an dem Tag gestorben, als sie mit mir über den Fluß davongeflogen war.«
Die Frau lehnte sich in den Zeltplansitz zurück. Am höchsten Punkt des Himmels stand eine weißlichgrelle Sonne. Selbst das Grün des Urwaldes sah in dieser Helligkeit verwaschen aus.
»Die Indios hätten mich anklagen können«, sagte der Pilot. »Ich hatte ein Mädchen abgeholt und nicht zurückgebracht. Das läßt Vermutung zu an Mord. Doch mir

wurde nicht der Prozeß gemacht. Indios kennen keine Staatsanwälte.«

Hermann Roden suchte nach der Fliegerkarte. Sie war ihm von den Knien gerutscht. Die Frau hob sie vom Boden auf. Der Pilot verglich die schwarzen Windungen eines Flusses auf der Karte mit Silberwindungen weit entfernt am Horizont.

»Der Fluß da vorn«, sagte er, »das ist der Tapajós. Noch ist es Zeit abzudrehen.«

Die Frau legte beide Hände flach an ihre Schläfen. Der Pilot ließ ihr für die Antwort Zeit. »Nein«, sagte die Frau schließlich. Und dann noch mal: »Nein.« Beim Zuendesprechen des Gedankens sah sie den Mann nicht an. »Es will mir scheinen, daß mich da vorn ... Unvergeßliches ... erwartet.«

Der Pilot nahm das Mikrophon. »Papa Papa Delta Victor Yankee an Belém Control. Habe Campo Kumaka in Sicht. Echo Tango Alpha Null Fünf. Haben Sie was Neues?«

»Nein«, sagte Belém im Lautsprecher, »nichts Neues. Wann starten Sie wieder?«

Der Pilot sah seine Passagierin fragend an.

Die Frau legte sich in dem Sitz zurück und preßte ihre Knie aneinander. »Ich glaube, das hängt wohl eher jetzt von Ihnen ab.«

Der Mann drückte auf die Sprechtaste. »Nächster Takeoff Victor Yankee unbestimmt.«

»Läßt sich denken«, sagte Belém. »Melden Sie sich zwölf Uhr mittags, täglich, auf Eins Drei Acht Virgula Fünf.«

»Victor Yankee.« Der Pilot schaltete das Radio aus.

Die Römerin wischte eine Hand über ihre Stirn. »Was werden Itapas Eltern sagen ... was werden sie denken ... wenn sie eine neue ... eine andere Frau ... in engster Nähe bei dem Vogelmenschen sitzen sehen?«

»Sie werden das betrachten als Bestimmung der Natur.«
Der Pilot nahm den Gashebel zwei Fingerbreit zurück und trimmte die Maschine aus. »Bitte, schnallen Sie sich wieder an.«

»Was möchten Sie, daß wir ... als erstes tun ... wenn wir angekommen sind?« fragte die Frau.

»In den Fluß hinausschwimmen, uns auf den Rücken legen und viel kühles, klares Wasser trinken«, sagte der Mann.